秋　雨

何立杰　著

时代出版传媒股份有限公司
安徽文艺出版社

图书在版编目（CIP）数据

秋雨/何立杰著. —合肥：安徽文艺出版社，2017.1（2023.4 重印）
ISBN 978-7-5396-5872-8

Ⅰ. ①秋… Ⅱ. ①何… Ⅲ. ①短篇小说－小说集－中
国－当代 Ⅳ. ①I247.7

中国版本图书馆 CIP 数据核字(2016)第 235130 号

出 版 人：姚 巍
责任编辑：王婧婧　　　　　　装帧设计：褚 琦
....
出版发行：安徽文艺出版社　　www.awpub.com
地　　址：合肥市翡翠路 1118 号　　邮政编码：230071
营 销 部：(0551)63533889
印　　制：山东百润本色印刷有限公司　　(0635)3962683
....
开本：710×1010　1/16　印张：20　字数：300 千字
版次：2017 年 1 月第 1 版
印次：2023 年 4 月第 2 次印刷
定价：59.80 元
....
（如发现印装质量问题，影响阅读，请与出版社联系调换）

时代变迁的深沉咏叹

——何立杰短篇小说集《秋雨》序

钱念孙

尽管早就知道何立杰写小说，但这次集中读了他的短篇小说集《秋雨》，其捕捉生活的能力和塑造形象的本领还是给人诸多惊喜。

这本小说集收入作者 20 世纪 90 年代以来所写的五十多个短篇，相当深入地描绘和刻画了近三十年中国社会变迁所带来的乡村生活的嬗变和乡村发展的矛盾境况，其中充溢着躁动与不安、坚守与困惑、期盼与失望、抗争与无奈，对我们了解和理解乡村的真实现状，把握乡村不同人群的不同心理，具有颇高的认识意义和欣赏价值。

小说的核心是对人物命运的描述，以个体形象反映时代状貌。何立杰创作深得此中三昧。他写改革开放以来的时代变化，写社会转型对民众生活的深刻影响，不是简单地从思想观念出发去编故事贴标签，而是通过写一个个乡村百姓实实在在的生活，写他们生活中遭际的或大或小或显或隐的变故，让读者惊异看到时代潮流如何挟裹人物载沉载浮，滚滚而下。《离走》里的根应，是个壮实而又肯干的庄稼汉子，他一直相信爸所说的"庄稼人只要踏实肯做，就不愁没有殷实的日子"。可当他成为村里顶尖的庄稼把式时，竟然同时把窘迫和寒酸写在了身上。他一年辛勤侍弄庄稼所获的收入，扣除化肥、农药等农资投入，还不抵他那在村企业做事的老婆一月的工资！作者写根应个人的困惑和痛楚，实际揭橥了当代中国社会变革在基层乡村往往如温水煮青蛙，于人们不知不觉中已发生沧海桑田的变化。小说集里刻画的众多人物，每个都能触摸到鲜活生命的温度和脉动，同时从他们身上又让人强烈感受到社会转型的伟力和震撼。

小说是生活田野里的花木草虫，既源于生活又超越生活。因其可以超越生活，有人写小说极尽想象之能事，或臆造或穿越，或粉饰或抹黑，仿佛可以天马行空，肆意挥洒。与此相反，何立杰写小说非常老实本分，他立足乡野，扎根乡土，既不无谓地拔高美化生活，也不简单地贬低虚化生活，而是尽力"还原"生活的本真状态和人物的本真面目。当然，写小说必然要对生活有提炼、有概括、有超越，但在作者笔下，所有这些都是通过舍弃生活庸常断面和选取生活动人细节而取得。《归来》写秀英因连生三个女伢遭遇铁匠老公的嫌弃和家暴，外出打工三年后返回家乡，谁料村里人不仅对她投以异样眼光，还以异样腔调对其调侃和讥讽，原来铁匠已另有新欢，并到处散布谣言说她在外做皮肉生意。就在夜幕降临她有家不能回，备感委屈、伤心、冷落之时，家中以前喂大的一条狗花子来到身边，以温热的舌头和身躯不断蹭她，让她热泪盈眶。作者所塑造的一个个人物，讲述的一个个故事，聚焦当今乡村社会底层百姓的不同"活法"，展示"草根们"的善良与狡黠、喜悦与忧伤、温情与愚昧，乡村社会的世态炎凉和世道人心仿佛开锅的热气扑面而来，让人唏嘘感叹。

小说是语言的艺术，好的小说要求有质感的、生动的语言。何立杰在这方面明显有自己的追求。他的语言讲究简洁、准确、形象，不论写景或写人，不论叙述或对话，多半传神而不呆板，精练而不拖沓，随物赋形，见好就收。他似乎擅长写短篇，收在这个集子里的数十个短篇多写得精短，一般都在两三千字，超过六七千字的篇章较少，这与谋篇布局有关，无疑也与表达简洁有关。在他的笔下，那些看似娓娓道来的故事里，没有冗长的叙述，没有不厌其烦的细部刻画，往往三两句便描绘出背景、烘托出氛围、勾勒出形象。他对中国传统美学里的"含蓄"理论似有独到体悟，注重"笔不到意到"的"无言之美"，小说结尾多半戛然而止，出人预料，留有较大的悬念和推想的天地。如《归来》《离走》《逗留》《雨夜》《错失》《抗旱》《秋雨》《另一种结局》等,均在有限的篇幅里,含不尽之意于言外,给人广阔的想象和思考空间,犹如国画和书法中的布白,简约而不简单,颇有"不著一字,尽得风流"的韵味。

总之,何立杰小说有自己观察生活的视角和浓郁的生活气息,也有独特的调子和味道,正如小说集名称所标示的那样,仿佛江南山野里淅淅沥沥的秋雨,给人带来几分清新,也有几分惆怅。如果说,其清新来源于乡村社会的朴素情感和来自民间的达观精神,那么,其惆怅则饱蕴着作者对乡村发展滞后的痛楚和思考,包括新旧观念的碰撞、乡风民俗的紊乱,以及自己的感慨和忧伤等。他的小说"做"的痕迹不重,似乎如生活本身一样自然而然地伸展和摊开,即便其中运用巧合、误会、突转等手法,可这些总能被生活的厚土和露珠所包裹,呈露出生活自身的泥土芬芳和氤氲气息。他的小说有对固执、狭隘、麻木、愚昧的讽刺和批判,但落脚点还是对民间淳朴伦理、乡村百姓的坚韧耐力和宽厚胸怀的礼赞。他的作品每篇体量较小,格局不大,所写也多半是乡村百姓的琐碎人生,却因紧贴生活,触摸人心,处处扬起社会奔赴前行的尘土,堪称时代变迁的深沉咏叹。

学海无涯,艺无止境。何立杰小说创作当然远非玉润珠圆,尚有一些需要雕琢和提升的空间。这主要表现在作品有时写得不够舒展,对人及人性的复杂和深度揭示还有待加强,对某些题材还可以更深入开掘以进一步增加深刻性和厚重感等。无疑,这缺点与其简练的优点是相伴而行的。如何克服有时落笔过于拘谨、有时结尾略显局促的不足,同时保持言简意赅、凝练含蓄的优长,似是作者悉心揣摩、寻求突破的要点,尽管这也是优秀短篇小说的难点,仿佛《阿里巴巴和四十大盗》中城堡的芝麻之门,打开它相当不易。

近年因参加一些文化调研和观摩活动,我曾数次去望江古雷池大地,与担任县委宣传部副部长的何立杰有过几面之缘。感到他人如其文,朴实而机敏,文雅而大气。作为一名省作协会员,他有较为深厚的人文底蕴、较高的审美修养和构建小说佳作的能力,可由于行政事务繁忙等原因,已有较长一段时间搁置小说创作了,这不免让人有些遗憾。我想,这本汇聚其多年心血的小说集的整理出版,能够重新燃起他的创作激情,以这些年的人生历练以及对生活的感悟和积累,写出更为厚重更加精彩的力作,为繁荣文学创作添砖加瓦,为自己人生绽放出更加炫目的光彩。

2016 年 9 月 16 日于书香苑

(钱念孙:安徽省文联副主席,安徽省文艺评论家协会主席,安徽省作家协会副主席,安徽省社会科学院研究员。)

时代变迁的深沉咏叹　钱念孙 / 001

第一辑·乡村情结

老影 / 003

抗旱 / 007

归来 / 010

离走 / 014

逗留 / 018

乡村情结 / 022

老甘 / 025

麻五 / 028

另一种结局 / 032

梅 / 037

秋雨 / 040

沉重的钥匙 / 054

远处的灯火 / 064

空巢 / 080

秋之暮 / 090

报复·报答 / 105

老音（三题） / 110

迷失（四题） / 117

第二辑·市井芸生

对弈 / 131

触动 / 134

市井芸生（五题） / 137

老钟表 / 147

目录 contents

钓 / 150

挽救 / 153

认真 / 156

孝子 / 161

夕照 / 164

跟着饥饿走 / 168

误判(二题) / 171

聪明人(二题) / 176

诡笑(二题) / 181

鞋 / 185

退一步 / 191

第三辑·匆匆行色

雨夜 / 199

藏书票 / 203

梅辛的尊严 / 206

谎言 / 211

梅雨季节 / 215

匆匆行色 / 219

继父 / 222

惊回首 / 225

错失 / 228

雨,打在废墟上…… / 231

你听我说 / 234

恍惚(二题) / 237

是什么病? / 243

女人的神情 / 252

第四辑·迷离变异

D 太太的惊诧 / 265

迷离变异 / 268

一只喜欢串门的狗 / 273

一只侥幸逃脱的鸡 / 277

一幅引人注目的画 / 281

一群诡计多端的蚊子 / 284

饿鼠 / 288

两只猫 / 291

附录·作品评论

读《女人的神情》 杨大卫 / 297

谁在对弈？ 苏雨 / 300

浓郁的乡土气息 乔风 / 301

秋雨

第一辑·乡村情结

老　　影

1

天光转暗了,秋云沐着晚风沿村道缓步行走,似乎没什么目的;脸上的神色显出几分痴怔,目光不经意地掠过眼前的一切。原野寂寥,没什么劳作场面;村庄也安静,缺少先前那种向晚时分的喧闹。这个村子像样一点的劳力,大多外出打工了,留下来的多半是衰弱的老人和看家的媳妇。秋云便是这些媳妇中的一个。过门两年了,没和丈夫共处过几日,至今仍未有身孕,空荡荡的楼房里贮着她太多的叹息。男人在外少有信来,即便有也是片言只语,然而总牵动着她的心思……

残阳被暮霭掩去了脸面,霞光挣扎着从浮云的边缘逸出。天地间呈现梦幻般的殷红色。秋云游移的脚步浮萍般没有着落,她知道,丈夫水根不可能在这种日子和这样的时刻突然出现在村道上的。

她偶然的目光,蓦地触及一幅图景:远处黄土地上好像是公公老莫在那儿痴坐;他一身土黄色衣着,似与身下的土地融为了一体,看上去就像一个兀自凸立的土疙瘩。她怔怔地望着那土疙瘩出神,感到心思在下沉……

有人在背后喊她,秋云惊奇地回身,闪亮的眸子立刻又暗了,喊她的人是麻梗,那个对她觊觎已久的光棍。麻梗凑过来,诡秘地笑着说:"我昨日才从水根那儿回来。你猜水根眼下怎样了?"秋云睁大了眼睛,虽然她厌恶眼前这个人,但对于涉及水根的问题又不能不关心:"怎样了?"麻梗来神了:"他在那

边混上女人啦,和一个有钱的一起过,就像夫妻那样,嘿嘿!"秋云啐道:"闭上你的臭嘴!嚼舌头!"麻梗道:"你还蒙在鼓里,到时候他休了你,你还不晓得!"麻梗停了停,又说,"回头我跟你细说。"……

秋云的心愈加往下沉了。

2

坡地上坐着的,的确是老莫。他坐着一动不动,深深地陷在自己的心事里。身后是他那用旱地改成的橘园。他吸着劣等平头烟,似乎未察觉到夕阳已西沉。

他似乎是在为自家的这块旱地而担忧。这块地两年前还是块麦地,是在在南方打工的儿子的反复建议下才改成橘园的。儿子说如今种庄稼不仅没收益,而且累人,倒不如改种水果之类的东西。老莫当时就想不通,他这辈子还从未侍弄过那玩意儿。但终了还是拗不过儿子,因为儿子离家后,家里在侍弄庄稼上的确缺少人手。可两年下来,那果园每年结不了几筐橘,他和儿媳的口粮还要掏钱去买。老莫便陷进了自己的心思里,感觉自己就像一根被人拔出土来的禾苗,陡然间失去了根基。于是,老莫常在这片坡地上痴坐,背对那片橘林……

天黑下来了,老莫才起身往家走。一路颠颠踬踬,摇乱了他的思维。进得院门,径直去了西边的楼房,生怕又被东楼的儿媳盘问。这套房的格局还是儿子在家时设计的,两幢小楼共一个院子,有分有合。

进屋后老莫才感觉到了饥饿,便进了自家灶房……

他坐在灶门前,漫不经心地塞着柴火。灶口出来的火光将他的老影投在墙上。火光闪烁着他沧桑的脸和苍老的思绪……一个念头渐渐在他坚硬的脑袋里清晰起来……

3

秋云静静地躺在床上,一动不动,内心却翻江倒海。麻梗的话她虽不完全信,但心里的疑惑还是排除不了。毕竟水根的确长期不归且少有信息,无风不起浪,所以她无法安静下来;再回想到过门后她的日子,便越发浑身无力了……

她回家后就一直这么躺着,晚饭也懒得吃。屋里静极了,钟摆走动的音响敲击着她不平静的心。她痴望着蚊帐顶,任字面钟的嘀嗒声将时间一点点带走……

不知过了多久,突然响起了敲门声。她以为是公公老莫来看她,便没精打采去开门。当把门打开,见是嬉皮笑脸的麻梗时,立刻警觉起来,但她又没有理由不让他进屋。麻梗进屋坐下了,没说上几句话,就又说起水根,说得很具体,像是在讲个什么故事,不轻易放过一个细节。"那女的是开私人小店的,死了男人;有钱,也开放……"麻梗说。秋云总说她不信:"水根不是那种人,水根不会的!"麻梗急了,说:"你这痴子! 到现在你守两年活寡了,你还是不信! ……我真不忍心看你这样受活寡……"秋云说:"你别说了,你走……"

4

老莫于寂静中草草吃完了晚饭,那个新诞生的思想终于也酿熟了:必须把那果园改回来,种庄稼! 农人的根,终了还是要扎在庄稼地上的! 他这样想的时候,显得很激动。但他又无法将具体时间敲定,因为毕竟老了,很难再有那份力气了……他抽着烟独自于黯然中展开他的心思。自打老伴故去、儿子外出后,他一直就以这种方式挨过寂静又漫长的夜晚……

终于累了,迷迷糊糊睡过去。蓦地听到从东楼传来急切的喊叫声。是儿媳秋云在喊叫,好像在与人打斗。他操起一把锹奔出门去。

老莫去得及时,把企图作恶的麻梗轰走了。儿媳秋云趴在他肩头悲恸地

哭泣,她把一切都说了出来,包括她的疑惑。老莫听着,浑身发抖,牙咬得咯咯响。他隐隐觉得,这个家似乎有麻烦了,一种危机感、责任感油然而生。

夜黑漆漆的。儿媳的哭声风一样吹得他发抖。农人是要把根扎在庄稼地上才得硬朗的!他又这么想。

于是,决心终于下定了⋯⋯

5

天还没亮透,老莫就扛着锄进了他的橘园。他观望了片刻,而后坚决地往手掌心上吐了口唾沫,搓搓手,挥锄就往一棵橘树的根部挖去。也许是因为几年没用过锄,抑或是因为他确实老了,他挥下的每一锄都缺乏力度,以致还没挖起一棵就先喘了。然而有股子力量强撑着他继续挖下去⋯⋯

开始出汗了,汗珠从粗糙的老皮下勇敢地钻出来,继而又顺着面颊流下来,滴落到黄褐色的土壤里。脸上松弛的肉随锄挥动的节奏而颤动⋯⋯待他终于放倒了两棵橘树时,已经筋疲力尽,瘫坐在地上了。

不知歇了多久,东边开始泛出光来,野雀也在枝上叫出声了。很快,东方就漫开一片绚丽的彩云。老莫站起身,踩着露珠紧走几步。霞光飞奔而来,将他的影子拉得很长。他迎着令他眩晕的霞光,拄着锄在徐徐的晓风中微笑着,笑得执着又欢实;这笑好像是从心里流出的,因为他觉得这个家往后不会有风险了;是呵,有儿子,有土地,庄稼人的家还能有什么风险呢?他为自己有如此的壮举而自豪⋯⋯

于是,那源自心灵的笑便定格在了他脸上,如同他的那条苍老的长影定格在黄土地上一样,仿佛永远都不会逝去了⋯⋯

2000 年

抗　旱

没有"人气"的家,空气都好像是静止的。

只身坐在空落落的楼房里,根发老心底里透着股子苍凉,尽管这是在骄阳似火的老历六月。这楼还是儿子在外挣钱回来盖的,而不是他从土地里抠出来的;虽说他一直是个顶不错的庄稼把式,但要从泥土里抠出这样高大气派的楼来,梦里恐怕也成不了。

眼下,他坐在偌大的堂轩里有些发痴,呆滞的目光里流露出些许倦意。自打这楼立起之后,他便一直独守这座"碉堡",与他做伴的,仅是远方的儿子寥寥的几封来信;那信已被他弄熟了,信里的句子他大抵都能背出。

正午已过,日头还丝毫没有减弱其威力的意思。根发老心里又为他那两亩多棉花地焦虑了;他虽然住在钢筋混凝土的楼房里,但他的心还是泥巴做的。

爸,别为我担心,我在这里很好,样样都很顺心。我现在换了一家厂子做事,工资几乎翻了一倍。这家厂子的经理好像很喜欢我,几次说我能干,说是将来要让我做领班,当个头头,那样一来,我的工资就更高了!看情况吧,将来我在这边站稳了,你也过来和我一起过……

远处的棉花地越来越紧地牵动着根发老的那颗泥巴心。老汉有点坐不住了,他仿佛已经听到棉棵的根须艰难吮吸的声音,有如伤痛者凄惨地呻吟。目光里的倦意渐渐消失了,终于,他戴上草帽,挑着两只空桶出了门。

此刻,村子出奇地宁静。这里也久已没了人气。无论男女,只要还年轻

或者还有那么点儿心劲和门道,大抵都出去谋生计了,于是村子便像掏空了似的显得虚脱和寂寥了。穿过窄小的村巷,但见村口那儿有几个男人歪在那棵古槐下打着一副肮脏的毛边扑克。这恐怕是这个村留下来的仅有的几条汉子了。然而,他们宁愿让各自家里的田地杂草丛生,也不想放弃眼下他们仅仅拥有的这最低档次的娱乐活动;他们毫不在意自己形态的慵懒,大口地吸烟,大声地骂娘,将寂寞和无奈连同他们不断制造的烟雾放肆地吐在这庄稼和野草都疯长的季节。"哟,根发老又去抗旱哪!你这么拼着老命的,莫非那地里抠得出金子银子?嘿嘿……"牌迷中有人高声调笑道,"有这份老劲,倒不如夜里跟我去捉蛤蟆……"接着是夸张的尖笑。根发老没理会他们,择小道朝村子当家塘而去……

爸,你年纪大了,莫再把农事看得太重,做了一辈子庄稼也该歇歇了。家里的那几块田地就让它荒了,或者转给别人弄去,反正靠那也寻不下几个钱。再说,现在我们也不缺钱用呵!我现在经济条件是越来越好了,收入不错,过些日子我再汇些钱过去……

他的地在村西头的那道斜坡上,距离塘还有两里多路,有条鸡肠似的小路连着。眼下,小路正在根发老脚下固执而艰难地延伸着,伸向了那尚存一抹绿色的斜坡。担着水来到地里,根发老的胸背都已被汗水打湿。太阳依然是那副烈性子,入夏以来,它就一直这么凶神恶煞。坡岗上沉睡般地寂静,小道和荒地在强烈的日照之下泛着耀眼的白光,令人眩晕;热浪从头顶压下,从脚底升起,熏烤着他的每一个毛孔。虫鸟似乎也不敢出没,只有野草和棉棵于静默中争夺着可怜的水分。他进入了地里,棉棵几乎将他淹没。置身于绿色之中,老汉一下子便有了精神气,热的感觉被一点点挤出脑际。他弯下腰,开始一瓢瓢将珍贵的水滴在它们的根部。干裂的泥土焦急地等待他手中那甘霖的到来,吱吱的吸纳声就是它们欢快的叫声。而对于根发老来说,那声音恰似拨动心弦的音乐。这份快感,是那些牌迷还有他的儿子无法体味的。

爸,你恐怕想象不到这边的生活与家里有什么不一样。举个例子吧,这里一天的开销有时抵得上你做庄稼一年的收入!现在想想当一个地地道道的农民真没意思,我幸亏走了出来。爸,我心思越来越重了,我又不满意我的现状了,等条件成熟了,我打算出来自己开公司。我可不能一辈子都替别人打工!人不能活得太累,不然就枉来这一世了!

小子你有出息了!他突然从喉咙管里咕哝了一句。一担水很快就通过他的瓢滴了出去,他感到腰已经有些酸了;衣湿了又被晒干,留下一些银灰色的晕圈。不过,身体渗出的汗水也已减少,不知是因为体内缺水还是因为身体与环境达成了某种平衡。他缓慢移动着,步子还算平稳,那些令他欣慰的绿叶在他移动时轻拂抑或顶撞他,给他带来一些痒的感觉,他熟悉而且似乎并不讨厌这种感觉。他将湿漉漉的身子移到了地块边沿的一道土埂上,坐下小憩;烈日下,面对那些属于他的绿色,他脸上有了一些笑意……

当他第四次重复完这项工作之后,他已完全体乏了;他疲软地歪在土埂上,双目似闭非闭,两只筋络暴凸的手臂垂落在地,就像老树之根扎入了泥土;两条腿张开来,贴着发烫的地面。溽热依然凶猛地扑过来,却似乎已不能给他什么影响;阳光斜打在他脸上,眼前明晃晃的,恍恍惚惚如同梦境一般……

爸,你一把年纪了,身子骨要紧,一定要注意身体。特别要注意两点:一是不要太劳累,做不动的事千万别去做;二是要注意营养,该吃就吃,不要太节俭,我们现在不缺钱……

好像有人在推他,好像有人在喊他。他缓慢地将眼睛睁开,见是村口的那个牌迷在喊:"根发老,你醒醒,县长来看你了!"

根发老越发地迷惑了。县长在他眼里好比是天,怎么可能与自己有关系?"县长干吗来找我?"

"是乡里人带来的,说是来检查抗旱工作的。你瞧,就在坡下……"

根发老眯起眼,望了半晌也没看清什么,隐隐约约感到有群人在向这边来……

2002 年

归　来

又回来了，在这个暖融融的春季。

田原依旧，沟塘依旧，村路也依旧……

前面，那绿树掩映之中的一群房屋，就是她曾置身的村子吗？老实的屋脊们仍像寻求庇护似的龟缩在浓荫之中，未敢探出头来看看外面的世界；狭长的老沟，有如牢实的绳索，缠着村子的手脚。这村子，即便相别百年，恐怕也难得有什么变化……

暮春和煦的阳光漫洒而下，给人温馨的感觉；温柔的春风，轻舔着复苏的大地；树叶沙沙作响，撩拨人的情丝。脚踏松软的土地，让视线追随风和云彩，含晖的原野上，似乎处处都闪烁着新的希望。于是，她白皙的面庞上荡起了涟漪般的笑意，步子不知不觉已变得轻松了……

"是秀英回来了吗？"小道一侧的秧田里，一农妇认出了她，直起腰招呼道。

"哎哎！"她含笑点头，也认出了对方，"是麻婶吧，你忙哪！"

"去铁匠那看看吧。"麻婶说过便朝周围人挤眼睛且诡秘地笑。

"……"

思绪随着问话展开来。是呵，村里唯一的那个褊狭的铁匠铺里，是否还燃着炉火？那个铁块一样的汉子，是否又绷紧浑身的肌肉抡起了大锤？记忆中他的锤音总那样单调；大锤沉沉的，反反复复锤着一个自古流传下来的苍老的音符……

还记得那个人的汗味、酒气和吼声,还记得那酒气和吼声给她带来的震荡。那个被炉火熏烤成古铜色的汉子,一生只有两个愿望:挣钱、续香火。然而,在她一连为他生下三个女伢被迫结扎,家庭因严重超生而被罚了巨款之后,他那两个愿望全化了泡影。于是,作为男人的铁匠便与酒交了朋友,每次豪饮过后,总免不了抡起他那抡惯了铁锤的手臂,砸在她的身上——就像砸在他铺子里的铁块上那样——不遗余力地宣泄着淤积于心头的悲哀和愤懑。……日子日渐地黯然了,日子的滋味已荡然无存了。以致一次偶然的机会,当她看到县电视台上播出的县劳动局组织劳务输出的广告后,她毅然打点行装前往应招了,而将一切的后果全扔在了脑后……

日子悄然走过了三年的历程,而她又踏上了这片令她无法忘怀更无法丢开的土地!这难道是某种必然的选择?

"秀英哪,你还回来做么事?"山儿爸扛着锄头迎面走过来,认出她来后惊奇地问。

"怎么的?"她有些茫然。

"铁匠重新讨了老婆了,喜酒我们都喝过了,嘿嘿……"山儿爸似有点幸灾乐祸。她愣在那儿,脸上的笑容顿时消失了。但她终于还是克制住了自己,振作道:"我不是为他才回来;这几年在外积了点钱,回来想办件事儿。"

"办么子事呢?"

"打算办个养鸡场什么的……"她随口答道。

"办养鸡场,哈哈……办养鸡场……"山儿爸嬉笑着走开,笑声里像是含有揶揄的意思,"好家伙,这儿的男人往后可有鸡吃了,哈哈……"

她不明白山儿爸话语的含义,依然往前走,尽管步子已显得有些重了。进了村子,一股浓郁的农家生活气息扑面而来,这种久违了的气息使她立刻又有了精神。蓦地,她看到一女孩从村代销店里出来,极像她的大女儿翠翠。她疾走几步,喊住女孩。孩子停下,久久地望着她,半天才说出一句话来:"不要脸!"转身就跑了。她大惑不解,就像被人无端地抽了一耳光。她思量片刻,决定去找铁匠,她没法回避眼前遇到的问题,她亟待要弄清一些事情。

她进了代销店,想买点东西带去。小店主人叫根犬,有张水嘴儿,且认出

了她。

"嚯,真像个有钱的样子,看来女人变坏就有钱这话一点不错。"

"你什么意思?"她拉下脸来。

"听铁匠说,你在外做'鸡',挣皮肉钱,发了,嘿嘿……"

"放屁,你造什么谣!"她怫然作色。

"是铁匠他自己说的,不信你去问铁匠,他说他正是为这才甩了你重新找人的……"

是铁匠造的谣,他有自己的目的!

她战栗着走出小店,头脑一片混沌。她悲哀地发现,顷刻间,自己成了一个没有归宿的人;归来的兴奋感已荡然无存……

看来事情并不简单。她觉得眼下不必盲目地去做什么,她需要找一个僻静之处理一理头绪。

她悄然走出村子,走出很远,在那条她并不陌生的河边停了下来。记得三年前,她做出那个重要决定的时候也来过这里。她站在开阔平坦的河岸上,风不经意地撩拨她的头发。

日照下春水波光粼粼,白鸥盘旋交错;她凝神于河水的泰然东流,心境却远不似她那被阳光映照的面容那般平静。她在一块小石上坐下来,试图让起伏的心潮融入这一河泰然的河水,让心绪随了这舒缓的河风,让心境接纳这暖融融的阳光。她知道她眼下不能也无法浮躁。可是她又无法随了这河清澈之水一并平静而又欢快地流去,她必须正视眼前的一切。何去何从? 是悄悄离开还是留下来? 这是她必须尽快回答的问题。离开意味着逃遁,那么归来的意义何在? 还有家庭、孩子……而留下又有什么作为? 与铁匠那种人还能再说些什么、争取些什么? 争斗是她最感到厌烦也最不擅长的事,她的血液里从来就不曾有这样的养料;还有环境,这里的环境……她似乎没有能力做出这种选择……

时间像水一样流淌。不知什么时候,她的手不经意间触到了衣袋里的一枚硬币,于是,她决定让这枚硬币帮助她做出决定。她掏出那枚硬币,心中决定了正反面所代表的内容,然后将它高高抛起;她的视线紧随着那枚硬币,随着它跳起、在空中停留又落下,就像她命运的跳起与落下一样。终于,硬币落地了,却直立在了潮湿的河滩上。她无奈地望着那枚趾高气扬地直立着的硬币,感到将前途寄托在一枚抛起的硬币上毕竟是不可靠的……

　　……太阳已经西斜了,她的目光还在随白鸥飞翔。蓦地,她感到身后有个温热的东西在蹭她,她回转过头来发现是花子——她从小养大的那条狗!呵,花子居然还在!居然还认得她!她一把搂过它,眼睛有些潮湿。……

　　似乎是花子帮她做出了决定,她重又进了村子。归来的意义在她头脑里重又明确起来:她觉得,的确应当去争取一些什么,因为她已不再是三年前的那个女人了……

2004 年

离　　走

　　根应正埋头割稻的时候,他那花枝招展的老婆不知什么时候出现在了田埂上。这个没有生育过的女人眼下完全一副城里人的做派,穿一步裙、着高跟鞋,在田埂上走不开步子,只好站在远处大声喊叫。可那喊声却不像是个娇嫩女人的声音,高亢而粗犷。

　　"根应! 还不快回去烧火? 天都快黑了,我晚上还有事!"

　　"我把这一块割完。"根应回道。

　　"割么事、割么事! 我早跟你说了,这稻请人割,我出钱,你就是不听,偏要来找苦吃!"女人有点愤怒了,那凌人的盛气也显现了出来,"根应,听见没有? 快回去,我晚上有事哎!"

　　"我把这一块割完。"根应还是这么答,头都没抬。

　　"提不起气的东西——天生的苦命坯子!"女人忍不住骂了一句,就翘翘着离开了。

　　女人粗放的声音传得很远,撩起了另一块田里发犬的兴致。发犬直起腰,阴阳怪气地朝根应喊道:"根应哪,还是回去烧火吧,别耽误了婆娘晚上挣钱,嘿嘿……"

　　"放你娘的屁!"根应怫然作色,恶狠狠地说,"你再乱说老子抽你的臭嘴!"

　　"我是好心哪,"发犬并不害怕,仍嬉笑道,"反正你婆娘会挣不费力的钱,你又何必在这受罪……"

根应怒不可遏，冲了过去。两人扭打在一处……

当根应挣扎着爬起来的时候，夜幕已开始降临了。他拭着嘴角处的血，仍感到，发犬那小子的话像刀子一样扎在心上。他不想回去，颠跛着在自家的田埂上坐下来，疲软地面对薄暮之中的这片残缺的稻……

缺月挂在天上好不寂寥，就像他和他的镰刀躺在地上那样。他痴瞪着眼，阴黢黢的夜色浸黑了他的心思。他似乎在思索，但他怎么也弄不清，自己这么一个壮实的庄稼汉子，如今怎么会窝囊成这样？自打他成为劳力之后，他其实就一直在按他爸的教导去做，诚心实意并且兢兢业业地做一个农人，并没有非分的念想！爸常说，庄稼人只要踏实肯做，就不愁没有殷实的日子过，他相信这一点，就像相信太阳从东边升起西边落下一样。十多年里，他真真抛开一切邪思杂念专事农事，就像熟稔时令节气那样熟稔全部的农耕技艺……最为悲壮的，莫过于与英子的告别。英子喜欢他，但总又不安分，老想着往田地以外的事情上奔；先是去了采石场，后又随了建筑队去了城里。他最终听了爸的劝告，没有娶英子为妻；他相信爸所说的，作为农人，做什么都没得脚下有片自己的田地来得可靠。然而，时至今日，当他成为村里数得着的、顶尖的庄稼把式的时候，竟然也同时把窘迫和寒酸写在了身上；他一年侍弄庄稼所获的收入，扣除化肥、农药等农资投入，还不抵他那在村企业做事的老婆一个月的工资！他想不通透，却又不知这到底是为什么。更叫他难受的是，随着女人一次次将成沓的票子带回家来，他根应说话也越来越不顶事了，家事的主导权不知不觉间就移到了女人手中，尽管这个女人眼下看来确有令他无法容忍的缺陷，比如不能生育，比如正被村人热传着的卖弄风骚，等等。

及至今日，他感到自己似乎越来越不像个人了；在外遭人耻笑，在家就如同女人的用人；他不知道自己还如何将这样的日子挨下去……

英子现在不知在哪……

他那混沌的大脑里忽然蹦出了这样的思想……

夜色渐浓。根应已丢开身上的疲惫，只留下一些伤痛。他又揩一揩嘴角上还在流淌的血，起身往回走了。缺月微弱的光映出隐隐约约的路，引导着他的不很稳当的脚步。不远处的村子看上去黑乎乎的一片，出奇地宁静，零

星的灯光和偶然响起的狗吠勉强证明着这里还有生活。

他不声不响地摸进了院门，拉亮了灯火。女人已经不在屋里，这是意料之中的，他并不感到意外；他知道她又上哪去了。近些年来的夜晚，他大抵都是这么过来的。他又摸进了灶房，冰冷的锅台就像他女人的脸，没有表情地望着他……

英子眼下不晓得在哪里……

他莫名其妙地又咕哝了一句。

他开始做饭，开始做先前都是由他女人来做的事。灶膛里的火忽明忽暗，闪烁着他那张门板似的脸以及嘴角上的血迹。他又想到了女人，他没法不想到这个女人。这个女人还是他爸为他找的。那时，他爸为了彻底断了他与英子的关系，急火火请人保媒将她接进了门。女人起初倒还乖巧，特别是他爸在世的那两年。那的确是一段不错的日子……可自打她进了皮子办的那家"床垫厂"，特别是后来又进了厂长办公室做了什么狗屁"秘书"之后，她就变得一天一个样了。他虽然不能确切地知道皮子是怎样改变她的，但从泼皮出身的皮子那德行上看，他又不敢断言村里的流言全都是胡说……

想到这里，根应已将牙咬出了声音，门板似的脸上竟挂上了泪滴。他想不通他一个踏踏实实务农的人怎么就不如一个逍遥的泼皮和一个风骚的泼妇活得滋润……

他的情绪被灶火煅烧成了仇恨；他的动作开始变得刚劲有力了。狗日的！他无端地骂一句。岩石似的头脑也开始有了些变化……

英子眼下不知在哪，她有好几年没回来了。他又想。

晚饭吃过，他痴怔怔地坐在堂屋里，就像一根木头。两眼望着黑洞一般的门外。不知过了多久，他蓦地想起什么来，从木板搭的假楼上找出一排雷管来。这东西是前些天他遭人取笑时，鬼使神差窜上山从采石场熟人那儿弄来的。他当时还不明白该怎么用这些东西。他只是有一些潜意识，眼下这意识似乎有点清晰了……

他拆开了一包崭新的烟。他开始平静地抽着烟。后来就将烟和雷管都带出了门。

……夜,黑得可怕……

第二天,当皮子偶然发现他房屋一侧贴着一排已经装好引线的雷管时,惊出了一身冷汗。他立即报了案,但派出所的人除了发现屋旁边有一堆烟头之外,再无任何线索。而那位花枝招展的女人也惊奇地发现,她那从不外出的男人,突然间在这个村里消失了……

2004 年

逗　　留

1

太阳溜坡的当儿,秀又夹着一盆衣裳往村口那个月牙潭而去。她去洗衣裳,当然,或许也不全为了洗衣裳。

来到潭边,一向麻利的她并没有立马搭埠头,而是照例让视线越过清潭,向前边不远处的那一大片油菜地飞过去。但见夕照中连片的油菜花黄灿灿的,在四周碧黛的高山衬托下格外晃人眼目;油菜地一侧,放蜂人放置的蜂箱还排在那儿,旁边是他们支撑起的雨布帐篷,以及一辆随时都有可能开走的大三轮机动车。已连续一个星期了,那对父子好像还没有要走的意思;不知道这是不是那后生的故意。看见这些,秀的心湖又泛起了涟漪。她蹲下身,开始洗衣;她知道,待会儿,那放蜂的后生又会适时地出现,因为一连数日,都是这样……

果然,没过多久,秀便听到了从潭对面飘荡而来的悠扬的口琴声。后生还是坐在那块大石上,吹的还是那曲《一剪梅》。秀于是便有点瑟瑟,脸上泛出些许红晕。

他甩不开,秀这样想。都两年多了,他何以还是甩不开?她又想。棒槌有时便打在石头或手指上……

2

从潭边回来，天已转黑。秀的脑子里塞满了那首《一剪梅》的旋律，做什么事都有些心不在焉了。她先去厢房看了婆母。婆母病了，身子发热，她拿块湿毛巾搭在婆母额头上，轻声抚慰几句，便下了灶房。

坐于灶膛前，那悠扬的口琴声仍像这闪烁的火光一样缠着她。"爱我所爱，无怨无悔，此情长留心间。"这首《一剪梅》是她当年做姑娘时最喜欢的歌曲，它曾寄托着一个乡村少女对爱情的全部想象和期盼，还伴随着一个年轻后生浪漫的追随……

正想入非非的时候，一个黑影突然从窄小的后门闪了进来。来人凑到她跟前，嬉笑着一张粗糙的马脸。秀晃过神来，看清了来人是村上的泼皮光棍大赖。大赖油腔滑调地说，男人在外乱搞女人，媳妇在家孝敬婆婆，真是好样的！秀怒瞪着眼说，你什么意思?! 大赖说，我真格是同情你呀！你男人在南边打工和一个女的搞上了，你还不晓得吧？秀没好气地说，你胡扯！大赖说，有人看见了，回来时跟我说的，嘿嘿。接着他便起劲地描述起一些具体细节来，像是自己体验过一般。依我看，你反正管不了他，不如也在家养个汉子快活一下！大赖最后说。秀怒不可遏，喝他出去。大赖并不害怕，笑哈哈地说，下回我再来安慰你！……

3

给婆母喂了些饭水，秀便坐在堂轩发起呆来。她灭了灯火，坐在黑暗里痴望着门框一角的一小片星空。这几天，每到晚上，她似乎总能听到一种脚步声，不知是幻觉还是真实的存在；那是一种她很熟悉的、在做姑娘时就曾多次期盼过的脚步声。因而，连日来，她总是不能将房门很好地关上。

不知不觉就趴在桌上睡着了。待她醒来，听到婆母在呻吟。她赶忙进到厢房里，发现婆母的额头热得烫手，身子在痉挛。秀着了急。得赶紧送医院，

她想。可这夜深人静的,找谁去?又如何送去呢?正不知所措的时候,蓦地想起了放蜂人和他们的车。尽管有些顾虑,但秀还是咬牙朝放蜂人的帐篷而去……

放蜂人自然深感意外。父子俩态度明显不同。后生答应马上就开车,却被其父阻拦了,理由是车的油不够,怕在路上"抛锚"。后生便让秀到篷外等一等,他和父亲说几句话。秀便退到篷外等候,却听见篷内起了争吵,且声音越来越大。秀于是非常惭愧,但为了婆母她还是耐着性子。但后来老汉的一句话隐约地传来,深深刺痛了她。老汉说:当初人家说走就走,今日有难了就想到来求你了,你哪就那么贱呢?!秀噙着泪走开了,心里满是绝望。可没走多远,她就听到了机动车启动的声音。秀眼里噙着的泪便溢出了眼帘……

4

因送得及时,婆母得救了;城里医生说,晚来一小时就难救了,秀心里充满了感激。连日里,她按医生的要求侍候着婆母,人显得很是疲惫。

这天晚上,她在寂静的堂屋里坐的时候,又不知不觉睡着了。不知过了多久,迷迷糊糊地感到有人在摆弄她。她惊醒过来,发现了一张丑陋的马脸!她奋力挣脱着、怒吼着。大赖嬉笑道:反正你男人不要你了,何不跟我乐一回。秀边挣扎边喊叫,却无力挣脱大赖的怀抱。厢房里的婆母闻声从床上挣扎着爬起来,却因为虚弱而栽倒在地。秀绝望地高呼着,眼看要招架不住的时候,大赖的头部出乎意料地遭到了一击。他刚松开手,就被一只有力的手封住了衣领,随后又被一记重拳打倒在地。秀这才看清,是放蜂后生突然地出现在了眼前……

大赖从地上爬起来,捂着脸号道:好你个小子,你等着,有你好受的!说过,狼狈地逃出门外。后生将秀扶起来,两人又进房将秀的婆母扶上床,后生对秀说,你没事吧?婆妈要有事送医院,就来找我……

5

养蜂后生在翌日夜间被三个蒙面人给打了，一些蜂箱也被砸了。老汉面对前来围观的村人，一边无指向地痛骂这个村某些人的野蛮，一边痛苦地埋怨儿子不听话老待在这个村不想走，声音里夹杂着哭腔。秀惭愧地低下了头。她知道这是谁干的，只是没证据不好明说。

她悄悄离了人群，来到大赖家，质问大赖为何如此缺德。大赖得意地跷着二郎腿，阴一句阳一句地说，小骚货你听着，你的野男人被打跟我无关！你听好了，我已托人带信给你老公，告诉他你在家偷汉子——偷放蜂的汉子，你就等着他回来收拾你吧！他用妹换回一个偷汉的老婆，他不会轻饶你！秀啐了一口，骂了几句，最后也只得无奈地走开。

秀心如刀绞。她无精打采回到家里，坐在堂轩左思右想地发呆，连饭都没心思去做。不知过了多久，她终于觉得自己该给养蜂人一点补偿。她想起家里还剩下仅有的两千元钱，于是全部拿了，用帕子包好了。正准备出门去，就听见一阵机动车的声音。她急忙跑出去，疾疾地往那片油菜地奔。可是，那车子已驶上了乡道，疾驰而去，她已无法赶上了。秀脚下一软，跌倒在曾是放蜂人放置蜂箱的地方。她趴在地上伤心地哭泣起来……

2003 年

乡村情结

从桃林里钻出来，孟农那颗苍老的心似乎又添了些活力；他站在这道已被春的草木覆盖的向阳的坡岗上，嗅着这里无所不在的花木的气息，将心思和感慨全写在了瘦削的脸上……

该给这园子想想法子了，他这样想。自打儿子外出打工，他其实已经无力一人侍弄这一大片桃林了。他确实已经老了，充其量也只能摸过来转转，防一防偷盗行为什么的；至于修枝、追肥、除草之类的护理活儿，他一样都对付不了了。因而，在儿子离开的这一年多时间里，这片桃林就像是一片野生林，自由地生长着……

三十年哪！他咬着牙想。干吗要签那么长的承包合同？现在想来，当初的行为是不是有点盲目？不过，当时的情形毕竟不同，他仗着有儿子在，而且，还有股子精神气在支持他。那股子精神气还是他年轻时留下来的——

年轻时他是一名从农校毕业的中专生，在县农林局工作。虽然已经从土地里走了出来，但对农事却依然有着别样的感情。"学农就得实实在在走到农业中去"，他常对同事们这样讲，并且隔三岔五地骑着自行车下乡，下到田间地头和果园中去。到了二十世纪六十年代搞责任田的时候，他竟然辞了职回到了家乡，企望凭自己所学技艺干一番事业。他在种好自家责任田的同时，还组织一些农户上山开荒，硬是辟出了一片像样的果园并种上了桃。可没承想之后他却因此而遭了罪，在一次突如其来的"运动"中，他成了"割资本主义尾巴"的对象。为挽救辛辛苦苦开辟出的桃园，他说了一些过激的话而被扣上"坏分子"的帽子,从此再也抬不起头来。但那份希冀一直存留在他心底,并在沉寂了三十年之后重又复活了,化成了一股不断怂恿着他的精神气……

是该给这园子想想办法了!他反复想着这个问题。然而眼下,他孤身只影、老态龙钟且又连个商量的人都没有,能想出么法子?他真切地感受到了一种落寞和孤独。这时候,他便不由自主地想起一个女人,一个仍在守寡的女人,心思就又活泛起来了。

金娥眼下不知怎想的,他在心里猜测道,脚步开始向山下挪了。他和金娥其实在六年前就可以结合的,全因他儿子反对才最终没能走到一起。那时,他们刚刚承包下这块山地,刚刚把桃园开出来;儿子的态度他不能不考虑。而金娥那边却没什么阻力,她是个热情开朗的人,常常主动地靠过来,不断地往他们之间的炉灶里添柴,增添着两人之间的温度。他一度也想横下心来把事情给办了,但儿子的一句话使他最终退却了。儿子说,她要是过来,我就离开,出去打工!他于是只能把事情压下来,为儿子,也为了这片新生的桃园。然而不承想,五年之后,厌烦了农事和土地的儿子最终还是远走了。这浑小子!他骂出了声音……

他后来便不大到金娥那里去了,怕引起村人的闲话。但心里一直惦记着她,特别是儿子离开的这段时日里,有很多次他都想去和她谈谈,但终了还是缺少勇气。可这会儿他突然地又想起她来,心中竟然有了某种冲动。不过,他的确不知道她眼下怎么想的,也不知道她对他们的事还是不是像以前那么认真。如果现在她仍存着那份热情,他们还是可以结合的;两人合计着、搀扶着,或许还能对付得了这片桃园呢!

他这么想着的时候,已经从坡岗走下来了。他进了村子,壮着胆子走进了金娥家院门。

金娥小他五岁,看上去并不像他那样苍老。她似乎还是那样开朗,热情地招呼孟农坐下,一点都不显得腼腆,相反倒是孟农显得有点局促。他小声地、小心翼翼地拣着字眼说话,生怕说错了什么。在他还未来得及说出心思的时候,金娥的一句话如一瓢冷水泼在了他身上。金娥说,在村子里住了大

半辈子,眼下要离开,还真有点舍不得呢!孟农说,这话怎么说?你要上哪?我要进城去了,她说,儿子在城里做生意已经站稳了脚跟。这小子不知怎么一下子就想开了,托人为我在城里介绍了个人,还是个退休干部!孟农急忙说,你不能不去吗?金娥反问道,为什么呢?孟农说不出为什么。是他自己错过了最佳时机,他还能说什么呢?他眼下更加感受到一种落寞和孤独了。孟农叹口气说,年轻的时候我从城里往乡下奔,年老的时候你从乡下往城里奔。这话什么意思呢?她问。他没再说什么,他不知为何要说这话。他起身离开了。在村巷里,他遇上了乡邮员,乡邮员说正好有他的一封信。他接过来一看,是儿子寄来的。他打开信,目光在龙飞凤舞的字迹里游巡,手不自觉地颤抖起来……

　　看完信,他没有回到自己的屋里去,似乎是厌烦了那种无聊的独守,而是下意识地又往山上去——又往他的桃园去了。但脑子里,净是儿子信的内容。

　　……爸,出来真好,比窝在山里强多了;我后悔出来晚了……爸,我知道你这辈子都念着你的桃园,可眼下桃不值钱,那个桃园品种又不行,已经没多大意义了,要么就把它退了?要么就随它去吧,莫再为它花精力!反正我这边收入不错的……

　　他喘着气,重又站在了这片林岗上。太阳已升起老高了,他已明显感受到它的温暖了。他眯起眼,看到含晖的桃林色彩格外丰富艳丽,有若散淡的彤云漂荡于青岚之中……

　　……爸,过去我待在乡里思想不开化,现在见了世面,我全想开了,你和金娥姨就结合吧,我认这个后娘!你应当有个幸福的晚年……

　　随他去吧,他想。反正这个桃园还在!他走进园子里,于虬曲的枝条间挪移,手间或地不经意地抚弄着那些花叶;似火的桃红炙烤着他那原本缺少水色的老脸和思维,他自觉胸中有种诗情在荡漾,同时也夹杂着些难以言传的酸楚的东西。他感到眼睛有点潮湿了,但是只要还置身于这片园子里,他也就不知道忧伤了……

2003 年

老　甘

　　老甘背米来的时候，天色将晚；地气、雾岚蒸腾弥漫，融入暮色里。老甘有点吃力地背着半袋子米，于薄暮里沿那条村道鸭子似的走过来，光着身子、赤着脚，像是刚劳作回来；浓重的暮色似乎掩去了他黝黑面皮上仅有的那点表情。村道像根烂鸡肠子，蜿蜒着从村小学门前而过。村小学离村有一箭之遥，我和另一位防汛干部就住在这里，据说这还是村里刻意安排的，体现着村里对县下派干部的关照。尽管这样，条件仍不好；炎热的天气，两人挤在一张床上，没有蚊帐，靠电扇或蚊烟驱赶蚊虫。村子坐落在圩子里，一条土坝挡着三面来水。圩内以种棉为主，仅有的那点水稻只能满足各家自身肚皮的最低需求，米也就不易获得。汛期长，经费缺，向各家借米的难度也越来越大，碰一鼻子灰的事常有。这时候村干们每每便想起单身汉老甘，因为老甘那憨砣子从未抵过他们的面子，且总有办法谋得急需的米……

　　这不，老甘又背米来了，他每次背米来都是我们将要断炊的时候，我们自然都非常感动。老甘靠近时，透过暮色，我看到了他满脸的汗痕和憨憨的微笑。

　　"吃过了吗？"我主动招呼他。"嗨，嗨"他将米从肩头上卸下，而后龇着一嘴黄牙笑着，不知他到底是吃了还是没吃。我端来一把椅子，他就势坐下了；他似乎乐于在这儿坐、与我们聊，常常一坐就是几小时——尽管他的口头表达能力并不太好——话题大抵都是我们耳熟能详的那几个：或絮絮叨叨谈他作为一个外地人是如何来这落户并围垦创业的；或嗫嗫嚅嚅并略显沉重地谈

025

他那个我们未曾见过的据说是在县城里谋生的儿子……时间便在他那条理不清的冗长的叙述中一点点地流逝。

"……我来这儿的时候还年轻着呢,那时这里还是一片湖滩……"没一会儿,他就又绕上了这个话题,开始详细描述三十年前他是如何逃离北边的旱荒又如何在此立足的,"……这周围的几个村子那时都还不存在……你们面前的这条土坝当年挑得好苦哇,挑了破,破了又挑,连着三年,才稳下基础……现今的这条坝算是牢固了,可我们也老没用了……"尽管这些言语我已听过多遍,但仍觉沉重,透着沧桑感。

夜幕降临了,老甘非但没有离去的意思,其兴味反倒越发的浓了,后来的话题照例地又落到对他儿子的描述上。"……那小子,性子倔,像他娘;他娘把他带进城后就一直没来过这,不过那时他还小,才几岁;他娘天生就不是个安分的人,变着法儿往城里钻,哪怕是做些没脸面的事,没辙了才又和一个工人结了婚;当然啦,在城里生活总比在我这要强些,想想看我这有什么呢……可是伢跟着她却也没多大出息,眼下成了人又没谋得工作,只是开了个自行车修理铺子混日子……"他断断续续地一个人说,有点类似于自言自语了。我并不喜欢打探他人的隐私,便不曾探问些什么,我只隐约知道他言语之中深蕴着某种痛楚。我的视线穿过夜色落在他未老先衰的面容上,同时不禁联想起他那个用砖坯砌起的简陋居室,似乎也感觉到了日子之于他所显示的沉重。

不过,老甘最终还是表现出北方人固有的那种乐观,他笑谈着,不知疲倦地执着地把谈心进行下去;那颗满是短茬花发的头颅在夜色里晃动,差不多成了一个象征……

……第二天巡堤的时候,我们突然发现老甘所在的5队涵闸出现渗漏现象,情形很危急;村干、队干都来了,并喊来了一些壮劳力。涵闸结构复杂,需要有水性好的人潜水探摸。经过一番推拉,竟无人敢下;大家都清楚,下去将有危险。出乎意料的是,老甘竟从人群中站了出来,那一头的花发此刻特别醒目。他没等众人同意便脱去鞋衣下了水,一连扎下几个猛子,终于摸清了闸壁上渗点的位置。然而最后一次他浮出水面时,他双唇颤抖、面色苍黄;他说他的脚被水下的破玻璃瓶割破了。大伙赶紧将他拉上岸来，发现他的右脚掌上果然有条两寸长的血口子，鲜血正从中涌出。众人七手八脚将他往村医疗室抬，鲜血沿路滴落……我将这边堵渗的事安排好便急火火赶到医疗室，见老甘已被包扎好了，面如黄土、双目紧闭地躺在那儿，血液将脚上厚厚的绷带全染红了。我对周边的人说，要赶紧送县城医院。老甘却突然睁开眼，说一点小毛病，养几天就好了，不必兴师动众地劳神。我执意要安排人送，我说这事不能大意，弄不好会得破伤风的！老甘皱着眉头，还是不答应，说他一时拿不出钱来，他手头那点钱都拿出来买了米了；说眼下大伙都忙，没人有工夫服侍他……我愣愣地望着他，眼鼻都有点酸酸的，一时间说不出话来……

但我后来还是安排人将他送进了县医院，并设法为他解决医疗费等问题。记得送他进城的第二天，我还找到了老甘平时常说起的他那在城里开自行车修理铺的儿子，意在让其尽一点做儿子的义务。然而他儿子却表现得出奇的冷淡，甚至几乎不承认他是父亲。"……他并没有养过我……"他儿子这么说，"……眼下老了，有难了，就来找我、找麻烦了……我的日子也难得很，自己都顾不了自己，别指望我……"

那一番言语，我至今想来仍唏嘘不已……

2001 年

麻　五

当麻五将第八杯酒大无畏地一口吞下之后，他那独具特色的醉态便露了端倪；话语的音量和动作的幅度都明显加大；那些平昔隐匿于心的思想也相继失去了约束，接二连三趁机溜出了缺少设防的齿门。

麻五对酒的驾驭能力长期以来一直十分糟糕，以至于经常地创作出堪称经典的笑料作品来。而他偏偏又离不开他的这几位对酒有着执着追求且作风剽悍的"难兄难弟"；他无法想象，没有他们的陪伴，日子将黑暗成什么样子。他的老婆出去打工了，他因为过惯了散淡的日子而拒绝外出，只得在这空落落的家里扮演娘们的角色。可是，对于农事，他同样也没兴趣，他认为那是受罪的活，一年忙到头累死累活寻不下几个钱，还不如他隔三岔五地戴着头灯、手拿罩兜夜里出去捉蛤蟆卖来得实惠。于是，他的空闲时间便多得成灾，常常不得不为消磨时光而煞费苦心。幸好，在这个村子里，还有几位与他相仿的年轻汉子，他们自然而然地就走到了一起，并且很快找到了维护这个集体团结、运转的动力和载体，这便是打牌和喝酒。所以，只要他麻五还待在这个集体里并时常免不了扮演召集人的角色，他就无法与牌和酒拉开距离；而他的醉态，也就难免成为各种酒桌上的保留节目了。

"四、四应哪，"麻五冲四应打了个酒嗝，手上还捏着一杯刚斟满的酒，"你、你恐怕还不晓得吧，你家后娘在打、打我的主意呢……"

"放你娘的屁!"四应感到受了侮辱,"她那么大年纪,打你什么主意?"

"别、别误会,"麻五努力矫正着舌头的位置,"我、我是说她在打我这房子的主意;我敢说,她眼下做梦都想买我这、这屋,嘿嘿……"

"她干吗非要买你这屋?"四应听这话脸皮才有些松动,"莫非你这屋底下埋着金子不成?"

"不懂了吧?"麻五得意起来,言语也因为高兴而顺畅了许多,"乡里打算新开条公路,把南片的这几个村都连、连起来;那路要从我门前过……你们说,到那时,我这屋是不是个好店面? 而你后娘现在的那个代、代销店,缩、缩在老里头,位置不好! 前、前不多时,她还跟我说过,她愿出高价买我这屋,可我不、不卖;出多少钱我都不、不卖,我有打算,等我老婆回来……"

"不卖你又废什么话。"四应不高兴地打断了麻五的话,脸色有些难看。

气氛似乎不太好了。球伢见状站起来道:"干吗说这些没意思的事? 说点开心的,说点笑话!"

于是,气氛才又转了回来。是呵,干吗自寻不快呢? 在这个冷清的村子里,他们能聚在一起多不容易! 他们聚在一起,不就是为了寻点乐子、打发时光、充实日子吗? 你看,今天是个多好的日子呵,阳光在屋外明媚着,悠悠的凉风一阵连一阵地吹进来……再有,昨夜麻五哥运气出奇地好,一夜捉了二十几斤蛤蟆,拿一大半到镇上卖了,换来了四瓶老烧酒,剩下的又在麻五家那锈迹斑斑的锅里变成了一锅下酒的美味,四个人没牵没挂坐在这里享受着。这样的日子,在他们的聚会史上,还是少有的、很少有的呵! 干吗不由着性子乐呢?

又喝了几个回合,四瓶酒已经消灭了三瓶,锅里的蛤蟆肉也没了热度。但他们的热度仍在升高,争先恐后地说话,阐述着对一些重大问题的看法。譬如,打工无异于坐牢,连上厕所都要请假;做田不如捉蛤蟆,等等。尽管他们的舌头都已经开始不配合他们的思维。

"别、别老说费神的事。一、一人说个笑、笑话,说不上、上来的罚、罚酒一杯!"麻五提议道,将散发着异味的脚架在了桌沿上。

"我先、先说,"球伢响应道,"有个醉、醉、醉鬼,夜里回、回家睡觉,总是爬、爬不上床去,爬上去就滑、滑下来了;第、第二天早上醒过来,才发现自己躺、躺在一棵大、大树下……"

四人都发出鸭叫似的笑。接下去,犬伢也说了一个,自然又是一阵笑。四应嘴笨,没说上来,罚喝了一杯。最后轮到了麻五。麻五已坐不稳身子了,舌头更是处于罢工状态。但他还是坚持说他的笑话,而每句话过后,都让人担心他能否将下句话接上。他说的笑话大意是,有一年,他老婆和他吵架,一气之下寻短见上吊,可是上去之后又后悔了,两手扯着套绳不让它收紧,最后就没死成,是他把老婆放下来的……

四应和球伢提出质疑,他们认为这不可能、不可信,上吊的人没法控制自己。但麻五坚持说这事没假,不信可以试试。于是,围绕这一"课题",四人展开了热烈的讨论。最后决定不妨一试。

麻五找来了绳索,费了很大力才甩到屋的梁架子上,做了活节。"哪、哪个先、先来……"麻五着力喊道。

四应趔趄着走了过去,说:"见、见我不行了,就、就把我放、放下来……"三人都表示没问题。于是,四应上去了,不一会就挣扎起来,蹬倒了凳子,麻五他们见状都大笑不止。这是一种在酒精支持下的大笑,因而不易停下;大笑引起胃的收缩,引发一连串的呕吐……

但是,他们只顾了自己的笑和呕吐;他们的被酒精控制的神志已经照顾不到笑和呕吐之外的情形了。于是便将可怜的四应一直留在了绳索上。再往后,他们都无一例外地躺在了他们吐下的秽物上……

麻五醒来时发觉,自己脸上到处都火辣辣地痛,嘴角处还非常痛苦地肿起一大块。他隐约感到有人打了他。他拼命睁开肿着的眼睛,才发现屋里屋外都挤满了人。他不知道到底出了什么事;而他的那张嘴也只知道肿着、张着,除了无声地喊着痛之外,什么都不能告诉他……

后来,当然,他什么都清楚了。他的另外两位"难兄难弟"出卖了他。事情出在他家里,点子也是他出的,他无话可说。他被四应的后娘唤了去,开始了艰难的几乎没什么筹码的一边倒的谈判。

　　"你要是不答应,那你就去坐牢!"那女人说,没有商量的余地。

　　他只能答应,只能私了。因为他对坐牢有着与生俱来的恐惧。

　　于是,他没有了房子。他无家可归了。他不知怎么向老婆交代……

2004 年

另一种结局

　　根求蜷在他那晦暗的老瓦屋里,战战兢兢等待着一场灾难的降临。根求对此并不感到意外,他晓得这种灾难性结局迟早会到来。他心中有仇恨,有仇恨便难免会做出某种悲壮的事来,因而这种结局是难以避免的。

　　根求的仇恨是深刻的。他的恨集中在"女人"二字上。他恨女人的根本原因是迄今为止居然没有一个女人肯嫁给他——尽管他为讨老婆这项事业奋斗了十几年,付出了极为艰辛的努力。他为此请过不下十个媒人,向很多有女户讨过好、卖过乖,投入过统计起来连他自己都感到揪心的财力物力;甚至还与外面的人贩子接触过,险些被抓到牢里去。可村里村外那些个女人——那些狠心的尤物,竟没有一个肯和他拜天地的。她们回绝的理由都惊人地相似:无法忍受他是外乡佬,没有根基;无法忍受他头上那些呈鸡屎状的癞疤。他感到很委屈、很伤心,他认为这世上顶没良心、顶狠毒、顶可恶的就是女人!渐渐地他便恨上了女人。他觉得他恨女人的理由是充分的。深夜,在经受着精神寂寞和生理欲望双重煎熬的时候,他咬牙发誓总有一天要给那一类尤物以某种形式的惩罚,言辞往往颇具悲壮感。

　　这悲壮的情绪,终于在今天中午怂恿着他做了一件愚蠢的事。

　　今天上午,他照例挑着一担豆腐走村叫卖。中午时分,他卖完了全部的豆腐,挑着空担走在返村的路上。此时,太阳已偏过了头顶,他拖着懒洋洋的步子,听知了在树梢上哼着单调的歌,夏日的毒太阳晒得他的癞疤隐隐作痛。他嘴里胡乱骂着一些什么,便走到了村西头会计家承包的鱼塘边,正待他想找个地方歇息时,他那双鼠眼触到了令他心跳的一幕:几棵香椿树形成的荫翳里,村会计的小女儿憨憨地睡在一张竹床上,不怎么规矩的睡姿使其衣物偏离了正常的位置,致使一些不宜外露的部位一定程度地外露了。"这骚货!"根求禁不住骂了一句,身子开始发热。同时又联想起当年他追这丫头的姐姐的情形。那时,为讨会计及其大女儿的欢心,他几乎成了会计家的用人,不管大事小事脏事累事,只要一唤他,他都狗颠似的来,特别是会计家做屋,他不知贡献了多少体力,贴进了多少钱物。最后,会计还是把女儿嫁到镇上去了。那没良心的!仇恨和欲望交织着在胸中膨胀,体内像燃起了一把火。他吞了一口口水,但很快又被体内的火烧干,呼吸越来越紧张了。时值正午,四周寂静无人,会计家的新屋离这里也有一箭路。他想起了自己不止一次发过的誓。"这骚货!"他又骂一句,脸上凶神恶煞,内心却又胆怯了;他清楚有些事做过后会有什么样的后果。他立起身,挑上担子准备走,然而眼前的景观又使他无法挪开视线。他一步步走过去,大汗淋漓、浑身痉挛,呼吸都有点跟不上了;终于勇敢地扔了担子,扑了上去……

事毕,他像贼一样迅速逃离了现场。

事情就是这样,似乎不复杂,但他清楚其严重性。他知道,自己是不会被饶恕的,重则判刑坐牢,轻则皮开肉绽。冲动过后冷静下来,人开始有些软了,甚至还有些许悔意;他思量着对策,却想不出好的办法,躲不了也逃不脱,只有随它去了……

屋外的每一丝响动都令他心惊肉跳。然而,几个小时过去,仍没有发生事情。他内心越发慌乱了。这无疑是一种折磨,他宁愿早一点接受惩罚。

傍晚时分,屋外传来一阵急促而杂沓的脚步声,好像是来了一群人。根求的心收紧了。紧接着,屋门被人一脚踢开了,会计领着两个公牛般精壮的儿子气势汹汹闯了进来。根求本想做出一种大无畏的姿态来,终于还是被会计及其儿子的凶相吓住了。

"根求,挨千刀的,你知罪么?!"会计吼道。

根求颤抖了。

"根求,打死你都不解恨呢!"会计的儿子们同声吼道。

根求发冷了。

"根求，你犯的是坐牢的罪呢！"会计又吼道。

根求抽搐了。

声讨停顿了。但几道刺刀样的目光仍逼着他。所幸拳脚还没舞起。

"根求，放老实点！"会计又恶狠狠地说，"老老实实听我的，不然你就去坐牢！"

"老实说，你总共有多少钱？"会计的大儿子令人费解地喊道。

"做、做么事？"根求斜着眼问。

"全拿出来！"会计说，声调降了些。

"做么事？"根求说。

"办事！不准留一分，不然你就去坐牢！我晓得这些年你挣了不少，你要放老实点！"会计进一步说。

"办么事？"根求仍不懂会计唱的什么戏。

"办婚事，蠢猪哎！——你以为我的女儿就那么轻飘飘地给了你？"会计咬牙道。

"明天把钱全取出来，拿到我们家去！"会计的大儿子说。

"中午的事，对谁都不准说，听见？！"会计的小儿子说。

"不然你就去坐牢！"会计说。

"……"

会计说完，领着儿子们怒冲冲地走了。

根求怔在那里。他还没弄明白为什么拳脚没落在自己身上。直到夜幕降临他都没想通。夜里，他像贼一样溜出门，怯怯地摸到会计家屋后的窗户下。他想弄清一些事，不然他的心无法安定下来。他听见屋里有会计女儿的哭泣声，会计和他的儿子们都在劝她。

"……我要去告他……"会计女儿哭泣着说。

"……告了他，顶多让他坐几年牢，"会计劝道，"可你呢？破了身子又没了名声，往后还如何嫁人？我这老脸也没地方搁！"

"那家伙就是丑点，实际人也不差；家里没负担，人勤快，还有个豆腐

034

坊……"会计的儿子们也在劝。

"不！我要告他！……"会计女儿还是这么说。

会计急了，厉声道："别去，听见?!"而后又降了声调说，"听我的没错，就这么定了，下月就把事给办了，不会差的……"

会计女儿哭得更厉害了……

根求终于明白了一些事。他起身往回走，脑子里充斥着大大小小的问号：怎么会是这个结局呢？真他妈奇了，玩笑似的，他想。十几年的难事，怎会这样简单呢？怎么会呢？

晚风习习，轻抚他的惊魂，缺月在碎云中穿梭，似一张诡秘的笑脸，窥探他的行踪。

不过，根求却高兴不起来也轻松不起来，因为会计女儿那撕心裂肺的哭声一直在缠绕着他——他似乎听得出来，那哭声里含着一个女人透彻心骨的伤痛——犹如一阵阵冷风，吹得他不时打着寒战……

他有点瑟瑟地回到自家屋里，这时才感到身心都有些疲倦了，便倒在他的那张散发着异味的床上，似睡非睡，而会计女儿的哭声总也挥之不去……

夜里，他被一阵阵凄切的姑娘的哭声所惊醒，那哭声是从梦境里飘过来的，但好像不是会计女儿的，更像是他妹根兰的——是的，是他唯一的妹三年前的哭声！

那时他爸还活着，爸为他的婚事日夜思虑愁伤了身子熬白了头，他老人家病情加重的时候，为了在有生之年能看到唯一的儿子完婚生子，终于下决心拿出"换亲"这招，想用他的女儿为儿子换来一个媳妇；他请媒人在隔壁村选了个人家，那人家有个曾患过脑瘫的儿子，也是三十好几还打着光棍，却有个水灵的女儿……

阿妹根兰得知后哭了一夜！那是一个雨夜，根兰的哭声和着雨声格外凄切，每一声哭都像针一样扎在他心上……第二天清晨，他打算去安抚一下根兰；他来到隔壁根兰的那间小屋里，然而他没见着根兰，只寻到她留下的一张纸条……

根兰走了，离开了这个家，而且去哪里了都没有说；她在字条上说，她外

出打工了,不要费心去找她,她会好好活着,到该回来的时候就会回来……

　　到现在,三年过去了,还没有她的音讯……只是她那天夜里的哭声,有时会在他梦中萦绕……今夜,这哭声又飘来了,是会计女儿的哭声引来的!……

　　两个姑娘的哭声是那样的相似!都是因为他根求呵!造孽啊!根求的心有点颤抖了。能让这样的哭声缠绕自己一辈子么?根求想。

　　那么眼下,他该怎样呢?投案自首?暗地赔偿?还是接受会计的安排?……哭声提醒他得慎重对待这件事;他毕竟是个男人,该他扛的他还是得扛……

　　不过,有一点他似乎已想明白,他不能让会计女儿的哭声缠绕他一辈子!

　　根求起床狠狠地抽了自己几个耳光,旋即便被一股纠心的懊悔情绪所控制,比挨一顿恶打似乎还更加难受……

　　根兰现在到底在哪里呢?……

　　他突然感到,他面临的日子,因为中午的那次该死的冲动而成了一团乱麻,他不知道自己还能不能把这团乱麻理顺……

2000 年

梅

出差来湖湾镇,在镇街上,见到了开小吃店的梅,着实感到有些意外;而且,此时的这个女人,泼辣又大方,与先前的那个梅似乎已大相径庭了!这不由得使我想起6年前的那个梅来……

那是个大水的年份,我被县里抽调从事防汛工作,与同被抽调的另一名干部组成防汛工作组,驻扎湖湾镇风口村。村里条件差,没个好的住处安顿我们,便将我们安排到已经退下来的老支书结权家里吃住;至于如何算账,我也就不得而知了。

结权家条件的确相对较好。虽只三口人,房屋却不小,我们一人一张床,与老人家同桌吃饭,衣服也不用自己洗。做饭、洗衣的任务就是由梅来承担。那时的梅,看上去老实腼腆,不怎么说话;偶尔笑一笑,也是一副柔弱的样子。

起初,我们一直以为梅是结权的女儿,直到一天晚上与结权闲聊,才知道梅是他的儿媳妇;而他唯一的儿子,四年前就已病逝了。"这孩子实诚,"结权这么评价梅,"四年多了,她还一直服侍着这个家,从没起过异心,这不容易……"显然是一种赞赏的语调,而我们听起来,却有种沉重感。

一天上午,我们巡堤回来,见梅正在院子里埋头为我们洗衣服,便拿一只矮凳坐近前去,与她聊了几句话。我直截了当地问她这么年轻有没有想过再嫁的问题,她的脸立刻就红了,歇了很久才说,像她这样的女人是乱动不得的。我追问她为什么,她说她不忍心,也很担心。我又追问,何以不忍心,又担的什么心。她埋下头,没有马上作答;只见她搓衣的动作变得有力了。沉

默了很久,她才轻轻地说:"婆大婆妈都一把年纪了,而我又不争气没生育过,没为他们留下'香火',怎么忍心撇下他们一走了之?! 婆大在村里是有身份的人,把面子看得比什么都重! 他们已经把我当女儿待了,我担心我那么做,二老伤心不说,村人也会戳我的脊梁骨的! ……"

听了梅的话,我知道梅是一个善良的人,同时也是个羸弱的女子。我自然不好劝她去做什么,只是略带提醒地说道:"其实,这些事在别处也没什么要紧,很多与你相同情况的,最终都改嫁了;时间长了,大家都能理解的。"她说:"你不晓得我们这里的事情,不晓得二老的心思……"我最后说:"那么,你,就这么的,过一辈子? ……"她却不再答话了。我看到她眼圈有点泛红了……

汛期结束,我们便撤离了。之后的两年多时间,都没再去过风口村,自然也没有梅的消息。后来,县里搞"计划生育突击月"活动,我作为督查组成员赴湖湾镇督查指导工作。来到风口村时,我想起应当去看看结权老支书一家,毕竟当年他们给予了我很多的关照。没想到刚近院门,就听到一阵恶狠狠的责骂声。进得院门,才知道是结权老伴在骂梅,结权在一旁抽烟,也没有阻止的意思。而梅呢,已蔫得像一片枯叶,蜷在一堆旧渔网旁,一边低声抽泣,一边笨拙地修补那些破了的渔网,神情悲怆,面容憔悴;几绺散乱的额发垂下来掩去了双目;纤弱的身子随抽泣声而战栗。我知道,一定是出了什么事,要不然,一个和睦的家庭不会变成眼下这样。

虽然结权热忱地接待了我,但我明显感到这里气氛的压抑,没说上两句话,便离开了。之后,我才从村主任的嘴里得知实情:梅半年前和一位常来风口做鱼生意的县城来的贩子相好了,处得很热,为此,她和结权夫妇闹得很僵。可是,当老夫妻俩忍痛做出放人决定的时候,那个鱼贩子竟不知了去向;他把梅玩了以后就把她给甩了……那以后,这个原本平静的家庭便时常有了波澜,有了哭声和骂声……

返回的路上,我脑子里总是浮出她啜泣着补网的样子。她能补好那些破烂的网吗? 我当时心里这么念叨……

今天看来,我那时的担心是多余的。瞧她眼下,活得多结实呵! 她有了这个地点很好的铺子,日子一定过得挺不错。

她还认得出我，并热情地接待了我。感觉里，她似乎不似先前那么怯弱，声音也变得粗犷了。

"你怎么来这儿了呢？"我好奇而又谨慎地问。我不想提结权老支书，不想去揭她的伤疤。

"我又嫁了人……"她却很大方，"我和根土结婚都两年多了，他开'六轮'跑运输……根土他人好，这楼房、这铺子弄起来，都得亏了他……"

"那孩子，是你的？"我指指憨睡在一张小竹床上的男孩道。

"是我的伢——是作古了的那个男人没用。"她红着脸说。

"这儿就你一个人忙吗？"我又问，"生意还好吗？"

"是的，他帮不上忙，"她边揩桌子边说，"生意还不错。有时候，婆妈也过来帮帮忙；还有，我原来的婆大婆妈也常过来坐坐，我和他们常走动，只是不住一块了……想吃点什么？"

"哦，不不，我已经吃过了，"我连忙推辞，"你这么忙，能忙得过来吗？"

"习惯了。"她拭拭额头上汗，笑道，"人只要站稳了脚跟，什么难事都能挺过来；这几年我只明白了这个理。"

接着，我便好奇地打量起她的楼房来。房子不小，我楼下楼上地看。偶然看到楼下东侧厢房里有个面容苍白憔悴的中年男人躺在床上，却睁着眼一动不动，好像是个瘫痪了的人。男人冲我笑笑，是一种很瘆人的笑，这笑使我退出了屋子，回到了铺子里。

梅见到一脸惊诧的我，主动说道："他就是根土，去年年底出车时出了车祸……"

我惊愕地、同情地望着梅，不知该说些什么好。

"没什么，人一生，很难一直顺顺当当的，总要遇上些事情的，咬咬牙就过去了……"

听她这么说，我也就不想再询问什么了……

我离开的时候，听到她在我身后吆喝着她的生意；那喊声在我听来，已然含有了丰富的内容……

1996 年

秋　雨

一

残阳未来得及布散开霞色，便匆匆不知隐向何处了。阴沉的云悄然飘来，缓缓汇聚，于不知不觉间抹去了天空的蓝色。没有风，天地间昏暗又沉闷。

扶手停下手中的活，又一次抬起头来，眯着眼向村口痴望，视线艰难穿过晦暝的空间，与那条羊肠般的村路缠织在一起。良久，仍不见丈夫的身影在村路上出现，于是，心中的灰云也聚拢起来，阴沉沉的，压得她那颗脆弱的心直往下沉。扶手无可奈何深深地叹口气，再抬头看天，似乎觉得这天像块巨大的铅板，随时都可能掉下来，将她砸进泥里去。

会下雨吗？扶手焦急地想，下意识地又将眼光漫向四野。田野已然沉静了；大大小小的田块均被镰刀刈净，空空荡荡如一只只被吃光了菜肴的空盘；人影也稀寥，只几位佝偻的老汉蜗牛般移动，盘算着如何从卸妆的田地里抠出一季大白菜来。而家家户户的劳力们，在收完了这最后的一季谷子后，好像都将田地给忘了似的，纷纷去摸其他的财路了，有的甚至出远门去兜大财了。唯有她扶手家的田里，依然老母猪叫般地响着脚踏打稻机的运转声。这情景，使扶手越发惆怅了。然而仍只得孤单单蹬着打稻机，顶多也只能间或招呼正在割稻的大女儿雪痕过来帮忙出出谷子。

雪痕好像也有心事，埋头割上几镰便直起腰向村口张望。她头发蓬乱如稻草，憔悴的脸上爬满汗痕；而那悒郁的神情，则使她脸色愈发晦暗。她的眼神是呆痴的,似乎不含什么希望,却又好像有所期待。痴望过一阵,便又弯下腰,将割倒的稻把子拢起来,抱到打稻机旁。她看见母亲的唇嗫动了几下,不知母亲说了些什么,胡乱应了一声便伸出脚去帮母亲蹬机子。

"你过去!"扶手突然大声道,"你还是去割稻——天色不好,雨落下来就抢不及了!"

雪痕迟疑了一下,才缓缓离开,很疲惫的样子。这时候,自远处传来一连串亢奋的呼喊声。雪痕转身朝喊声传来的方向望过去,见是汤勾高举着手,摇着纸片朝她疾奔而来。雪痕眼睛一亮,疾步迎将过去。汤勾喘着粗气冲到雪痕跟前,急急忙忙将手中的信递过去:

"我考、考取了! 考取大学了! ……"

"是吗!"雪痕也激动得说不出话来,只会说这两个字。

"全国重点,电、电子专业……"

"是吗!"

雪痕睁大眼看录取通知书,看了好半日,倏然想起什么来,转身奔到母亲身边去:"妈,你瞧,汤勾他考取大学了,真格考取了! 还是全国重点呢!"

"是吗?"扶手也是这两个字,却远不及雪痕说得热乎。她只略略地看了一眼那张盖了红圈印的纸,便将纸还给了女儿,神情莫名其妙地更阴郁了。

汤勾将通知书拿过去:"我还得回家报信去!"说完便往村里跑。

"等等,我也去!"雪痕说着,也跟了去。

田里,只剩下扶手一人了。这是没办法的事。汤勾考上大学了,这也是雪痕多年来一直所期盼的,能不让她去吗?

女儿走了,儿子呢? 正在城里上高中,住校,明年就要高考,眼下不会回,也不能让他回。丈夫八三本该回来了,却一直没见他的影,不知他在县城那家不挣钱的厂里忙些什么。那么,这田里的活路,她不忙还会有谁来忙? 可她一个妇人家既寂寞又乏力,实在难以忙得过来。当然,可以请几个劳力来帮,那样又得破费许多,且同样要忙,报酬不招眼儿,自己又不能在别人忙的时候帮人家,谁个又乐意呢?

她只好离开打稻机,拣起了女儿扔下的镰刀。她决计在雨落下之前割倒

剩下的约两分多田的稻子,再挑回屋去。她似乎忘了疲劳,自觉或不自觉地加快了频率。稻把子在沙沙的声响里被放倒。汗水又分泌出来,和着灰尘和草屑,将皮肉和衣服粘在一起,引起痒的感觉,而她却无暇顾及……

她耳朵里灌满沙沙沙的声音,所以不知道雨是什么时候落下来的。待她发现确凿是下雨了的时候,惊得像蚂蚱一般跳起来。匆匆拿稻草去盖打出的谷子,又匆匆将放倒的稻把子堆起,再用稻草和早已准备的旧塑料布盖上。忙完之后,她好像痴了一般立在雨中,无奈地望着那一小片没割完的稻。秋雨款款地落下,雨丝细细密密犹如她无奈的心绪。脸全湿了,已分不出哪是雨哪是汗哪是泪……

二

八三今天很晚才下班,刚脱下工作服便骑上自行车急急忙忙往家赶。走得匆忙,没看一眼天色,也没想起来带雨具。

三十余里地,靠自行车的轮子滚过去,着实够艰难的。但八三不在乎,为了省下那一块五毛钱的乘车费,他宁愿自己吃点苦。可今天,天公不作美,行程过半就下起雨来,他只得窜进路旁一家小杂货店里躲雨。哪知那雨绵绵地一下就是几十分钟,肚子都等饿了。他没舍得买几个小饼吃,只是睁着眼痴愣愣地望着那头发丝一般的缠绵的雨丝。雨势稍一减弱,他就重新上路了。然而全身乏力,速度也就不快。待他疲软地推车进村,天已黑了下来。

“怎么现在才回?”

刚进家门,就撞上了老婆那硬邦邦的问话。继而又看见老婆孤零零蹲在门槛上犹如天寒地冻时的一只瑟缩老猫,心里便陡增了几分凄凉感。他嗫嗫嚅嚅地做着解释,一脸的愧色。倏然,他发现老婆头发蓬乱潮湿且夹杂些许草屑,惊诧地问:“怎么提前开镰了?——不是说好等我明日厂休割吗?”

“没听天气预报?明后两日都有雨!”扶手冷冷地答,一脸的凄迷,“可这雨提前下了,我一个人抢都抢不及呀!这雨下长了,田里那堆东西,怕是要烂哪!”

"怎么,雪痕没在?"

"汤勾考上了大学,她随他去乐了。"

"真的?"眼睛亮了一下,随即又暗下去。他已至不惑之年,盲目乐观他已然不会。

两人目光极快地碰撞了一下便迅速反弹开去,好像生怕碰出火星来引燃彼此的情绪。夜携着阴凉正在逼近。两人仍木头一样地对立着,任凭暮色抹暗自己的神情。不知过了多久,扶手才想起来去做饭,而八三仍陷在自己的心思里。

一根烟过后,八三才缓缓起立,拖一身的疲倦进了厨房。灶火正旺,老婆坐在火光里,像一个不真实的幻影;火光彤彤,映着她一脸的悒郁。见这情形,八三内心涌起一股莫名的酸涩的滋味……

扶手没心思正儿八经地做饭,只胡乱地做了些面疙瘩。两人默不作声,于昏暗里机械地往嘴里扒那粗糙的面食,像是在品尝他们的日子。勉强将肚皮撑起来后,便都进了里屋坐下,依旧没有言语,房内因此沉静。

老掉牙的猫眼钟固执地响,那一双原本灵活俏皮的猫眼已不再转动。高悬着的15瓦白炽灯油灯似的亮着。八三耷拉着脑袋,不经意地将手指夹着的那根"春秋"牌平头烟缓缓地往嘴边送。扶手坐在一只矮凳上,若有所思。

过了好久,扶手终于说话了:"这个家,这种日子,我实在撑不下来了!——我说你还是丢掉城里那份不挣钱的差事回来吧!"话说出口,身子不禁一阵悸动。这话使现在人到中年的扶手与二十多年前的那个扶手姑娘成了对头。这似乎有点可悲、可叹又可笑,令人难以接受……

那时候,农家的日子大抵都很艰难;大伙一年到头一门心思挣工分度日,可年终分红一个工才几盒火柴钱。不少人家吃返销粮、救济粮,超支户自然也不稀奇。而比较起来,"半边户"就要好得多了。男人在城里月月都有工资拿,每年稳当当都有几百元钱的进项;将一家人肚皮填饱之外,手头上还能有几个零花钱,日子是既实在又体面的。所以,她那时依仗自己生相好是很想嫁个在城里挣钱的主儿,当上"半边户"主妇的。只是一时摸不上道,才在别人的撮合下与队长的儿子相好了。可稍后,当她听说邻村有位叫八三的后生

找关系在县城一家厂子寻下一份合同工的差事时,心思很快就活动开了。她主动托人去联系,到后来居然不计后果地甩了队长的儿子和八三结了婚,招来一片责骂。不过婚后的日子确实像她料想的那样有滋有味;油盐酱醋样样不缺,白米白面也没断过,高兴时还特意做些米粑、包点饺子之类的送予邻里尝鲜,既是笼络关系,同时也夹带几分炫耀,是很令大伙儿羡慕的!尤其当男人八三骑车回来时,她那畅快的笑及高声的喊,几多欢实、几多威风呵,村人至今恐怕仍记忆犹新……

后来搞了责任制,情形就有些不一样了。起初她只感到劳累,生活水准倒还不比他人低。可往后,村人都变得精明起来,纷纷在土地之外打主意。养鸭子的、做豆腐的、开炕坊的、承包水面的、做长途贩运生意的,等等,各路拳脚都上;再往后还有合伙办厂子的!都挣来了可观的票子。而她扶手呢?孤单单一个妇人撑着一个家,被田地和那做不完的家务捆着手脚!物价在涨,粮食难卖;而更重要的是,丈夫所在的那家厂子禁受不住商品经济大潮的冲击年年亏损,工人工资都难保证,有时欠发有时也只发70%,奖金全无,日子便越发艰难了。她原本是极要强的女人,然而,长久受精神上和劳作上的双重重压,居然也日渐蔫了。到现在,别说保持前些年的优越感,便是家中那几亩田地都难对付了,毕竟年事渐高了……

"日子过到这个份上了,还有什么好的指望呢?只能指望你回了。"扶手接着说,"你瞧瞧村上,有哪家房子像我们家这么寒碜的?那些新瓦屋、水泥楼你该都看见了!可我们呢?修屋的钱都拿不出,就连儿子上学的钱也是七拼八凑的,你就甘心这么过下去?你瞧人家尚田,他还是没有文化的,可开了个炕坊,眼下三间大瓦屋做起来了。我俩都是学过文化的,脑子、手脚都不笨,我就不信比不上尚田……"

"早知今日,何必当初呢……"八三阴沉沉地说,并深深地叹一口气。

是呵,早知今日的局面,当初何以有那样的抉择?

还在做小伙子的时候,他就不想将自己拴在贫瘠的乡土上。当时,他是村上唯一的高中生,上了年纪的生产队长死命留他,并许诺让贤,发誓要将他推上队长的位置。可他竟一点都不动心,执着挣扎着要往城里奔;找了许多关系、走了许多门路、动了许多资源终于挣脱了土地的羁縻……他在自行车轮子的辅助下干了十来年合同工，转正后又干了十来年，至眼下，竟然举步维艰了。他万没料到，日子会以这种残酷的方式戏弄他！他看不清那股无形的猛潮是从何方涌来的，更不知这股猛潮究竟要将他推向何方……

"当初别再去想它，毕竟时光不同了。"扶手说，整句话都像是一声叹息。

"我在城里游了二十多年，什么都生疏了，回来还能做些什么？"

"什么事都是学过来的。那个尚田一开始就会开炕坊？不也是学来的么！你是高中毕业生，还不如人家没文化的？我就不信这个邪……"

"……大半辈子都过去了，还是没落稳脚跟，还要重新动心思！"八三说得有点伤感了，"我眼下就是把户口转来，人家怕也不收了，哪儿不是僧多粥少呢？都快老啦，哪还有精力重新开头……"

"总不能就这么两头吊着！户口的事回头再说，反正你把那份差事给辞了。那个破厂子有什么好念着的？要倒不倒，要死不活，保得住保不住都很难说的……"

八三不再说什么，头沉下去像个铁疙瘩。房内烟雾缭绕。

屋外不知什么时候又下起了雨，淅淅沥沥的，很烦人。两人无奈地听雨，猫眼钟为他们伴奏。扶手倏然打了个响亮的喷嚏，整屋子混沌空气和烟雾都为之震颤。

"……没办法，不为我想，也得为这个家想想。"扶手又开口了，声音不比雨声大，"我一个人，家里家外地忙，现在连田地都侍弄不过来了，而你又没多少钱回来，真的不比以往了，这日子还能这么糊弄下去？你回来，这个家才会有起色。除了忙农活外，还能做点别的，像养鸭呀什么的。宝根已经答应借钱给我，教我们养鸭……"

八三仍没出声。屋外的雨下个不停，不大不小的雨，好无奈的雨。八三又点燃了一根劣质烟。

情绪被沉闷的空气泡得疲软了。扶手也已缄默无语。秋雨落进愁绪里，化为一声声叹息。

……

堂屋大门一声响,进来一个人,脚步急匆匆。两人都明白是大女儿雪痕回来了。紧接着,对面的房门一声大响,后来就有了低低的抽泣声。

扶手瞪大了眼睛。

八三起身出去,站在女儿房门前,迟疑半晌,终于问:

"雪痕,你这是怎么了?"

抽泣声戛然而止,但门没开。八三只好踅回自己屋里来,望着老婆那瞪大的眼不着一词,内心似乎闷得慌。

"这孩子心里苦!——是我害了她……"扶手叹道,一副深谙女儿心思的样子。

三

昏暗的光线里,雪痕望着镜子里那张表情冻结的脸,雕像一样坐着。斑驳的镜面使其面色愈加苍黄。

那脸相的确很像她娘。不知是否因了这个缘故,她的心性居然也和娘很是相通,这使得她在生活的诸多方面常与娘有共同的语言和心事。

她是秉着娘的意愿长大的,娘教导她"过日子要勤俭",她打小起便甘于穿破的吃差的,跟着娘忙碌,认为这就是真正过日子的德行。娘叫她"发奋念书,将来考进城去",她便咬牙扎进课本里,虽没考上高中,似乎也没啥怨言。到十九岁上,娘有意将她培养成新的"半边户"主妇,为她物色了一个在城里做合同工的后生,她同意了,她素来以为娘的眼光是长远的。

然而,许是应了"女像娘,苦命长"这句该死的俗语,她的"命"与娘比起来,却苦涩得多。娘毕竟绽了十几年的笑脸,过了十几年风光的日子吧,而她呢?一开始就很艰难。那个城里的合同工若即若离地和她维持了三年关系,转为正式工后就头也不回地甩了她!

接到绝情信后的那段日子,她的心死去了一半,整日在塘边依柳呆坐,浑身被野风吹得冰凉。直到某日,在塘边遇到没考取大学而悲郁的汤勾,心思才略有些活动。刚开始,当然仅仅是邂逅,偶尔地说上两句话便散了;然而,或许因为苦寒的心都需要抚慰而更易接近吧，之后，竟有了交往，且日渐地频繁，终至相好起来……

汤勾小她两岁，家在邻村，父亲已过世，母亲身子虚弱却仍支撑着做活，家境是极贫寒的。按理说汤勾该现实一点，丢了书本分担母亲肩上的重负才是，而他却心比天高，一心只想踢开大学的门。落榜的打击于他委实是极沉重的，但由于他非常及时地得到了雪痕的抚慰，因而又憋足了劲，决心再去冲撞。雪痕当时对汤勾的想法没反对，但心理上却比汤勾要复杂得多。一方面，诚然为了继续走娘为她指定的路；另一方面，恐怕还有争口气嫁个比工人更强的大学生给那绝情人看看，以挣回被人甩弃的脸面的意思。至于说感情，当然不能说完全没有，但到底有多深，恐怕也是很难说的。

和汤勾相好后不久，她帮助汤勾做家务，是极殷勤的，为的是让汤勾能有更多的时间学功课。若说当时的心情和愿望，她似乎比汤勾还要迫切。然而天不遂人愿，年轮一圈圈滚过去，汤勾每次从城里回来都是黑着脸，令人好生惆怅，沉郁的气氛自然也就越发酿浓了。而相形之下，村人的日子倒是越过越欢实了；新屋一幢幢做起来，压得他们两家的房屋像两个乞讨的叫花子，这不免会使她的心情秋千似的荡动起来，或自怜，或反思，心思总是难以沉静。然而依旧沿同一条轨迹走——毕竟为此献出了几年的时光，心思再动荡，也是难以抛弃的。可是，一重重的期待肥料似的堆积起来，将老姑娘那颗不堪重负的心常压得渗出酸涩的汁液。时至今日，已是二十七八的女人了，眼见着同龄女人的孩子上了学，她才好不容易等来那久盼的却看不见也摸不着的东西……

刚见到那个通知书，她的确也像汤勾一样激动；她丢下镰刀撇下母亲欢跳着跟汤勾而去也确实是情不自禁的行为。然而，当她跑进汤勾家，尤其是当汤勾被闻讯而来的人团团围住时，她孤单单站在人群之外，就感到有股阴冷的气息朝她袭来，将她滚烫的情绪吹得冰冷，使她很快便沉静了下来。她不由自主地悄悄地离开了汤勾家……

不知不觉，竟来到当初与汤勾初识的那个塘边，且又靠在了那棵粗大的柳树上。塘还是这口塘，树还是这棵树，然而时过境迁，今日的心境，却比当

初更为复杂。雨滴敲击平和的塘水,水面闪烁着无数小小圆圈,似一张张闪烁的脸,在极快地笑;更像老天爷匆忙丢下的一个个特大的句号,缜密、重叠、频繁,似乎执意要给她某种启示……

汤勾终于考上大学了,这些年来她一直想走的那条路终于不再有障碍。那么,真的就这么径直地走过去,沿着娘的足迹?她眼前很自然地浮现出娘浑身邋遢、头发蓬乱、艰难劳作的情状以及娘那张不时留有泪痕的脸,这些情形与村人渐暖的面容及渐新的村容是多么不和谐呀!她早已知晓个中的缘由,也分明感觉到了乡村日子的流向!她委实很像她娘,这便注定她很有理智,不会完全感情用事。然而,在过去的那些年里,她毕竟付出太多、太多……

于是,她只得愣愣地望着塘里的那些大大小小的句号,雨滴从枝条上落下频频地砸她也没有反应,毕竟雨点的打击远不及日子的捶打那般沉重……天黑下来后,她才站起身,竟又踅回到汤勾家。汤勾见她浑身透湿,惊吓不小,连问她为什么这样,并慌忙找来他娘的衣服让她去里屋换上。

"汤勾,"换衣回来,她淡淡地问,声音轻细,"你真的那么喜欢我么?"

"你别胡思乱想,"汤勾激动异常,言语也亢奋,"我虽然考上了,可我不会甩你,我不是那种负心的小人。退一万步说,没你帮我,我也考不上的……"

"我不是这个意思。"她忧郁地说,"我不怀疑你。我是说,你这辈子真的就离不开我么?"

汤勾还是没明白她的意思,依然激动地发誓,恨不能将心都掏出来。越是这样,雪痕便越是烦忧。而她又不愿将话说得更明白,令汤勾好生捉摸。

"……我是说,"雪痕的声音更小了,好像生怕被对方听见似的,"也该想想以后的日子……我实在是耽误不起了……"

"以后怎么了?以后难道我就会变?你太小看我了!你太多心了……"

很长时间过去了,她自己也不知自己到底说了些什么,闪闪烁烁、含含糊糊的,及至离开时,仍恍恍惚惚。汤勾送她出门。雨又下了,两人在伞下都感觉到了夜的凉意。风悄悄将雨丝湔过来,也将愁绪湔过来。伞已不能全将雨水挡住。她干脆跑出汤勾的伞,疾疾地切割着雨丝,将汤勾的呼喊抛在身后。然而雨丝总也切不断,一如愁绪总也切不断一样。于是,雨丝编织的夜的故事里,便有个幽灵在漫无目的地颠簸……

镜子里的脸渐渐地模糊了。她于是将灯熄了,倒到床上。眼前一片漆黑。

对面屋里,父母的声音和着雨声不时地传过来。

这情形有如某次的梦境……

四

扶手照例起得很早,虽然眼里布满血丝,依旧忙得很利索。几十年养成的习惯不会因为一夜没睡好觉而受影响的。收拣、担水、切猪食、喂鸡鸭,一桩桩的忙过去后,又生起了锅灶。雨还在间间断断地下,今日看来已无法下地了,心里又陡增了几分忧虑。

八三和雪痕都起得很迟。吃过早饭后,便都闲在那儿看门外的雨。雪痕眼圈肿胀,然而精神却不萎靡。待娘回堂屋坐下后,她主动开了口。

"妈,给我点钱,我想买点东西送给汤勾做个纪念,毕竟相好了一场。"她说得很冷静、很轻松。

"怎么说这种话?"八三不解地问。

"昨晚,我想了一夜,觉得我和汤勾该分手了。他考上大学了,往后他在城里,日子会很好,我不想拖累他,也不想他拖累我,还是实在一点,分手的好……"一点都不激动。

"你怎能这样想呢? 这些年你不是一直想他考上? "八三嚷起来,"大学生,我们这地界上能出几个? 他没向你提分手的事,你又何必主动提? ……"

"我考虑的是以后的日子,"雪痕紧接着说,"我们相差得那么远,今后的日子又那么长……我有多少本钱去熬呢……"

扶手听了这话心中一阵惊悸。这句话,不正是当年她甩队长儿子时说过的吗? 而今,竟又从女儿的嘴里说出来,所针对的情形又恰恰是相反的两样! 日子呵,翻来覆去的! 到底女儿到了自己这样的年岁时又将如何? 人最大的遗憾,恐怕就属极难预料"今后"了。但愿女儿能比自己过得顺一些。她没说什么,只是听,心里说不出是什么滋味。

"也许，"八三又道，"那小子在城里能混，将来会把你带过去……"

"你以为我还是十七八岁的黄花闺女？还能等到什么时候？等到像你们这把年纪再想起来回头，前前后后就有了许多的顾虑，一辈子也就过去大半了！妈这些年的苦处，你不常见，我可是天天见着的！"

扶手受女儿的话刺激，感伤地啜泣起来。

八三脸面阴沉，不再言语。

"趁我还没走到你们这地步，趁我还能回头，我还是赶紧回头的好。这些年，我跟着妈做事，晓得日子是实实在在的，我不想再追求那虚的东西了……"

扶手停止了抽泣，起身去屋里寻出五十元钱来递给了雪痕，没有说什么。这是她首次没有干涉女儿的事情。

"爸，你陪我去趟镇上吧，你在城里做事，看货比我眼光好；人家眼下可是要进城的人，不能像在这地方那么土气的……"

八三沉吟着，脸色很不好看："算了吧，还是你自己去吧，天下雨路长又不好走……"

"你就陪她去一趟吧，好歹今天派不上你做事的。路不好走又怎样？——这些年，哪一天的路好走过？……"扶手红着眼说，音调沙哑。她望着女儿的那张像是化了冻的脸，深深地呼出一口气来，感到像是解了一道绳索那般舒松。然而，还是欢悦不起来，心仍很沉。

"那么，就去吧，"八三哼哼道，"可我的眼光，恐怕也难对你的心思，毕竟一把年纪了……"

于是，合打一把伞走出门去。扶手靠着门框目送走入细雨中的父女俩，目光凄迷像是在目送没有归期的亲朋。雨丝阻隔着她的视线。

八三挨着女儿慢慢地走，很游移的样子——尽管路还很长。两人都没说话，似乎很默契，又好像很隔膜。走过很长一段，八三突然停了下来。

"我还是回去吧，"他说，"我陪你去也没多大用处——你妈一个人在家怪孤单的……"

"你怎么现在才想起她孤单？"

"……"

"我不也孤单吗……"

"你毕竟比她好些——你一个人去吧,回来后去汤勾那儿把话说清楚了,别让人家生疑,更不能伤他的心,毕竟相好过么……"

"那我送你回去。"

"不用,路还不算长,我跑回去就是……"

雪痕没再说什么,任凭父亲走出伞外,而且,并没有过久地看在雨中疾走的父亲。这些年,她看父母这样实在看得太多、看得太累,眼下不想再那么认真地看下去了。她转身只顾自己走,走自己的路,步子不知不觉也加快了。秋雨散漫清寒,浸润着她涌动的情怀。

窄长的路上,她只身孤影。她此刻比以往任何时候都更强烈地感到自己格外的孤单、寒碜——在这旷阔的、富有的秋里! 秋呵,原本就是收获的季节;她真不明白,历经了二十七个这样的秋天的她,为何仍一无所获! 她在问秋雨,而秋雨只是默默地轻抚她。秋雨总是这么温柔,它是上苍施予无收获者的一种特殊的抚慰吗? ……眼鼻阵阵发酸,风将秋雨溅到脸上,与泪融合了,催着泪滴快速流下……

……八三却没有泪,他的泪早已变成了汗水。他现在正专心地沿来时的路往回奔,匆匆忙忙、趔趔趄趄溅了一身的泥水。他喘着粗气,一副很难的样子。脚踏泥路的响声闷雷般砸在他心上,使他频频震颤。

没跑多远,累了,便抄小道往回走。田埂更加曲折,他行进得也就更慢,有时不得已还得绕上一个弯子。雨依然款款地落下,洗濯他如雨的情绪。妻刚才的言语又在耳边响起来,内心陡然拉开一大片空白。是呵,这些年他走过好路吗? 他那辆破自行车,不一直是在风风雨雨中穿行么? 慢慢地、无情地载走了他旺盛的精力。二十余年最金贵的时光全掷在那座至今仍感陌生的小城里了,而今皮松骨老、行囊空空,竟还要气喘吁吁地沿去时的路往回跑,跑回来安顿自己、安顿那若即若离似有若无摇摇晃晃清清寒寒的他的家! 当初,他若是应了那个老队长的挽留,眼下又会怎样? 然而,日子是一次性的;人的一生,能绕几个这样的大圈? ……

现在,展现在眼前的田原诚然是广阔的,然而却是一片溟蒙,看不清纵横的阡陌;大大小小的村落亦被雨烟笼罩。抄哪一条小路走才较接近自己的那个家?脚下的路又是这般的窄曲、这般的泥泞。然而,还是得摸索着一步步挨过去……

这无奈的细雨,何时能停?

终于进了村子。远远看见老婆扶手仍倚在院门上。肩微微探出瓦檐,被雨水淋湿了,竟全然不觉;痴迷的目光,仿佛已经凝固……

1993 年

沉重的钥匙

霞色正艳的时候，福寿照例又赶着鸭群回来了。残阳疲惫地坐在山巅看他，绚烂的光传递它慈善的祝福。福寿老汉沿河堤默默地走，身前摇晃着大群的鸭子，身后尾随他唯一的儿子；手握的那根一头绑着破芭蕉叶扇的竹竿灵旗一般在夕照中招摇，多褶的脸大半被霞光映得通红。

顺昌扛着那业已陈旧的腰子船，不紧不慢跟着老子那被夕照拉长了身影；而老子那佝偻的身子，却挡住了他往前看的视线。他也默默地走，唇微微嚅动，游移良久后，终于惴惴启开双唇，倒出了那在心里酿熟了的意愿。

"爸，有件事想跟你商量一下。"

"么事？"福寿冷冷地从喉咙里挤出两个冰块般的字来，头不抬也不回。

"爸，你吃了一辈子的苦，把家操持到现在这个样子，已经很对得住人了。眼下，你这一大把年纪了，身子骨又不硬朗，也该歇下来养养身子享享清福了！这个家，我琢磨着，可以让我来操持，你可以省去很多的心，保准不会让你失望……"

福寿被儿子的野心砭得一阵悸动，猝然间回转身来，瞪大两只浑浊的眼，盯着儿子那被腰子船挤歪了的脸看，半晌不着一词。顺昌诚惶诚恐，不敢与父亲对视。他委实很惧他老子，早在穿开裆裤的时候，就很怕老子那张石板一般见不出一丝笑意的脸；至今，老子那张不时变得铁青的脸对他还很起作用。福寿盯过一阵子，咬咬牙，终于没说出什么；阴沉着脸，回转身去，颤巍巍地赶鸭群走了，脚步似有些沉重……

　　回到家里,将鸭子安顿好,晚饭便开始了。一家六口人除却孩子的吵闹外,再没有其他话语。福寿老汉的脸,是这个家庭的晴雨表;他的脸沉下来,屋子里每个角落都晦暝无光;别提女人们,便是顺昌,也只是埋头扒饭夹菜。嘴嚼的声音交织起来,在各人的心中滚雷般共鸣。

　　晚饭在老头儿阴沉的神情里阴沉沉地进行完毕了。女人们一边拉扯孩子,一边收拾碗筷。顺昌点燃一根烟蹲在门槛上静静地吸。老福寿则灵牌一般端坐在堂屋八仙桌旁的高脚木椅上,不时将那杆黑烟袋慢缓缓往嘴边送。堂屋幽暗的空间霎时烟雾弥漫。

　　晦暗中福寿眯起眼,瞅着蹲在门槛上背朝自己面朝门外的儿子,一股滞重的忧愤奔涌而来。这小子,翅膀还没长硬就嫌老子挡他的道了,就想夺我手上的权了！福寿咬着牙想。这小子,怎么这样急着要当家呢？莫非真像听说的那样要和俞日春合伙办厂么？

　　福寿决计今晚要问个究竟。他盯着儿子时髦的鬈发,吸足烟力后,便闷声闷气地问:"顺昌,你真格要和日春合伙办纸箱厂？"

　　"嗯,我和日春村主任谈好了,过一向就……"

　　"背着太阳屙尿——卵影子都没!"没等顺昌把话说完,福寿便拍案而嚷,言语越发凌厉了,"没出息的东西！你好歹吃了老子三十年的饭么,怎么一点灵性都没？你和日春合伙,能捞着么子便宜？人家是村主任,有权有势,上下都通,你跟他合伙做事,日后还不净遭那狗日的欺！几年过去,保准你捡屎吃都赶不上热的！那狗日的是什么货色我还不清楚？……"福寿咬牙切齿,差点没把眼珠子给瞪出来;紫青的脸上松弛的皮肉随话音的节律阵阵颤动。他对日春着实厌恶,因为他忘不了,他这个家差点就栽在日春的手上……

　　那时,他还不老,精壮的身子公牛一般结实。他是生产队的壮劳力,队上的重活,诸如拉车、担肥、甩稻等,都免不了要派给他一份;至于冬修季节里的挖沟开渠、挑圩修坝之类的大活更是少不了他。他有的是力气,做事也每每卖足力气,且十分情愿被指派去做些重活,因为那样除挣足例行的"日头工分"外,还能挣得加码了的"定额工分"。——他的那个家完全靠他支撑,一家

子人的肚皮全仰仗他用臭汗换来的"工分"来填！

可是，不知为何，不管他怎样拼命、卖力，一家人的肚皮仍时饱时瘪，房屋也仍是土砖草顶，连给纤弱的老婆看病的钱都凑不出来。他是有血性的汉子，一心只想振兴家业，做梦都想做个脸上风光的家主。然而，面对那个总也殷实不起来的家及一家人满脸的菜色，他内心既愧疚又惆怅；尤其是夜间，每每听到老婆的叹息甚或呻吟声，床板都承受不了他那沉重的忧愁而吱嘎作响……

一次路过集市，不知受了什么启发，他忽然间有所领悟，从集市上买下三十来只鸭雏带回家去。之后，心里便多了一桩事情，也多了一份希望；一天劳累之余，总忘不了絮絮叨叨地教导儿女如何侍弄那群畜生。上苍有眼，他那份心没瞎操，几个月过去，那群鸭子终于像模像样地长大了。眼看就能拿到集市上去换票子了，可万没料到那些鸭子竟在一个下午被日春派来的民兵打杀，理由是"割资本主义尾巴"。当时他要是忍气吞声"捏着鼻子喝一盅"倒也罢了，坏就坏在他那只铁拳没被管住，竟击在民兵队长的脸上，毁了那毛头小子两颗门牙。后果非常严重，之后不久，他便被人揪到社员大会上联系他成分不低的出身狠批了一顿，批过之后又被"发配"到离村几十里远的江堤坝上去挑堤，两个月没见家人面，吃尽苦头。待挑堤结束回得家来，老婆因受惊吓与劳累双重折磨已病得奄奄一息，儿女们个个瘦骨嶙峋，家眼看就要坍塌！若不是他回得及时，他恐怕真要遭受家破人亡的厄运……

然而眼下，儿子顺昌竟要和日春那狗日的合伙办什么卵纸箱厂，这没骨头的东西呵！他俞福寿是有血性的汉子，怎么养出这么个没血性的儿子来了？还嚷嚷着要管家呢；照他这么做，还不把老子辛辛苦苦创下的家业给毁了吗?！没出息的东西！……

"顺昌，我老实跟你说，办厂我不同意，和日春合伙办厂我就更不会同意！"福寿奋力吐出一口烟。

"厂还是要办的，而且只有和村主任合伙，厂才能办得旺。村主任上下都通，里外都有人缘，场地、外联都不用我烦神。再说又不止我一家和日春合伙，还有另外几家呢，他单就欺到我头上来了？……"顺昌耐心地劝说。

"算了啵！日春那狗日的德行我还不清楚？见硬的怕，见软的欺！遇事先为自己打算。别的不说，就说土地承包那阵子分牲畜吧，我就把他看了个透！"

分牲口，是在一个没月亮的晚上进行的。

那晚，全村的户主都在那半截旧钢轨发出的声响召唤下，聚在生产队那幢破陋且充斥着霉味的队屋里，细心而又惴惴地听生产队长俞日春公布大队研究决定的分农具、分牲口方案。俞日春尖着一副鸟嗓子，唱戏一般夹叙夹议、侃侃而谈：

"……嘿嘿，我俞日春做事向来是石蛋碰石块——实打实！我早就琢磨着，村上拢共就那么几头牲口，靠抓阄分不是个法子，到头来或许有劳力户得了，缺劳力户反而得不到。眼下，田地都分到各户去种了，家家靠劳力吃饭，那些个缺劳力户要没牲口帮衬，日子怕是过不出来呀。所以，我一开始就主张把牲口分给劳力缺的困难户。眼下大队批准了小队的方案，这方案也就是出窑的砖——定了形了！每头牲口标价不低于四百元，四年交清……"

接下去，日春便开始宣布名单。众人静静地听，百多双眼直盯着他那双薄唇，然而大伙都缄默着，因为队长已说过，这方案已是出了窑的砖！当最后一头牲口在日春的唾沫星中分出去的时候，一铁铮铮的汉子突然触电似的蹿起来，并哭丧着脸喊起来：

"日春队长，这些年我没命地给队上做事，什么重活都少不了我，真真花够了心血呀！今儿分牲口，好歹也得分给我一头呵！前一向分田地，你把那么一块背阳的阴地分给我，我认了，今儿你、你又……"福寿说不下去了，蹲下身去。

"福寿，你为队上做重活，队上也没亏过你呀，你拿的工分不是也算高的吗？至于分地，那只能怪你手气不好，抓了个孬阄。眼下村子里比你困难的人家多着呢；你么，好歹有个儿子……"

"我那儿子瘦猴一样，就是长两根鸡巴也把不动那背阳的硬地！"

哄堂大笑。

"无理取闹!"日春厉声呵斥道。

"队长,你就把分给你的那头老母牛让给我吧;没它,我不中,日子过不出来的;那背阳的硬地,我就是日它,也长不出啥名堂来的……"

又是哄堂大笑,且夹杂着调笑声:

"我说福寿,你怎就专盯着那头母牛呢? 嘻嘻……"

"牲口再好,能当女人用? ——说啥也够不着呀,嘻嘻……"

福寿竟蹲下身来死了老子娘似的悲恸地哭起来,不时将浓绿的鼻涕揩在没包住脚趾的鞋上。人们看到福寿满眼水还是第一次,而调笑却并未收敛。福寿再也忍受不住这种侮辱了——他毕竟是条汉子么! 他陡然蹿起身来,像一头发情的牛,打夯似的冲出了队屋……

回到家里,他暗暗咬牙,发誓要让俞村人看看,他福寿到底是孬种还是好汉。好在活路已分开做了,不必再看他人的眼色了。

他决定吃大苦——大规模养鸭!

他在自家屋子后场草草地搭起了一个破草棚,内里砌上一个土砖台子当床用,将家中值钱的物什都卖了——包括他为老母准备的一副寿材和为女儿出嫁打的木箱——换来三百多只鸭雏和一批干饲料,打了一条放鸭用的腰子船,轰轰烈烈地开始了他的养鸭事业。

他每日清早就起来,吩咐儿女们去做田地里的活路或去割青料挖蚯蚓,自己则扛着腰子船手握一头绑着破芭蕉扇的长竹竿,赶鸭群到塘里或清水河里放养。中午在野外吃自带的冷食,直到傍晚时分方才披着残霞疲惫归来。无论天气好坏,夜里,他都不回屋睡觉,而是与鸭子们同宿在那坟墓般的草棚里,且不敢睡死。棚里的怪味是旁人不堪忍受的;尤其是雨天,棚内地面与棚外并无两样,被单都能捏出水来,腐草的气味与鸭粪的臭味相交混使人恶心。若逢刮大风抑或下大雨的天气,他便整夜不睡,忧心忡忡地一直坐到天亮。一天晚上,雷声大作,狂风带雨点在棚外肆虐,终于掀了棚子。受惊的鸭子四处逃窜。他像鸭子一样在雨夜里四处冲撞,焦急地追捕。直到天亮时分才回院子。第二天他便病了,然而依然撑着高烧的身子站在院子里清点鸭子。当发现少了二十余只时,他眼圈发红,鼻子发酸……

年轮一圈圈滚过去,他黝黑的脸面终于展现出了多姿的皱褶,沉甸甸的辛劳又压佝了他的脊背,而他统治的那个家却成了全村首户。乡长上门鼓励,县长也和他握了手,俞福寿三字亦堂堂正正地标在县里的光荣榜上。于是,在灿烂的笑颜里,破草房换成了大瓦屋;原来娶不上媳妇的儿子娶来了标致的姑娘,两个女儿也嫁了上好的人家。他满面春风、阔步高视,尽情收集众人投来的艳羡乃至嫉妒的目光,于夜阑人静时细细阅读欣赏;在不无夸张地讲述与县长握手的情形时,慷慨地将难以抑制的喜悦抹在自己的脸上,也抹在听众的脸上;而见了日春,则常免不了上前揶揄两句,以泄积怨……

"……你们那一辈积下的怨,何必要传给我这辈?你们活得沉重,何必要我也活得沉重?眼下都是什么年代了,干吗老记着过去的那些个事?这样活着不累吗?我可不想活得那么累,我只想干点实实在在的事业。"顺昌站起来,走至八仙桌旁的另一把木椅边坐下来,"爸,你不晓得,办厂有许多好处。我们那纸箱厂,全县独此一家!眼下办厂的多产品也就多,哪家厂子不需要纸箱装货呢?路子宽着啊!"

"宽个卵!瞎折腾!别想得那么美,你以为办厂那么容易吗?哼!"福寿吼断了儿子的话,"你不听老子的话,吃苦的日子在后头!老子拼死拼活把日子过到这一步了,也该知足了,也该过点清闲把稳的日子了。眼下家里的日子不是过得挺好吗?在河里放放鸭,每年都有万元钱的进项,再有田地里的收成;有吃、有穿、有钱花,你还图哪样?还去闹腾个球?!厂办倒了,你这辈子都爬不起来!"

"爸,你真格不晓得,眼下乡里养鸭户越来越多了,耕地却越来越少,饲料紧缺,难过的日子在后头。再说我们养鸭全凭笨劲头,不懂窍门,每年都要死一批鸭子;可人家都开始科学养鸭了,鸭养得肥、产蛋多,两下一比就见出我们的底气不足了!所以我觉得还是改路子的好;走办厂的路,才是两全其美的办法。"

"美、美个屁!几家合伙一起办厂子,往后不吵嘴打架才怪!村上那些人都他娘的刁钻古怪的,哪个不为自己打算?当初我养鸭发了,他们不是都来

盘算我么;三天两头地来要我出钱修学校、修桥、修关帝庙,五花八门的,我统统没答应,他们就害了红眼病,给我的鸭子下毒! 呸,都是些什么东西! ……"

"你也有不是的地方,"顺昌辩解道,"当时村上就我们家殷实些;修庙、修桥什么的不出钱倒还说得过去,可修小学校那可是为子孙造福的事,你一个子儿不出,不显得太抠了……"

"闭上你那臭嘴!"福寿怫然作色,手指鸡啄米似的朝儿子直点,"胳膊肘子朝外拐! 像你这样就是把家给你当,也要把家底给败光!"

"不,我偏要说,"顺昌的脾气上来了,胆子也壮了,年轻的脸涨得通红,"你做得太过分了! 你看不惯村里人,怕听见大伙的议论,就把家搬出了村落,单门独户地在这野坝子上住着! 爸,这么做有什么好? 我们一家能就这么孤单过下去么? 日子过到这地步还有什么意思? 你以为你行的事都对头? 就说那买电视机的事吧……"

福寿老汉不出声了,他耷拉着脑袋一个劲地抽烟。一提到那电视机的事,他就像霜打的茄子,自然而然地蔫了。

买电视机是儿子提出来的。说真格的,那时他真舍不得花两千块钱去买那没多大用处的玩意儿。他的钱不是天上掉下来的,是卖力气挣来的,他不愿把钱"往水里扔";再者,那时村上没哪家有那玩意儿,他买了电视机岂不是自找麻烦? ——村里人一定把他家当成不收钱的"电影院"! 他心疼儿子,又不忍心把钱往水里扔。经过反反复复思虑,他终于想出了一个办法:凡来看电视的,统统收两角钱! 这样,来看电视的人就不多了;就是多他也不吃亏。可儿子跳起脚来反对,说这样做丢面子也丢了良心。他坚决回道:"良心个屁! 村上几个讲良心的? 当初分牲口时把老子当狗一样看,是讲良心? 给我的鸭子下毒是讲良心? 眼下老子吃尽苦头致富了,都想来揩油,门都没有! 老子用不着孝敬他们,老子又不是尿壶,由得他们随便拎吗! ……"

于是福寿便履行了自己的计划。村里乡亲对他的这种做法无不嗤之以鼻,都不去观赏那"戏台子"。他很高兴,稳稳当当安安心心地坐在家看电视。

可是不久,他就看不安宁了,因为骚扰时时发生,他的屋顶和门窗时常遭到碎石或沙土的袭击。他多次冲到屋外捉拿,偷袭者都跑得无影无踪。一天夜里他想出了一个办法:他将电视机照常打开,并且有意将音量放到最大,自己却躲在屋外的墙根处。不一会儿就等来了几个偷袭者。待他们将石子扔出去之后,他来个饿虎扑食的动作,一下子就抓住了其中的一个。拖到明处一看,竟是俞日春的那个没考上高中的儿子! 他怒火中烧,拳脚交加,打得孩子放声大叫。叫声唤来了众多乡亲。待俞日春携老婆赶到,孩子已被打得鼻青眼肿。俞日春老婆一把揪住福寿的衣领,又哭又喊又抓,围观的村民也纷纷指责甚至唾骂……不久,福寿赔了一大笔医药费……

那以后,村里人便少有和他搭腔的了。再往后不久,他的鸭子又莫名其妙地死了一大批。他觉得自己在村里待不下去了,便拆屋造屋,把家搬到离这个自然村落有两里路的清水河堤上独立门户去了。他自信,离了那个村子,他俞福寿照样会把日子过得火红……

直到现在,他已在堤坝上过了五年日子;除几家亲戚尚来走走外,平日与俞村人少有来往。他准备继续过这种与世无争的日子,可儿子却起了外心,且用尖刻的话刺他的痛处。

这真真是他的痛处呀! 虽然他已远离了那个村子,但俞村并未在他脑际中消去。尤其是当他觉得日子寂寞的时候,心中常不免生出几缕眷恋之情。说真的,他真怕俞村的乡亲把他福寿遗忘了。他是位要强的汉子,他希望人们能看重他,就像当年他从县里开会回来时一样……

"爸,"顺昌的语气缓和了,"我们在这儿再住几年,不是更和村里人搞不来了吗? 我看合伙办厂还是上策,当然不用你烦神的,只要……"

"……"

"反正你得看清,眼下像我们这样的人家在俞村已经是很一般的了;要想再干出点名堂来,光靠拼命出死力气怕是不行的了,得寻新路子……"

福寿老汉没兴致再说什么,默默抽完一袋烟后,便站起身走出屋去。他急切地想到屋外去逛逛,让夜风吹凉自己已然发热的脑袋。

夜风携潮气飒飒地吹,温柔又清冷。夜色已然浓稠,缺月如天神的脸,泛着苍白的神色,诡秘地静察尘世的生相。远处无规律的蛙声和零星的狗吠时时传来,与近处清水河细微的水声交织起来,给这朦胧的乡村之夜罩上些许神秘。

老福寿沿河堤踽踽而行,不时向俞村投去含义丰富的一瞥。在他眼里,那个他曾置身半辈子的俞村委实是神秘的,梦一般的月色笼罩着它,使他难看清它真实模样。然而有一点他已很清楚,那就是俞村变了,大变了!那里增添了不少漂亮考究的水泥楼房和脊梁很高的瓦屋,那里还不时传来机器的运转声。那里的人是否活得欢实?……

哦,那机器声!那里的乡亲!

莫非他们真的把他福寿老汉给忘却了?

儿子的话不无道理。假若他俞福寿再回到俞村去,再也算不上首户了,再也欢实不起来了;或许几年过后,他俞福寿又成了被人瞧不起的蹩脚货,又成了屠头呢!

他不免又想起他那几年的奋斗史来,他忆起了傍晚他扛着腰子船拿着破竹竿佝着身子披着残霞赶鸭归来时的情状,还有那些个令他心惊胆跳的风雨之夜;忆起了那几年风光的日子……然而那一切都过去了。眼下,他心里也清楚——或许比顺昌还清楚——他无论如何拼命都不可能夺回俞村首富的桂冠;出席县里召开的大会,他已然不够资格了。日子呵,为什么不能停留呢?……

夜风愈吹愈冷,心中的恋情却愈衍愈烈了。莫非儿子真的看准了一步棋?……对了,他还有儿子!他的心又热了起来,思维又围绕儿子展开。是呵,是呵,自己老了,儿子却精壮。儿子是好东西呀,一个人家有儿子就不愁没出路……

他下意识地掏出那串钥匙来掂量,觉得这串钥匙异乎寻常地沉重。自己真的老朽了?自打成家以后他就一直想当个体面的、受人景仰的家主;他为此不惜性命地劳作,将青丝熬成白发,最终累朽了筋骨!直到近几年他才做了几年威风的家主。然而眼下,真的就扛不动这串钥匙了?!一股悲戚随之袭来。

"……儿子赶上时光了,让他折腾去吧……"他心里想道。强压着儿子保不准要拆开这个家的!儿子此前已经提过分家的想法了,是他强压着不松口才勉强维护了这四世同堂的荣光!他老了,再也禁受不起这家庭分裂的痛苦了!"让了他吧,总有这么一天的,或许他做得真的比我好些呢……"他咬着牙想。

他真切地感受到了夜的寒意,便择路返回了。他在儿子的房门前痴立良久,终于敲开了儿子的房门,将那串沉甸甸的钥匙放到儿子手上,道:"往后好好操持这个家吧。"随即转身颠进自己房里,啪的一声把门关上了。顺昌拿着那串钥匙,呆呆地站着……

夜深了。万籁俱寂。顺昌在床上翻来覆去睡不着。倏地,他听到了对面屋里传来的抽泣声。

"老头子,你这是怎么了?……"

这是妈的声音。

1992 年

远处的灯火

残阳显然已经疲惫了,挣扎着落入远处的波光中;西天的暮霭,殷红如凝血,弥散的水气,模糊了水面;黄昏的色调无声无息地告诉青湖的渔民们,一个漫长而恬静的夜将要降临……

昌宏的大船靠在岸边。他已经吃过了,此刻正打着赤膊,只穿一条肥阔如灯笼的大裤衩,心不在焉地坐在船尾,不经意地清理那些地笼、线卡和钓钩;姿态僵硬,神色倦惫,整个儿融在黄昏的色调里。老婆春娥正在船头弄水,虽然船中间的棚屋挡去了他的视线,但从那熟悉的声响上能听出,她是在那里擦洗身子;她把盆里的水撩得哗哗作响,这细碎的声响在这静谧、安详的向晚时分显得格外清脆,似一首随意的却很动听的乐曲。前些年,这诱人的乐曲常撩得他心神不宁,有时甚至还浑身燥热。然而近来,他似乎沉静了许多,身心难热得起来,一如西天那渐渐冷却的晦重的暮霭。他不经意地抬起眼,又一次让视线越过辽阔的空间,看到对面远处那一片有点繁杂的灯火又开始陆续地闪亮起来,他想那里一定比这一块要热闹得多!这样想着的时候,心里便滋生出一些难以捉摸的异样的感受,隐隐地,觉得有些沉闷、有点难耐,但终究难以言传……

"昌宏,来呀!"春娥在娇柔地召唤他,"给我擦擦背。"这女人总是有很多琐碎的要求,他担心自己那日渐衰颓的心力应付不了她烦琐的讨扰。他厌烦地干咳了一声,却迟迟没有动身;及至她唤了三遍,方才移身过去。他不经意地揉搓着她滑腻的背和圆润的肩——就像刚才他不经意地清理那些地笼和卡钩一样——他感到她的肉体很冰、很凉,他不明白,这是不是自己思想的作用而导致的感觉……

暮霭已然遁去,夜携着溽热拥过来。湖面失去了鲜艳的色泽,空气似乎也有点沉闷。会下雨吗?他嘴里咕哝了一句,引得春娥一阵悸动。这时,岸上有一串串的笑声传过来,由远及近,不一会又听得来人在呼唤他,昌宏遂离开春娥又回到船尾,站起身眯起眼朝岸上望过去,透过黯然的空间见一对时髦男女嬉笑着正朝这边走来。那男的烫髦了头发,脸尖眼小,鼻阔嘴大,粗壮的上身与细短的下身不怎么成比例;女的白白胖胖,披一头长发,浑身上下被鲜艳而又单薄的衣裤勾勒得鼓鼓胀胀,好不性感。两人隔老远便招呼昌宏,然后有说有笑地沿跳板摇摇晃晃上得船来,昌宏这才认出,来人竟是多年没见面的"老朋友"结苟和明姣。

"结苟! 明姣!"昌宏几乎下意识地呼出了这两个名字,嘴哆嗦了一下,也斜着眼,以嘴角边虚挂的笑意迎着他俩。他俩没在意,嘻嘻哈哈大大咧咧地就着船板坐下来。

"你俩怎么一起来了?"昌宏说,本想招呼他们进船屋坐,又怕他们看见了正在船头擦洗的春娥,便欲言又止了。

"好多年没见了,特地来看看你,顺便也谈点事儿。"结苟笑道。

"难得你们还记得起我……"昌宏有点冷淡地说。

"哪能这么说,我们可是在一起奋斗过的!"结苟说,"怎么,春娥不在?……"

"她在船头用水……"昌宏淡然道。

结苟和明姣准备到船头去招呼一声,昌宏摇摇手说让她忙,待会儿她会过来的。昌宏有点担心春娥见到这两个人后会情绪失控,他想给她一点缓冲的时间。

"昌宏眼下的日子真的很殷实哎!"明姣尖着嗓子故作惊诧地恭维道。

"他可是这一带最大的养殖户哩!"结苟煞有介事地附和道,"眼下的湖湾村就数他们家殷实! 刚才过来时你看到那几个大鸭棚了么?!"

"是呢! 听说这一大片湖汊水面都是你和春娥承包的? 足有千余亩啊!"

明姣又笑着说。

结苟也笑起来,笑声脆亮,撩拨人的神经。

"别把我吹上天了!"昌宏并不领情,"我这土包子哪比得上你们这些在城里逛的洋角色!吃香的喝辣的,闲了就去逛舞厅搂女人!我们这乡巴佬再混也只有巴掌大的世面,也只好在这块你们不愿待的地方混日子喽……"

昌宏说这番话的时候,内心充斥着一种复杂的情绪,既有怨恨,也有蔑视,同时也还存有一种自惭形秽的酸溜溜的感觉。这两位突然而至的"城里人",以他们爽朗的笑以及他们带来的时髦光彩,熏着他近乎僵化的神情,他觉得头有点晕,心情也有点躁动……

记忆的蠕动,使他忆起了他们往昔的色彩——那时候,他们的色彩还是那样的浑然一体……

昌宏和结苟原本是一个村的好友,两家屋挨得近,打小起就在一起没日没夜地厮混;什么钓鱼扳虾、捉蛤蟆挖泥鳅、打狗捉鳖之类的事都曾一起干过。日子虽穷困却给了他们快乐的童年。后来一起进了学堂念书,又一起从县城中学毕业回乡。虽都没考取高等学校,但因为他俩是湖湾村一带仅有的两名高中生,因而仍被众人公认为秀才。他们那时都还很有雄心,准备再撞大学的大门;只可惜家境都不好,长辈们都无力支持他们进城复读。但村里乡贤们对他们寄予很大希望,纷纷鼓励他们再复习、再参考;村小学那位惜才的老校长还拿出硬措施,在村小学为他们提供一间房屋,让他们能够摆脱家中嘈杂的环境来此集中精力复习功课,并且承诺利用自己在教育界的人脉,为他们从县、乡中学请辅导老师。于是,两名有志青年在热心人的帮助下,终于能够在家乡这块穷乡僻壤谋得一隅安静之处,开始为他们的理想而奋斗了……

那时候,湖湾村一带的姑娘们对他俩都很眼热,时常有大胆的妞儿来他们那屋里转悠。来得最勤的,恐怕要数村主任的二女儿明姣和村小学校长的女儿春娥了。聪明的女孩子寻找各种由头而来,如提供茶水什么的,逗留的时间也随着熟悉程度的增大和话语的增多而日渐增加,到后来也就有点无话不谈的味道了……

复习功课毕竟是很辛苦、很枯燥的,远不及与姑娘们聊天、嬉笑来得惬意。于是,渐渐地,谈笑的时间多过看书练习的时间,有时候,姑娘们因故没来,两人还显得失落和空虚,尤其结苟甚至忍不住出去找她们。就这样,两人的勃勃雄心在姑娘们的嬉笑声中渐渐的都动摇了,他们已不再怎么谈论高考的事,而是热衷于谈家长里短的生活小事;随后,他们其中的一个甚或两人开始不怎么出现在这间小屋;偶尔,有村人看到,在春暖花开、春湖水暖的野外,他们闲适的背影后面有姣好的姑娘的身影在尾随……

那是一个温柔的水乡的春夜,朦胧的月色笼罩湖湾,营造出梦一般的意境……昌宏一个人在小屋里倍感寂寞,走出屋外沿小径独步。他猜测结苟那家伙可能又去惹姑娘去了,他感觉近一段结苟很有些怪异,不仅跟春娥眉来眼去的,还时不时拿一些话语挑逗她;而且他还发现结苟不在小屋的时候,春娥也不见踪影;他隐隐约约能够从中悟到一些令他不悦的东西,给他内心带来些许莫名的痛,因为他也暗暗地喜欢上了春娥,只不过没有像结苟那样外露和主动……温暖潮湿的湖风从湖面吹过来,他已嗅到了湖水腥腥的气息。走过一段,倏地有个熟悉的身影出现在不远处,好像是结苟。他喊了一嗓子,惊得结苟一个趔趄。

"你这死鬼,吓我一跳!"结苟嬉笑道,"怎么,也在屋里待不住了?"

"天气这么好,出来透透气,"昌宏说,"看你这样子魂不守舍的,好像有什么事!"

结苟神秘地笑着,半晌都不作答。

"莫非去会哪个妹子?"昌宏接着发问,听上去像是玩笑,却又好像含有某种担忧似的。

"你小子比鬼都精!"结苟似乎不怎么避讳,"我和春娥约了……"语音中好像还带有某种显摆的味道。

"是吗?"听了结苟的话,昌宏的心往下一沉,顿感浑身冰凉,虽然他已预料到会有这样的结果,"你们都开始约会了?"

"嘿嘿,有些日子了……"结苟显得很得意,用不无夸张的言语抒发着胸

中的欣悦;之后,又以玩味的语调谈及他平昔与春娥玩笑的一些细节。

"唔唔……"昌宏心不在焉地应和着,结苟的话像清冷的湖风,将他的情绪吹得冰凉;他不时侧过脸打量结苟那张似乎有点泛光的脸,感觉结苟在这些方面的确比自己老练得多,内心陡生出一种类似自卑的感觉来……

"你和明姣怎样了?"结苟的这句话将昌宏发散的思绪拉了回来,"她对你可是很有点意思啊……"

"你何以晓得?"昌宏不屑地反问道。

"她和我说起过的。"结苟用有点调皮的语调说。

"你就贫吧,"昌宏说,"她会跟你说这些?"

"是真的……"

"……"

不知不觉就听到了湖水的声音,昌宏随结苟走到了湖边。这里是青湖的末梢,一个稍大一点的湖汊,类似于钱塘江潮那样的原理,湖水在这里时常有过急的涌动,湖滩也较为宽阔,有芦苇稀疏地布开,成片的蒿禾被湖风吹过来堆靠于岸边,与岸地连在一起,让人分不清哪是地哪是草……乳白的月光柔纱般轻漫地飘下,摇曳的芦草发出沙沙的声响,在这梦一般的夜景里,一条小舢板靠在了岸边,昌宏看到船上的春娥在向他们招手,昌宏却知趣地止步了,也不问结苟他们的去向,因为这个时候的言语,似乎全都是多余的……

……昌宏也向他们摇着手,他似乎听到春娥在向他喊些什么,但一句也没听明白。湖风依然梦一般地吹,舟桨激起的水声、风在芦草中带起的瑟瑟之音和着结苟、春娥的笑音含混地传过来,使他心神不宁,巨大的失落感控制了他整个心胸……

他转过身往回走,满脑子都是春娥和结苟的笑声,头于是很昏沉。不知走了多久,他又回到了小学校的小屋里,望着一桌子零乱的书本,两眼有些发痴;昏暗的灯光映着他毫无表情的苍白的面容,他坐下来,把被风吹乱了头发的头颅深埋在自己的臂弯里……

不知过了多久,明姣悄然进得屋来,见状惊问:"怎么了,昌宏? 不舒服?!"随即伸手去摸他的脑门。

　　昌宏从臂弯里拔出头来,眼神有些浑浊:"结苟他们不会来这了……这书、这屋,嘿……"他苦笑几声,笑得有点瘆人。

　　明姣没听懂他说的什么,只感觉他有点不大对劲:"昌宏你今个到底怎么了?"

　　"……你说我还有什么用? 瞧这乱七八糟的书,在这个地方复习,我能考上么,我……结苟他早跑了……我、我有么事出息……"昌宏语无伦次地说着自己的话,说着说着,竟趴在桌上抽泣起来。

　　明姣走过去一把将昌宏的头搂在自己的怀里,忘情地安慰道:"昌宏,别这样,有我呢,有我在这里陪你呢! 昌宏,我不会离开你的,一直陪着你,不论你到哪,我都陪着你……"

　　昌宏就势将头埋在明姣温暖的怀里,双臂也紧紧地搂着明姣……

　　两颗年轻的心就这样越贴越近了。明姣用她的热情及温暖的身体暖热了他的身心。这之后,昌宏的思想好像一下子又清醒了起来,他又一门心思回到书本里去,而且坚定了考大学的决心;一方面当然是为自己的理想前程,另一方面似乎也是憋了一口气,像是要证明一些什么给春娥看看;这自然给他带来了动力。明姣当时是真心喜欢他,在这间简陋的小屋,她甚至将自己最宝贵的东西都给了他……

　　然而,日子毕竟是流动的,又是实在而漫长的,明姣虽然充满了热情,性格也外向开朗;但另一方面,她又是个耐不得寂寞和平淡的角色,当生活日复一日没有变化,机械地重复着同一种样式和节奏,而且与外面基本没什么交流时,喜欢变化和色彩的明姣自然就越来越有点不适应了。于是,当昌宏第二次高考又名落孙山时,她和昌宏有过一次长谈。

　　那是一个月色朦胧的秋夜,他们在湖滩上踟蹰,缺月挂在天上静悄悄地看他们,清凉的湖风在送来清爽感的同时也搅动着发黄的苇丛发出粗糙的声响。

　　"往后怎么打算?"明姣小声问道,"也该想想今后的日子,你爸身体又不好!"

　　"总不能半途而废吧?"他似乎听出了明姣的用意,"这两年我付出了这么

多,总不能就这么随便地扔了吧？……"

"你可能是一门心思都放在书本上了，"明姣说，"这几年村里有很多的变化你都不晓得！眼下政策越来越放开了，村里不少人靠养鱼、养鸭、做鱼生意、做水产品生意发了，出了不少专业户啊！你有文化，我看也可以考虑考虑……"

"我，还想再试一年，毕竟只相差十来分，丢掉有点可惜，"昌宏执着地说，"搞生产的事，以后我还有机会……"

明姣停下脚，有点失望地看着他："又要再熬一年，漫长的一年哪！还不知结果怎样！你瞧结苟他们，早都已经放弃了……"

"我和他不一样，"昌宏固执地说，"他有他的日子和情调，我有我的事业和追求……'

"那么将后，我可不能再像先前那样陪你了，"明姣终于把她心里想的明说了，"我爸给我找了路子，和几个老板过伙做鱼和水产品生意，我今后得时常地出去跑生意……"

"哦，是这样！"昌宏也有点失望地看着明姣，感到誓言那玩意儿真是顶没用的东西，"我不拖累你！"

"……"

这以后，明姣与外面世界的接触便多于与学校那间小屋的接触，而丰富的交往、多样的面容也日渐丰富着她对社会的认知。她在变得越来越务实的同时，也渐渐地与昌宏越来越疏远了，她的主要精力几乎都转到跟着几位鱼贩子做生意上来。钱慢慢地赚得多起来，日子的滋味也越发地丰富了；后来，她与人合伙在城里开了一个大的水产品湖鲜店，基本住在了城里，回乡的日子大为减少了……再往后，她与那个合伙的男人在城里结了婚，过起了城里人的生活……

光阴荏苒，而今十多年过去了，这阔气的女人不知为何又想起回乡来逛逛——而且吾然和结苟亲热地混在了一起！昌宏有点茫然地望着他俩，言语很少也很尖刻，这与他以前的憨厚随和很不一样。

"两位城里人今个想起来上我这儿来转转,莫非是过腻了城里的日子?"昌宏冷冷地说道,一点不像见到了多年未曾谋面的故人。

"昌宏,别笑话我了,"明姣求饶道,且带有讨好的意味,"其实,我们的日子过得也不容易!"

"是呵,"结苟附和道,"她前年和她男人离了婚,家庭没了,财产也各分了!"

"怎么会这样?"昌宏问,也显出了几分关心。

"他在外养了女人,实在没法接受!"明姣低沉地说,"他不是个东西,已经不是第一回了! 还很有手段,临了还神不知鬼不觉转走了一大笔款子! 嗨,没办法,事业和家庭只能从头开始……幸好这之后遇到了结苟……"

"哦,这确实有点不幸!"昌宏好像起了恻隐之心,毕竟有段共同相处的经历,"好在你还不老,还有从头再来的资本……"昌宏停顿了一下,好像把什么话又吞回去了似的。

"是的,"结苟接上说,"这些年虽有不顺,但也算练出来了。"

"那么,你呢?"昌宏没看明姣,转过脸来问结苟,"现在当老总了吧?"

"嗨,莫提! 当什么老总呵?!"结苟长长地叹了口气,"厂子早就没了,改制了,还当什么老总?"

"改制了?"昌宏似乎有些不解,"厂子就没了?"

"也不是一改就没了,国家抓大放小,不再养这些小企业了,全部断奶推向市场,职工也全部置换成自然人,由接手的返聘!"结苟进一步解释道,"改过后还又搞了两年,但很快就不行了……那么个好厂,原先经营得好好的……真的好可惜……"

"那么,也就是说你好几年前就没得工作了?"昌宏又关心地问,语气中不难听出带有某种隐隐的快意。

"是的,已经六七年过去了。"结苟淡然地说,似乎不觉得有什么痛苦。

"那么,这几年你是怎么过来的?"昌宏问,"也没见你回来过……"

"一开始四处混,有点焦急和难过,后来我找到明姣,就在她店里做点事,"结苟望了眼明姣,笑道,"这真要感谢明姣啊! 嘿嘿……"

　　"别说客气话，"明姣笑道，"其实你来对我的帮助也很大；你很有经济头脑，很会搞经营，点子也多，我那店在你来以后红火多了。要不是你，指望我先前那个现世的男人，八辈子也搞不成现在这规模！"

　　"看来你们现在搞得很好？"昌宏问道，但他没有问结苟和明姣什么关系，似乎已经猜测到，或者对此没什么兴趣。

　　"还好吧，已经搞成连锁店了，分布在周边县市。"结苟笑道。

　　"唔唔……"昌宏从喉管里挤出一串声，不知是表达什么意思。

　　春娥又在船头那儿造出一阵响动。她应该能感知来人的情况，但一直装着不知道，没有过来和结苟、明姣他们打招呼，又接着洗起衣服来，搓衣的声响也弄得很大。

　　"昌宏，你也搞得不错！你和春娥俩真能干呢，有这么厚实的家业！"结苟由衷地赞道，"依我看，当初真要考上大学，恐怕还不及眼下实惠呢，嘿嘿……"

　　没想到，结苟如此轻飘飘地提及他昌宏的那段经历；然而，那段日子，无论对昌宏还是对春娥来说，都是一段沉重的记忆啊……

　　明姣疏远他之后，昌宏越发将希望寄托在考大学上了。他咬紧牙关，发誓要证明些什么给人看看。于是，他启动了第三次冲高的征程；为提升复读的效果，他成功说服了老父，上了县城的高考复读班。父亲有望子成龙的心理，虽然拖着一个病身子，家中缺劳力又贫寒，仍咬紧牙关为他凑着念书的费用。他寄宿在学校，每周回家一次，带上两罐咸菜和一袋子米用于换饭票，平日里就靠两罐咸菜对付着把饭送到肚子里去。父亲为了他、为了这个家未来的香火，拼命地劳作且拼命地节俭，虚弱的身子骨终于在半年之后顶不住了，病倒在了床上。昌宏在城复读于是只进行了一个学期，就又回到家里来，一头服侍病父，一头抽空学习……

　　父亲是在他进城参加高考的那几天去世的，老母及小妹为了不影响他考试便没有及时告知他，于是，他没能见上父亲最后一面，这令他一想起来就痛苦万分。他借了一些债将父亲葬了，精神开始有点恍惚，常一个人在湖边踟蹁独步;望着湖里那一条条的新船和一群群的鸭子,竟觉得眼前的一切皆如梦幻;他似乎觉得这几年他错过了很多很多! 如果那时没有春娥出现,他很可能就此颓废下去甚至可能走到极端的路上去……

昌宏是在一个下午见到悲伤的春娥的。她坐在小学校里那张水泥乒乓球台上,头发有些零乱;垂着的手上无力地捏着一封刚刚拆封的信件。他怯怯地靠近,见春娥那失色的眼里贮满了泪水。

"……你,这是……"他惴惴地问。

"……"

她凄怆地瞥了他一眼,嘴唇略略有点颤动,但没有声响;手中的信像一片枯叶似的飘落到地下。他拾起那信,阅后惊得跳起来,愤愤地骂道:"结苟那狗日的太没良心! 弄了个千分之二农转非指标又顶他父亲的职进了城里那家酱油厂,成了城里人了就甩人,真他妈良心被狗吃了! 太不像话了! 我找他去! 他要不收回态度我揍他狗日的……"

"没用的,昌宏!"春娥小声说,"他现在和以前不一样了,他是城里人了,体面了;城里人和乡下人还是不一样的,差别还是大的;他信里也说了,他如果跟我结婚,今后会带来许多不良后果,生的孩子也会是乡下人,就像他的父母养下的六个孩子全都随母走一样……"

"城里人就高人一等? 就可以欺负乡下人?!"昌宏还是愤愤的,"你和他都好了几年了,说甩就甩了,这哪叫人呢! 早知今日,何必当初呢?!"

"当初也不晓得还会有顶职这个政策出来,要不,要不……"春娥颤颤地说。

"不行,我还得去找他,你也不能就这么认了,要去讨个说法!"

"没用的,他、他是下了决、决心的,这从信里看得出来;再说我也不想赖着他,就是赖上了往后也过不好……"她嗫嚅地、反复地说着这种话。他劝慰了她,也是反反复复的——尽管有点言不及义,尽管他自己也需要别人安慰——直到她情绪稳定了才离开……

那以后,像是心有灵犀一般,他与春娥便相互走近了——好像是双方都有的意愿,两颗心就那么自然而然地相互吸引着靠在一起了。到后来,春娥

开始为他洗衣、上他家为他做饭了。他和春娥相互搀扶着终于一起走过了日子的隘口。之后,他和春娥都一同回到现实中来了,他将脑海中那盏虽炫目却很虚幻的灯熄灭了,从小学校的那间小屋里搬走了书本,将它们封存在了一个纸箱里。他和春娥已经做好准备,去尝试一种全新的实实在在的生活……

一开始.他们只承包了一小块围湖造出的水面,大约也就那么十来亩,既养鱼也养蟹。那几年,老天真的对他们很眷顾,天气帮忙,鱼蟹市场价也好,他们因此一举打实了基础!之后,在村委会的一次竞争性发包中,他们一举拿下了这块大水面湖汊的开发经营权!这是一个伸入山丘的湖汊,青黛的丘岗挡着三面来风,呵护着这块水域,也似乎呵护着他们的日子。他们在春娥她爸的帮助下贷了款、投了资,围起了隔离带;在岸上的一块高地上,他们盖了两小间平室,还搭了一个茅棚,又一次开始了艰苦的创业。日子是辛苦的,起早又摸黑,日晒又雨淋;跑苗种、跑饲料、跑市场、跑销路……但日子也是充实的,他们感觉到自己活在一个真实的日子里,看得见也摸得着,内心生发从未有过的踏实感。……日复一日,日子渐渐殷实起来:有了新船,有了配套成堆的渔具,有了大群的鸭子和鸭棚;后来,他们在村屋场旧址上盖起了漂亮的三层楼房,将湖汊边的几间平房也重做重整弄得很舒适,还准备再买一条更大的、有两层楼房的大船……

在这块水域上,昌宏全面地修整了身心,身子尽管累,心却安稳地休息着,就像一位极度疲惫的人舒坦地睡了一觉一样,他将全部的忧戚都卸在这次睡眠里了……

在这片远离村子的水域,昌宏携着春娥待了太长的时间,现在他从自己的睡眠中醒过来了,感觉自己好像变得有点慵懒了,很少有令他激动的时候,日子的味道也好像在一天天地变淡……他不知这到底是为什么,是这些年他和春娥打拼辛劳耗尽了心力?或是这些年历经太多的风雨改变了心态?他说不清,反正他的身心好像总难得热起来……

春娥还是那样泰然,一直装着不知道有人来,没有过来招呼一声;她只埋头洗衣服,搓衣的动作似乎比以前幅度更大也更有力;她似乎是在以这样的方式表达对这两位突然造访的城里人的不屑……

这女人倒是把日子的滋味过出来了! 昌宏想。虽然她平时对日子没有赞语,也无怨言,但从她那闲适的面容上不难看出一种满足。这些年,她像一台精良的机器一样有节律且不知疲倦地运转着,好像在用她辛劳的表现和坦然的神情告诉人们:好日子本该就是这个样子,这个样子才能换来好日子! 她难得激动,在历经这些年的艰辛之后,她所剩下的只有沉静、沉稳及脚踏实地的态度。在昌宏的记忆里,这些年来她只激动过一回,那就是当她听说城里那家酱油厂垮了的时候,她兴奋得不能自已,她笑着紧紧搂着他的腰喊道:

“昌宏,我们是不是该庆贺一下呢?! ……”

“为什么要为别人的倒霉庆贺呢? ……”昌宏说,没有一点儿热情。

是呵,为什么要为别人的倒霉庆贺呢? 为自己的成功那才值得庆贺! 昌宏想。他和春娥其实太需要为自己庆贺了,然而这些年,他们沉静得连想都没想过,倒是别人的倒霉激起了这种情绪。昌宏对于春娥存有这种幸灾乐祸的想法心里老大不愉快,他觉得春娥之所以这样是因为她还没有忘了过往的那份情事;不像他,已在记忆的仓库上贴上了封条,他不愿轻易就撕下那封条,让过往的那些酸痛再来袭扰自己……

然而今晚,结苟和明姣的到来,使那封条脱落了,这使他有点措手不及,同时也产生另一种燥热的感觉,这感觉已经好久没有过了;他不知道自己为何会这样……

“昌宏,”寒暄过后,结苟终于将话题引到正路上来,“我们这回来,是有事跟你商量哇……”

“有事找我?”昌宏立马警觉起来,“这么多年了我们都互不了解。”

“是啊,我们是寻求合作来了!”结苟进一步说道。

“合作?”昌宏惊诧道,“怎么个合作法?”

“我们打算在对岸那个镇里的工业集中区里办个肉鸭及水产品加工厂,”结苟手指着遥远的对岸那一片闪烁的灯火说,“那地方眼下发展得很快,才两年工夫就聚集了十几家厂子,工人少说也有好几千了! 在那里办个肉鸭及水

产品厂是很有前途的,首先产品好销,无污染的水产品大家都要,甚至供不应求;其次是交通便利,水陆都通;再次是资源丰富,靠水吃水,源源不断,除生产肉鸭、板鸭外,还可以搞鱼加工、蛋加工及湖生植物品加工等。目前,我已征得青湖上七八个大的养殖户的支持,他们都看好这个项目,愿意集资入股。今天上你这儿来,是专门来邀你入伙的,不知你意下如何?"

昌宏眯起眼,又一次朝着对面那一片遥远的灯火望过去,沉吟了半晌;那一片日渐多起来的有点零乱的灯火,是他有事没事时常遥望的地方,之前他只知道那里是某个镇政府所在地,一直想过去看看。而这一次看过去,感觉竟有所不同了,没想到结苟早看上了那里,而且把那里描述得如此热闹,这便加强了他想过去看看的冲动。

"你们店开得好好的,都开成连锁的了,怎么又想起来办厂了?"昌宏问,对他们的动机存有疑问。

"这些年,我和明姣一直都是在做商贸服务业,而且很单一;但现在做这一行的越来越多,竞争越发激烈了,生意越来越不好做,再不转行谋新路子,怕难以支撑这么大局面了;再说做产业的不办厂子,再怎么弄也难做得大的……"结苟耐心解释道。

"难得你们想到了我。"昌宏阴沉沉地说,"可是,我和春娥终归比不上你们时尚哪!当初你们走'洋路'的时候,我们不也只能在这乡下的土地方淌淌眼睛水么?!"

"是呀,"一直缄默的春娥,由于觉察到问题严重,突然从船头走了过来,和两位简单招呼过,便也开了口,"我们这些'土包子'入了伙,恐怕要拖你们的后腿哟……"

"昌宏、春娥,我晓得,你俩可能还在记恨以前的一些事……其实,那时,我们都还不成熟;而且……而且,我们,也都有各自的难处……"明姣语音颤颤、字斟句酌地说,"再说,都这么多年了,事情都过去很久了……是错也好、对也好,总归都是变不回来的……人干吗老记着过去那些不愉快呢?!……"

"说的是,"结苟立即附和道,"眼下都什么年代了?么事要活得那么沉重呢!依我看,我们的思想观念都该变变了,还是放下心来好好谋划往后的日子吧。昌宏,说实在的,你的能耐在这块水面上已发挥到顶点了,不可能再有大的发展了;如果你能另谋路子,也许还能再往前大跨一步,将会有大的前景的……我不是要恭维你,你是块做事的料,别被这块水面把你箍死了……"

昌宏没有吱声。

"至于说风险,不能说没有,但我已经做过预测,不会太大,我在这一块搞了这么多年,我心里是有数的;投资、经营还有法律等方面的事情我都联系得差不离了,政府、税务优惠政策等方面的关节和路数也摸得差不多了,地皮已经落实,资金也筹集得相当可观了……"结苟说得有点兴奋了,"至于说拖后腿,那是你们谦虚的话;我不担心这个,恐怕是你们有点担心我们……我们会签订协议,有法律保障……采用的是现代企业制度……真的希望你能入股,你是这一片最有实力的,你能过来那就锦上添花了……"结苟依然耐心地说着,言语有点零乱和冗长了。

"……"

"这样吧,"结苟最后说,"你再考虑考虑,过几天我再来讨回音;等你考虑成熟愿意了,我们再来讨论细节问题。——明姣,我们就不再打扰他们了。"结苟打过招呼之后,便拉着明姣的胳膊下了船,依然是笑嘻嘻地离开。

未等明姣他们走太远,春娥就一头扎到昌宏怀里抽泣起来。春娥好长时间都没这么悲恸地哭泣了,那泪液一定很热、很咸……昌宏紧搂着她,用微微颤抖的手轻抚她圆润的肩,感到她的肉体依然冰凉……

"昌宏,你可千万别去跟着他们折腾了,会毁了这个家的!"春娥颤着音道,"你的两个孩子都还在城里念书,你娘、我爸也都老不中用了,离不了我们;万一有个什么事,我们是经不起那个折腾的,不像他们,游惯了的!……"

昌宏仍没有出声,只是静静地、轻缓地抚着她冰凉的身子,那种凉的感觉顺着手臂一直传到他内心,引起他一阵阵的惊悸。他没在意,默默将眼光又一次投向湖的对岸——那遥远的点点灯火在他眼中好像越来越清晰、活跃了,像一群顽童在调皮地朝他闪着眼睛。于是,一种从未体验过的滋味开始在他周身蔓延。这滋味温热而又酸楚,正渐渐地驱逐他身上的那一股股寒气。他终于略略有些明白,以前那种沉闷的感觉从何而来。

"昌宏,可不是闹着玩的,弄不好你这辈子又爬不起来了！前些年遭了那么多罪和气,好不容易才过上这样安稳实在的日子……我们挣的可都是这些年的血汗钱,吃了多少苦、劳了多少心,你是知道的,容易吗?！你好好地回想一下吧……"春娥继续劝道,她似乎感觉到了昌宏思想的微妙变化,"再说,他们是什么样的人,你该是清楚的,你玩得过他们吗?"

他兴奋了,这是经历长时间睡眠之后的激动。这激动带着心的战栗,将涌动的血液推向全身。于是,那种失去已久的燥热之感又神奇地回到了他身上。他仿佛觉得自己又一次进入了一个梦幻般的氛围,就像当年他复习考大学时一样。他将春娥搂得更紧了,两片焦躁的唇走路一般在春娥泪迹斑斑的脸上疯狂地移动,似乎想将内心的热通过双唇传递给春娥——传给这具冰冷的肉体——他要吻热春娥的身子,吻热这一方水面。他像梦呓一般喃喃地向春娥说着什么……

"……别为我担心,我已不是先前的那个我,我不会轻易就会被人玩的,别人也不会轻易玩我的……我沉下来这么多年了,经历多少事多少险呵……但我总不能总这样下去,我得让人知道我并不比他们差多少……"

春娥在他连绵的言语中抽泣,哭泣声一阵连着一阵,突然挣脱了他的怀抱,跑下船去,朝岸上的一片斜坡疾奔。不慎被什么绊倒了,又迅速爬起来,接着往前狂奔。

昌宏慌忙下了船,紧跑几步后便停了下来,朝狂奔着的春娥大喊。然而没有得到任何回音。于是,他像枯木似的立在岸边……

空气越发闷热了。远处的天空好像有断断续续的无声的闪电划过。

不远处,突然传来一阵扑噜噜的水响。他扭头向岸边的那片苇丛望过去,见几只野鸭不知受了什么惊吓,从苇丛中射出,带着亢奋的叫声,射向岑寂的夜空,朝对岸方向飞去,不一会儿便没了踪影;只有那些被翅膀掀起的芦花还在空中随湖风飘荡,迟迟不肯落下……

1999 年

空　巢

　　岁月的流逝,有如悄然的流水,常不被觉察。然而,当我此次回老家探亲,见到相别有年的古林叔时,却不由得从内心生发些许感叹,感叹这繁复的日子里,光阴之荏苒,世事之难料……

　　这是在一个沉闷的下午,我回老家的第二天,我来到古林叔的家里;令我惊诧的是,屋子变大变气派了,而人却变得苍老了许多!原先低矮的平房,变成了三层别墅式小楼;而原先看上去还像个中年人的古林叔,眼下却满头花发、皱纹纵横、背脊佝偻了。我望着坐在对面的古林叔问道:“这才过去五六年光景,怎就有这么大的变化呢?”

　　古林叔显然以为我在夸他的房屋,一下子来了精神,打开了话匣子:“儿子的能耐!——屋是他前年回来做的,样式、图纸什么的也都是他从外面带回来的——在外打几年工,也算没白混!”

　　“唔,看来这些年他在外搞得不错,”我说,“能做起这么一幢房子确实不容易!他在哪打工?做么事业务?”

　　“我也不是太清楚,我只晓得在南方沿海那一片,地点也常变,”古林闷声说,提到儿子,他总是既兴奋又无奈,“那小子倔得很,自打上回跟我争吵过一回以后,有些事跟我就少说了,我问的时候他也才简单说说,我也不怎么听得懂,后来干脆少问或者不问了;儿孙自有儿孙福,随他去吧……”

　　“他做这么好的屋,是不是最终想回来住呢?”

　　“恐怕是这么想的吧,我也说不清……”古林撇撇嘴说,“不过眼下这些年他却不怎么回来,一年最多也就一趟,住上几日就匆匆地走了;前年为做这屋才待了两三个月,屋做好就又走了,到现在快两年了,也没见回来过！只是偶尔托人过来看看我……"

"托人来看你?"我诧异地问,"他自己就那么忙吗?"

"是哟,我也不知道,"古林憨憨地笑道,"今天又来了一个,说是太累了,正在楼上睡呢！正好你今天来了,待会儿吃晚饭时陪他喝两盅——我多搞几个菜……"

"哦,什么时候来的? 年轻人?"

"今天中午,我刚从地里回来,就见他在屋里,一头的汗,看来是从镇上走来的！是个年轻人,和我儿子差不多大……"

"事先,你儿子也没给你来个电话说一声?"

"我没手机,年纪大了,又没什么文化,脑子笨用不来;家里原先有个电话,很少响,一个月还要交十多块钱的座机费,太不划算;做新屋的时候线搞断了,屋又太大,我也就没去叫人安装,反正又没多大用处,还费钱！"

"你都苦了一辈子了,该花的钱还是要花的,"我劝他道,"安个电话,或者配个简单一点的手机,和儿子联系起来也方便些不是?"

古林呵呵地笑笑,不知是否听从了我的劝,嘴里咕哝着一句话:"……这小子倔,上回大吵过后就说得少了……"

我看到,他老脸上多褶的肉有些抽搐,我知道他咕哝的这句话,的确是他心头的一块郁结。我有点怜悯地望着他,感到日子之于他似乎总那样沉重;好像他不曾轻松过,也不曾年轻过一样……

是的,在这个柳湾村,古林的经历算是凄苦的,听老辈人讲,他很小的时候,父亲就去世了;十多岁的时候,体弱的娘又病倒了,卧床不起,债就一层层地筑了起来。他在家是老大,拉扯着两个妹艰难地挨着日子。娘去世后,日子越发地凄清寒苦了;他把两个妹低调但很负责地嫁了出去,自己三十多了却还是独守那间土坯房——他不忍心用换亲的方式解决自己的终身问题——他的光棍名声随着时间的推移也就日渐大了……

　　当然，日子也不是没一点起色和变化的。土地承包之后，他随着一支建筑队出去了，常年在外，只在农忙时节偶尔现身乡里。几年之后，几乎在村里消失的古林，有一天突然带着一位满脸菜色的妇人及一个大约六七岁的男孩回到了村子里，开始了家庭式的生活。村人有些不明白，光棍古林摘掉光棍的帽子为何不办酒席？莫非真是穷到了连办酒的钱都没了？再从那男孩的长相上看，似乎与古林不怎么相像，人们于是猜测，古林可能是在外捡了个"便宜货"，各种不同版本的议论也就随之而生了。议论归议论，古林照样毫不在乎地过着自己的家庭生活；对于古林来说，日子似乎已迈入了正轨。然而没过多久，他带回家来的那个女人就去世了，才不过一年多光景！古林倒没有显出多么悲伤，好像早料到这样的情形将要发生似的。他很平静地将女人葬了，带着男孩继续留在村里生活。村人在向他投出怜悯目光的同时，也预测古林光棍的名头可能有人继承了……

　　然而日子并没有按村人料想的方向发展。当政策和世风都变了的时候，憨人古林突然脑筋开了窍，变戏法似的牵回来一头精壮的毛驴，并添置了与之配套的板车等设备，开始用驴车为四乡八邻拉砖送瓦跑运输。那时，农人的日子因为土地承包和经营活动的放开而日渐转好，做屋修屋的越来越多，古林父子的业务竟然忙不过来。于是，那以后，大伙便能看到古林背着肩套与驴车并行，瘦小子鼓着腮帮在后面推车的情景；朝霞和暮霭常将他们衣着不整、浑身汗渍的形象映得非同寻常甚至分外诱人。当然，村人对他的关注和议论也随着时间的推移、日子的流淌，随着他们衣着及饮食的不断改善而日益增多、日益转好。数年过去，古林硬是仗着自己和儿子的勤劳，在村人普遍的赞羡中盖起了三间崭新的大瓦屋并配以考究的院墙和门楼——这在当时村子里土坯屋还居多的时候的确是一个了不起的壮举——人自然也活得精神了许多……

　　日子殷实了，心思也跟着活起来。当衣食住行问题解决之后，年过半百的古林居然有了关于女人及结婚的念头。当他准备将这念头付诸实践时，他和渐渐长大了的儿子之间又产生了矛盾……

古林和儿子争吵的那个晚上我也在场，那是六年前的一个晚上，也是回老家探亲，我被古林的儿子新木请去充当说客，以协调他们的关系并参与一些问题的讨论。新木认为我来自城市，眼界总归要高远些，因而对我寄托着希望；殊不知我当时却惴惴然，不知自己该充当怎样的一个角色。暮空欲黑，古林有点萎靡地蜷在他屋门前的石条凳上，面对屋前这条似乎有点凝滞的河流，不时于渐浓的暮色里发出几声叹息；房屋一侧的棚子里，间或传出一头老驴气力不足的鸣叫，就像悲伤的老人阵发性的抽泣。

"……我至今，还是被人小瞧……"那晚，古林总是重复着类似的话，调子沉郁，似乎不明白我的来意；见他这般神态，我也暂时无法为新木说点什么了。

"……怎么这么说呢？比起先前来，你不是好多了么？再说……"我搜肠刮肚，努力找一些安抚的话，又总是言不及义。

"是的，是不比从前了，"古林说，"可在他们的眼神里，我不还是先前那个穷光棍吗？好像跟我在一块过日子就丢了脸面！"

"这话又从何说起？"我有点听不懂他的话了，"你是不是还记恨着那件被打的事？"

"……"

"那你就大可不必了，事情过去就让他过去了，还是想开点好——毕竟你内心也不想去追究……"我说。

"可我做、做了什么呢？"古林提高了嗓门，压根儿没听进去我的劝，"打了半辈子光棍了，不就是想找个伴成个家么！有多大错呢？用得着这么待我吗？……"

"她是谁？"我问。

"就是本村的，"古林支吾着没有说具体，"……其实她对我是有意思的，她一个人过日子么，总归不容易，儿子们都分出去了……可她的儿子们却不讲理……"古林说着，脸抽搐得更厉害了，"真的，那天晚上，我和她并没有做什么出格的事，只是在一起说说话，她那三个儿子就拿着棍子冲了过来……他们不把我当人，边打边骂还要我撒泡尿照照自己……他们压根没把我当人……我至今还是被人小瞧……"语调渐渐低落下去。

那头老驴又叫起来，无意间叫浓了夜色；抽泣般的叫声凄切地回荡在岑寂的夜空，格外撩拨人的忧思；乡间单调的夜被这一串连一串的浊音弄得既阴郁又沉重。

"爸，你别总这样诉苦了好不好?!"新木好像无法再容忍了，"自己过自己的日子，管别人怎么瞧你！你自己都看不起自己，别人怎么不小瞧你?!"

古林听这话上火了："我怎么看不起自己了?"

新木道"就说上次，你被打成那样，我要请律师告他们，可你硬拦着我——真是弄到家了！"

"你懂个屁！"古林提声说，"闹到法庭上，事情张扬出去，我有几张嘴跟大伙细说去？我这张老脸将后还往哪搁?!"

新木激动得站起来："怕什么？只要没做亏心事，只要理在自己这边就别怕！爸，依我看，你就是因为没自信，所以就没了胆量……"

"这话怎说?"古林没听明白。

"你连那驴车都没胆子换成机动车嘛！"新木直言道，"眼下，别的运输户都开上大卡车了，我们那驴车往后哪还有市场哪！阳哥，你说是不？你在城里见识多，你给说说……"他以恳求的目光望着我。

我看看新木又望望古林，脸上有点发热，游移着说："当然……如果有那个能力……换一种车也是有必要的，对以后的发展有好处……"

"谁不想玩气派的？我还想买飞机呢！"古林不屑地白了儿子一眼，"钱都用在这房子上了，哪来那么多钱？再说你又不怎么会开车，万一出个什么事这辈子都完了！等两年再说吧，等手头有点钱了先买个六轮拖拉机吧。"

"要买就一步到位，而且现在就动手，抢先才能有优势！"新木挥挥手道，"等过了两年再买'六轮'，又面临'六轮'被淘汰——我们不能总跟着别人走……"

"你是这山望着那山高！耍嘴皮谁不会？钱呢?"古林对于儿子的轻浮一直是看不惯的，"小阳，你听听，他那牛皮吹得够可以吧！你说说……"

我嗫嚅着，有点尴尬。"如果有钱，当然可以……但是……要是太勉强了……"我谨真地选择着词语，感到十分的艰难；看来我是个蹩脚的说客。

新木倒是没顾及太多，又开口了："钱可以搞得到的，家里有一部分钱，另外还可以借也可以贷，家里房子作抵也行，关系我都找好了，我保准不出几年就还上了！"

古林怫然作色："败家子！你想把这房子送掉？你想毁了这个家业让老子又过原先那日子？等我死了你再动手吧！……"

从古林愤怒的容颜上看，他真的担心失去眼前拥有的一切；他似乎觉得，自己拥有太少，所以经不起任何的损失。这房子，这家业是他尚能在众人"小视"的目光里还立得起身子昂得起头的资本。

没有了声音。风携潮湿的气息自河对岸徐徐吹来，如女人悠长的叹息。河水无声无息，于想象之中流淌；远山朦朦胧胧，向看不清晰的地方蜿蜒。青蓝色的夜罩着一切，夜空幽邃又神秘。夜幕下，古林瘦削的身影有些僵硬，看上去就像河堤上一根折了根的枯木……

"我知道，你眼下一心想着的事就是再找个女人成个家，这事现在遭了挫你才这么痛苦……"歇了一会儿，新木又说道，"你留着那些钱也主要是为了今后办这件事，为了你们今后的日子！"

"好你个小子，倒猜测起你老子的心思来了！老子就是有这想法又有么事错？"古林回道，"我留点钱是为了这个家，有多少粉才能做多少粑，到处借贷把家底掏个大窿，万一有个三长两短拿么事来对付？做事情、过日子，泡叽叽的是要栽跟头的！"

"我又没说再找个人成个家有么事错，但不管做么事都要分个轻重先后，"新木仍然不依不饶，"眼下最要紧的，我觉得就是要为这个家今后的发展多想想；为你儿子前面的路子、今后的发展多想想，找人成家以后任何时候都能做！家发达了，人也更好找些不是？……"

"用不着你来教训我，你给我住嘴！"古林突然吼起来，像一头狮子，"我怎么没想这个家、没想你了?！没有我，你能活出这个模样？翅膀还没长硬就小瞧你老子了！你要嫌我，你就给老子滚，你自个发展去……"

他们争吵了起来，激烈的声响惊跑了树枝上夜栖的鸟儿……

在父亲的威武面前，新木最终垂下头来，小声道："好吧，好吧……我只能

走了，我……"

　　而今，六年过来了，古林仍是一个人过日子，似乎有意无意中证明了儿子六年前的话全都是胡扯，他心中第一位的仍是且一直是儿子、是他和儿子共同维系的这个家！其实，在被打之后，尤其是儿子离家外出打工后，他对再成个家这件事的意愿和兴趣便越来越淡了，他心中系挂的其实一直是儿子新木。而六年之中，新木似乎也于有意无意间证明着自己的能力和眼力，他没跟父亲商量，就决意在父亲所盖房子旁边，建起一幢在全村都数一数二的三层洋楼，这楼与父亲做的屋形成了强烈的对比。住在这空荡荡的楼里，古林那空洞的心越发地空落落了……

　　"你也别过于担心了，新木既然花这么多钱和心思在这儿做起这么好的楼，说明他心里还是恋着这里的，将后他一定还是想回来过的，说不定哪天就领个姑娘回来在这楼里来成婚呢！"我安慰古林道，"新木那小子虽然偏，但心是善的，从小吃苦长大，应该是懂道理的，他将后会回来行孝道的……"

　　"我想也是吧，"古林好像获得了某种宽慰，"这不，他忙起来回不了家，还晓得托人来看看我……"

　　"是啊，新木那小子将来肯定比你混得好，"见古林高兴起来了，我顺势多说了些宽慰语，"年轻人思想活，他们有自己的主见，别老指望他按你的路数行事……"

　　"说的是，我也想通了，随他去吧。"古林应道，"做这楼的时候我当时又想不通，我说我一个毛人，有三间大瓦屋了，再做个三层楼，空落落的用得着吗？后来儿子要这么搞我也就没多说了。"

　　"他有他的想法，"我说，"今后肯定能派上用场！这么好的屋，我羡慕啊……"

　　"名声大也给我带来麻烦，"古林有点尴尬地说，"有些麻烦你有嘴都说不清……那件事你也许听说了……"

　　我笑笑，未作答。我知道他说的是什么事，我也的确听说了这件事。说的是镇上有个靠打面过活的女人，长得有几分姿色，古林去镇上时在她那儿买过一回面条。她听说古林住豪宅又是多年打光棍便起了心思,变着法儿给古林送面去并顺便聊天,将古林家中内情摸了个透。有回晚上她摸了过来,说自己也是单身,有意嫁给古林,并挑逗古林,古林当时没把握住就留她过了一夜,第二天他才发现,他橱子里的一笔大钱没了踪影,当他去找那女人时,她竟然倒打一耙,说她好心为他送面,却遭老光棍调戏,反锁房门强留她过夜等等,此事后来闹得沸沸扬扬却又不了了之……

"……其实,我真是被她套了,那女的真不是个东西!……"古林愤恨地说,"我也不知她从哪打听到我情况的……"

"不谈这事了,"我说,"以后要多留个心眼……"

"……"

"时候不早了,我去把客人叫醒,然后去准备几个菜,"歇了半晌,古林说道,"晚上我们几个喝几盅——你也是客呵!"

"好吧,你先忙,我回去跟我叔叔说一声,等天擦黑了我再过来。"我说过,就起身离开了……

晚餐按时进行,在古林的大堂轩里摆上四方桌,古林、那位客人小伙子、我及被我拽过来的我叔,一人坐一方。古林特别兴奋,开了两瓶好酒,话匣子也打开了;他给大伙斟酒、夹菜,又给我叔及那小伙子点烟,很是热情周到,真的没见他这么高兴过……

那位小伙子自报家门,姓李名进勇,也是本县人;李说他和古林的儿子同一年在县劳动局报的名,又一同赴南方打工的,一开始先到东莞,后又各自换了地方,但一直保持联系。小伙子小头小脑小眼睛,但身子骨好像还很结实,说话时总不跟人对视,眼光到处飘移着。但古林总是盯着他,不停地敬酒,不时地问这问那,好像他就是自己的儿子似的。

"……你和新木是同一年出去的?……"古林又敬了小伙子一小杯酒,话语也格外的多起来,"你晓得,他现、现在,在哪里做事啵?……"

"唔,是的、是的……"李进勇应道,"他是搞营销的,被总部派到各个城市分销点跑,主要是南方城市……"

古林有点听不懂李的话:"不能确定他在哪,他怎么托你过来的?"

"……他跟我通话时是在深圳,他在电话中跟我说得很仔细……"李进勇说。

"你把新木的号码给我,我来跟他通个话。"我跟姓李的小伙说。

李进勇愣了一会,眯起眼在他那个有点破的手机上找了半天,然后给我报了个手机号。我拨通了那个号码,但无人接听。李进勇说,新木那小子的手机一到晚上就特别难打通,要么关机,要么就无人接听,不知他晚上在忙些什么!古林也说,新木也曾留下过固定电话的号码,他到镇上打过几次,要么占线,要么没人接,后来他也就懒得打了……

"待会,他看到未接呼入可能要打过来。"我安慰古林道。

"不一定,"李进勇说,"有些陌生号码他也是不回打的。"

接下去,围绕着新木外出、做屋等话题又各自说了一通。李进勇说了几个新木在外打拼的故事。晚餐持续了约莫两个小时。四个人喝完了两瓶酒,似乎都有点多了。酒席散,我搀着叔叔回来了……

回来后,却总睡不着。第二天清早我就起了床,却看到叔坐在堂轩抽烟。

"叔,昨夜您也没睡好?"我关心地问,"酒多了?"

"酒倒不是十分的多,但老也睡不着,"叔说,"总觉得哪儿有点不对劲,眼前老是出现古林和那后生的影子……"

"是吗?我怎么也有这感觉?"我惊讶地说。

"我总觉得那个突然来的姓李的小伙子有些不对劲,表情、眼神还有言语都有些不对劲,"叔接着说,"可我也说不出个所以然来……一直睡不着,干脆就早起了……"

"是啊,昨晚回来,回想那小子说的话,好像有些细节也经不起推敲……"

"哎呀,不好!"叔一拍大腿道,"那小子好像昨晚在古林家留宿了,还不晓得出事不!"

"那我们现在就过去看看?"

"走!"

我们一路小跑来到古林家,发现古林院门和房门都大开,我似乎预感到出了事,跑到二楼,果然发现古林倒在血泊中。我抱起血糊糊的古林的头,感

觉他还有气息,便大声呼他。古林慢慢睁开眼,艰难地说道:

"……半夜,我听、听到响、响动就起身出来看,看见、见是那小子在翻、翻腾我橱子……我的钱、钱匣子已在他手、手上了……我急、急了……"古林咽了一口,"可我、我哪是他、他对、对手……"

"那小子下手也太毒了!"我怒火中烧,"对一个老人也下这样的重手!"

"……他逼、逼我说出存折的密、密码,"古林坚持说,"我死活不、不说,他就、就……"

"现在不说别的了,救人要紧,古林流血太多,"叔提醒道,"小阳,你抓紧到哪家找辆车子,管他什么车都行。"

只找到一辆摩托车,我骑,古林趴我身上,叔在后面扶他;一路疾驰……

古林趴我背上,仍反复说着类似的话:"……那、那是我儿、儿子的钱,一定得追、追回来……快报、报案……"

叔劝他别说话,而我在前面已经热泪盈眶,泪被疾风吹干,继而又涌了出来……

2003 年

秋 之 暮

麦原耷拉着毛发稀疏的脑袋，沿一条窄曲的垄颤巍巍地往村上走，脚步拖沓，神情颓丧；松弛而多褶的面颊随步子的趔趄而不时抖颤，两粒浑浊的眸子死水一般黯然无光，似乎再也激不起什么涟漪来了。

"完了，这一年又完了！日他奶！"他边走边将这带点悲壮意味的语句吐在这金灿灿的暮秋的黄昏里；头间或扭过去，痛苦地瞥一眼他家那片因饱受虫、鸟、人等多重侵害而果落叶稀的油桃林，内心涌动着酸涩的滋味。

晚鸟零星地归巢了。秋风萧瑟，阵阵从桃园那边吹过来，侵肤的寒意使他不时打着寒战；紊乱的心绪亦被吹散开来，犹如被秋风不时带起的黄叶长久地、悠然地、无序地飘荡在干燥的旷野。迎着那衰弱的残阳，他挪得很慢，黧黑的脸被霞光涂抹，现出怪诞的色彩。秋原寂寥，天光与心境中的亮色一同消退……

前面好像是村主任过来了。村主任背着夕阳，脸色有些阴黑，看不清他的表情，只是从那龇着的牙上，隐约知道他在做作地笑。瘦削佝缩的身子与他的身份似乎不很相称。他挪着颇具特色的八字步朝麦原径直而来，没挨近就亢奋地喊起来："麦原哪！我找你好半天了！你倒有闲心在这瞎逛呢！……"

麦原无心情答他，脸皮欲松却又没松。村主任凑近了，讨好地递上一根烟，又殷勤地掏出火柴为他点火，这情形以前从未有过。麦原茫然盯着村主任那裂开的嘴，揣摩着从那两排"麻将牌"里将会蹿出什么话来。

"你晓得吗,你家新桥回来了——你那在外发财的儿子回来了,嘿嘿……"村主任开心地笑道,好像回来的是自己的儿子。

麦原眼睛亮了一下,随即又暗下去。"他还晓得回家来——还晓得家在这里?!"他阴沉沉地说,似乎有点激动。

"你这话怎么说来着?莫非他还对不住你了?!"村主任不解地斜睨着他,"新桥这伢不错得很哪;村里要多出几个像他这样的,这个村就有指望了!要是我有这样的儿子,我晚上睡觉都笑得醒了!——你还在这里泛泡……"

"……莫把他吹得太高了,"麦原撇撇嘴说,"哪天落下来了连个接脚的都没有……"

"你看你,总、总这么谦虚……"村主任的嘴裂得更大了,见麦原的烟熄了,又掏出火柴来为其点上火,"麦原哪,我有事求你呢!"

"你大村主任的,还有么事求我这小不拉子?"麦原有点不解。

"你晓得啵,哥哥,"村主任吞了一口痰,准备作长篇阐述,"新桥在外路子野着呢,求你给说说,叫他带我家小山也出去闯闯;家里那点儿田地派不上他做,在家闲长了,保不准要憋出毛病来!这年月,莫说田地不够做,就是够做也只有巴掌大那么点出息——能挣几个卵钱?糊张嘴、糊身衣也就不容易啦!想发财么,那是背着太阳撒尿——吊影子都没有!这情形,你该是清楚的。还是你家新桥有名堂,出去才几年工夫,就混出个人模人样来了!看来,这地界上的人,不出去混,八辈子恐怕也难得出头!你说呢,哥哥……"村主任这番高论,与他平昔组织收取提统款和税费时的言语已大相径庭了;尽管离实际近些,但在麦原听来,就像呛了口水似的不怎么舒坦。

"你自己跟他说去吧,"麦原漫不经心地抠出一团鼻屎于手指间揉搓着,"你当村主任的都说这样的话,往后这徐坦村的年轻人还有谁肯留下来务农?"

"都走了,都发起来了,那才叫好呢,徐坦村才有盼头呢!——你说是啵,哥哥……"

"做庄稼,也未必就贱些!"

"那是你的想法,"遭到抢白的村主任仍然笑嘻嘻的,依然使用着喊人"哥

哥"的口头禅,很难得地显示出良好的涵养来,"麦原哪,我今儿说的都是实在话……你也别推脱了,替我去说说,你说比我说管用多啦! 就算我求你还不中么? 哥哥! ……我会谢你的……"

麦原撇撇嘴,将手指上的鼻屎弹出去,未置可否;侧身从村主任身边擦过,颤悠悠往村子里去,将瘦子村主任可怜巴巴的企求丢在身后……

天擦黑的当儿,麦原拖沓的步子终于挪进了自家的门槛。堂屋里坐满了人,众星捧月似的围着新桥,一个个都绽着笑脸,似乎与村主任有着某种相似的企图。恭维的话塞满了屋子。大伙见是麦原回来了,都显出与对新桥同样敬重的神态,忙不迭起身招呼。麦原却并未因此生出自豪感来,呆板地回应着大家,而脸皮却没有松一松;与儿子简单对了几句话后,便入了东侧的厢房。

堂屋里的气氛依然热闹;西装革履的新桥俨然以发财者的姿态滔滔不绝地讲述着他在南方的经历和成就,引得村人不断发出啧啧的赞叹。赞叹之余,每每又不忘联系自己的实际,便越发地自惭形秽了,越发地感到形势逼人了,于是对新桥的那一份敬重自然又加重了分量。

"……那边的人用钱,你们见了都会傻眼的,万把块钱在他们眼里根本不算什么,一桌饭钱就够你做一年的……我现在的底子在你们眼里算是有那个样子了吧,但在那边还很一般,真的很一般……我今年又跳槽了——跳槽,你们懂吗? ——就是去了另一家更好的公司……我想,不出几年,我会有自己的公司的……"新桥被眼前的情景和气氛所感染,雄心勃勃地在自己飞溅的唾沫星中开公司、当老板、展宏图;在座的都陶醉在他铿锵有力又充满雄辩的话语里,连喷到脸上的唾沫星也忘了揩去;时间便在他连绵冗长的叙述中不知不觉地流逝了……

客人散尽,夜幕已完全降临了。新桥好像还沉湎于刚才那热烈的气氛里,绽着笑脸、吹着口哨,独自清理着他的行李包。

"爸,你出来一下,我给你买了件外衣,你试试看可合身。"新桥笑嘻嘻地说。

没有回应声,只听见一串因受劣质烟刺激而引发的咳嗽声。新桥觉察到父亲可能在生气,却又不知为何。于是口哨不吹了,脸上笑容也收敛了,从包里拿出那件颜色鲜艳的夹克衫,小心翼翼进到厢房里,见父亲蜷在那把老掉牙的藤条椅上抽闷烟,浓重的烟雾在他周边缭绕。

"爸,儿子回来,你不高兴吗?"

"我哪里敢不高兴哪,有这么个发了大财、往后还要当公司大老板的儿子回家来,大伙儿都敬着、捧着、抬着,我这张老脸上几多光彩呀,高兴都来不及呢!"

新桥被父亲说得有点不好意思,红着脸道:"那不都是跟他们海海玩嘛,何必这么认真……"

"哦,你也还晓得自己的深浅啦!我还以为你头脑被烧坏了,不晓得自己是谁了呢!"麦原将烟袋收起,站起来以复杂的眼光望着儿子道,"你那点儿底子别人不清楚我还不晓得?每年往家里带两三万块钱就烧得过不得了,就想当大老板了,说出来也不害臊……"

"这你就不懂了,这年头实打实地做,不吹一点水一点不行哪;你别以为外面那些经理、老板们都是实打实的,屁!都是有一个钱吹成十个钱,甚至一个钱都没有也吹成有十个钱,把别人的钱往自己的脸上贴,空手套狼的人也有的是,见得多了……"新桥本想进一步论证,终于还是没有展开,"跟村上那些'老土'水上两句不是没有好处;你等着,过不多时,他们就要来求我,你相信啵?嘿嘿,他们的心思我清楚得很。"

"你就喜欢招惹这些事!"

"别搞错了,是他们在招惹我!"新桥说。

"都是乡里乡亲的,泛泡坑人的事不能去做!"

"这怎么是坑人呢?——这是在做好事,是帮他们寻路子!正是看在乡里乡亲的分上我才这么热心,要不我还懒得搭理他们呢……"新桥说着,突然又笑起来,"好了,不谈这些了。爸,你把这衣穿上试试,这是我花八百元钱买的,眼下正流行,时尚呵!"新桥把衣抖开就往他爸身上披。

"你给我放下!"麦原将衣夺下,砸在藤椅上,"你还有心思在这胡闹呢!你去看看家里那地、那果园子吧,癞癞壳似的稀稀拉拉,糟蹋得不成样子了!

两三亩的好地呀,要是种麦或是棉花,该有多好的收成哪!"

"是吗?我明天去看看。"新桥轻描淡写地应道,并不觉得事态有多严重。不过,他终于明白父亲为什么不高兴了。

"当初我说种庄稼把稳,可你硬要向老莫家那孬子儿子学,把好端端的整块地都改成果园种什么油桃。现在倒好,一头塌一头抹了,连自己的口粮都要花钱买了——这哪是农家的日子呀,真真是瞎胡闹哇!"麦原痛心疾首地夹叙夹议,带着不清晰的颤音。

"爸,没什么大不了的,不就是损失了几千块钱么,我在外面勤快点儿、省着点儿也就回来了,这点小损失我全认了,您千万别太难过,钱事小,身子骨却要紧;当初我之所以这么弄,也是为了让您不去做农,您一把年纪了,我又在外面……"新桥很孝顺地安慰道,并显出一副大款的派头。而麦原恰恰最听不惯这种腔调、看不惯这种派头。

"我最看不惯你这种对什么都无所谓的样子,总是这样吊儿郎当的!当初劝我改地和果是这样,眼下弄出事来了还是这副样子!你自己照照镜子去,看看还像不像庄户人的后代!"麦原那只青筋暴凸的手朝儿子直点。

"我不是对这事无所谓,我也正想着处理这事,我这次回家一个主要任务就是为了处理这事……"新桥见父亲果真生气了,便不想再说下去,以免与父亲发生大的冲突。一两年才回一趟家,刚落脚就与父亲争吵,总有点忤逆不孝的味道,传出去也不好听。于是笑嘻嘻地把话题岔开:"哟,时候不早了,该做晚饭了。爸,今儿我特意带了些烧鸡和卤菜回来,还有两瓶好酒。今晚我们父子俩痛快地喝几盅,嘿嘿……我这就做饭去……"

厢房里,又只剩下麦原一人了。他复又蜷到藤椅里,双目微闭,想静下心来养养神,不料却被一股深重的悔意控制住。"……糊涂呵……"随着一声叹息,他吐出一句没头没尾的话来,喃喃的如同梦呓……

"爸,开饭喽——"

不知过了多久,听见儿子在喊他,他没有及时响应,于是,儿子反反复复地喊他……

麦原没有响应儿子的倡议,他眼下没那份心思和儿子对饮作乐,只勉强扒了一碗饭下肚,便踅进堂屋抽烟去了。新桥自然也不敢在父亲心情不好的时候独自饮酒。但他的胃口很好,慢慢地品尝着自己带回来的那些美味。待他剔着牙从灶房出来时,麦原已抽完一袋烟,弄得堂屋乌烟瘴气。麦原将烟袋收了,但烟的滞后效应仍使他的喉管发出不连贯的干咳。

"爸,别抽那粗糙的土烟了,抽我这种吧。"新桥从衣袋里掏出一包"红塔山"牌烟,抽出一根递过去。

麦原坚定地推开了儿子递烟的手,阴沉着脸,没有言语。他指指八仙桌一侧的椅子,意即让新桥坐下,似乎要说点什么,却又半晌不出声儿。夜色在字面钟的嘀嗒声中渐浓。

"新桥哇,"良久,麦原才从喉管深处挤出一串浊音来,犹如一阵闷雷滚过;然而话语却颇富情感,"你妈去得早,你姐嫁得远,眼下这个家就只有我俩了。我呢,也是黄土埋脖梗的人了,老实说这个家往后就得指望你了,你可不能任着性子想干什么就干什么呀……"说到这,麦原吞了口痰,停顿下来,像是把话接下去很艰难似的。

新桥从父亲这一系列的言语和动作中感觉到了父亲对自己的严重不信任、不放心和不满意,对他近年的努力似乎也不怎么认可似的,这使他突然间感到很悲伤也很沉重,他真的不知道自己怎么就给父亲留下了这样的印象。"爸,您这话我怎么有点听不太懂呢? 这些年我在外打拼其实也不容易,虽说没给家里带来太多的好处,但也没做什么对不住的事呀! 我真的不知道就……就这么不招您的眼……"

"我晓得你不容易,可你的心思到底在哪里呢?"麦原放缓了语调说,"你敢说你的心思全在这边,全在家乡、全在家么?"

"我不懂您在说什么。"新桥真的有点茫然。

"……我听那边过来的人说,你在那边过得很浪,乱找女人可是真的?"麦原恨恨地瞥了儿子一眼。

"那是谁吃了没事在嚼蛆呀!"新桥喊起来,"准是看我这些年在外搞得不错,眼红了,回家编排我来了! 是谁说的? 是谁这么缺德缺良心……"

"你别问是谁说的,关键是有没有这些事⋯⋯"麦原说,"人家跟你无冤无仇的,做么事要编排你?人家说在什么舞厅里都看见你搂着女人玩呢!"

"那是正常的交往,"新桥听父亲这般说便如释重负,"那边的人闲时都这样,是一种生活方式,是⋯⋯"新桥不知如何更好地向父亲解释。

"不管是哪样,反正你得记着,在你的家乡还有个你的对象,你得时时想到这一层,不管你在外面如何混,都不要太出格⋯⋯"麦原坚定地说,"别忘了人家过去怎么对你的,做人得讲良心!"

新桥知道了父亲这回不高兴的另一层原因了,父亲一直在为他和小莉的事操着心,任何对这件事构成不利的传言他都格外上心。但这件事,对他来说,也是一件十分纠结的事,此刻,他也不知如何回复父亲的关切了。"放心,我不会胡来的,"新桥说,"我会很好地处理这些事的。"不知是说给父亲听还是在说给自己听。

父子俩都没再说什么,屋里很是寂静,字面钟的走时声格外清脆⋯⋯

新桥不清楚父亲接下来又将对自己进行怎样的教育。但从父亲那庄重的神色上看,似乎话题是重要而又严肃的。他侧转脸,视线透过浊重的夜色和烟雾落在父亲的侧影上,真切感到,父亲在昏暗灯光下越发苍老了,头发已然花白,清癯的脸沟壑纵横,深烙着日子的痕迹,弯曲的脊梁随阵发性的咳嗽而频频颤动。烟雾将他的形象弄得很模糊,有如一段褪了色的记忆抑或遥远了的梦。他不知自己看父亲为何竟有这样的感觉,一种莫名的较为沉重的情绪驱走了他一直拥有的好心情、好感觉。

不知过了多久,麦原才又想起来说话了:"⋯⋯我倒不是反对你在外面混点事做,能从外面搞点钱回来当然也不错!要紧的是不能养坏了坯子,不能有了点见识就吊儿郎当的什么都不在乎了,不能把自己的根和本都丢了、忘了⋯⋯"麦原越说越严肃了,这些话梗在他喉管里多时了,抵得他好难受,不吐出来看来是不行了。

"⋯⋯"新桥耐着性子听父亲说。

"⋯⋯外面的光景虽很热闹,可你的根没法扎在那,"麦原接着说,缓和了语调,并希望把理尽量说得透彻些,"那终归不是个安生的法子,我寻思着,你总不能在外面混一辈子;再说在外面混也是有风险的,你总有累的时候,你总有倒霉的时候,说不定哪天栽在外面没人过问也很难说……你好歹还是个乡下人,你的根在这里,终了还是离不开村子离不开田地的……我想,那些田地还是该改回来种庄稼的好,这几年你在外面没工夫种就包给别人,往后你再回来……"麦原边说边望着新桥,目光里甚至都带了点恳求的意味。

"爸,您别说了,我懂您的心思,"新桥听这类劝告一向缺乏耐心,"不管你怎么说,我这辈子都不会再回到土地上来,我尝够了做一个靠土地过活的乡下人的滋味!"

"我务了一辈子农,都没说出这种话来,"麦原又失去了耐性,"你自己想想,你总共做了几年庄稼……"

"这就够了!"新桥激动得站起身来,在屋子里走来走去,"我高中一毕业就听您的话,心思全放在家里那几亩田地上;我那时的表现,您该是能想见的。可我得到了什么呢?……"

接下去,他开始列举实例来论证他的观点。他说,那年他为了及时买到化肥,跑县跑镇十多趟都没买着,最后只得买二手肥多花一百多元钱,当时他恨不得冲进农资代销店砸了那个鸟店;他说,有一年一批假种子害得他颗粒无收半年的血汗付之东流;他说,直到今天他都害怕看那些卖粮的队伍,因为他不能忘记当天不亮就拉着粮车行十几里路去镇粮站排几个小时的长队,最后拿到手竟是白条子的情形;他说最令他痛心的是五年前,他因为忍不住怒火与故意压价的粮检员争吵起来,最后动了拳脚,被镇派出所关了三天!他说他做了几年庄稼,不仅一直抽着几角钱一包的劣质烟,而且年年与乡村两级上门收取三提五统费的干部争吵,被冠以刁民的称号,弄得既无名又无利;他说现在做庄稼,除去农资成本和多种负担最终还能落下几个?……他越说越激动,不断挥舞着他那并不壮实的胳膊,口沫横飞,脸也涨得通红……

新桥正说得激昂的时候,看见父亲将头埋了下去,那只粗糙的手艰难地擎着沉重的头颅,新桥这才停止了演说:"爸,不舒服吗?"

"你别管我,"麦原将儿子的手推开,沮丧地说,"我说不动你。你说家里那些田地今后怎么弄吧,总不能就那样废了……"

"关于家里这些地,我已经有安排了,"新桥平静下来说,"流转出去算了;我没工夫种,爸这把年纪了也别再操劳了,该歇下来享享福了!"

"流转是么意思?"麦原不解地问。

"就是租给那些用地大户,"新桥解释道,"下家我都联系好了,明天就过来谈——是个搞瓜蒌种植开发的小老板——这一片的地他都想要,租金比一般的要高。"

"你安排好了?——你没跟我说一声就安排好了?"麦原有点愤怒了,"你把我当什么了?! 谁给你的权力这个家你一个人做主了?!"

"我、我……"新桥被父亲的话呛着了,嗫嚅着说,"我是看您年纪大了,不想再让您操心了……"

"你还不如把我当菩萨一样供起来!"

"……"

对话又进入了死胡同。两人好像都没了继续的兴致了……

"爸,您恐怕有点累了,歇着去吧。"新桥似乎有点愧疚的意味。

"抽空去看看小莉吧,"麦原没来由地冒出这么一句话来,边说边起身离开了,看都没看新桥一眼……

麦原进到自己的厢房,软泥似的摊在了藤椅里。这会儿,他真的有种身心俱疲的感觉。他没想到,儿子回来的第一个晚上会是这样的情形,他也不知道是从什么时候开始,与儿子对话变得这样艰难。他感到心在收缩,有股寒流从周身掠过。他悠悠地叹口气,觉得乏力、很乏力……

……有一种前景渐渐地在他眼前越来越清晰了,他似乎已经能够预测到他的晚年将要独守在这片他甩不开的土地上了;他已经意识到他说服不了儿子,儿子也说服不了他,他和儿子注定已整合不到一块去……想到这一层,他从心底里不免生发出一缕缕凄冷悲郁的情绪。

……疲倦,却又静不下心来休息,心和头脑都很累,他有点坐不下去了;他披上一件夹袄,慢慢走出屋门,走进夜色里……

夜的气息确实已很浓郁了,缺月无精打采地挂在天上,稀疏的几颗星陪着它,使夜幽深而又朦胧,微风不经意吹来田野的味道。这样的气息麦原再熟不过了,就像这里的空气和水一样,数十年来一直浸润着他的躯体和心灵;嗅着这样的气息,他才从内心里生发出一种庄稼人的踏实感,他真的希望这种感觉能够一直伴着他的日子……

可是,这一切还能延续吗?还能延续多久?想到这里,他内心又生出一种苍凉感,犹如一股凉风吹过……

他漫无目的地沿着村道挪着碎步,于茫茫夜色中不知往何处去……

倏地,他看到一个熟悉的身影走了过来,手上好像还拎着什么东西,等挨近了才发现是儿子新桥。

"这么晚了,还上哪去?"麦原问。

"按您的吩咐,去看看小莉……"

"干吗这么一老晚去,明天白天去不好吗?"尽管这么说,儿子的这一做法,还是给了他些许慰藉。他一直认为小莉是个本分、善良又勤快的好姑娘,他也一直希望这个姑娘能尽快成为他的儿媳妇。而且,兑现这个姻缘还寄托着他的一个美好的愿望,当年他倒霉挨批的时候,如果没有小莉一家冒险相助,他很难度过那段艰难的日子;正是这段日子,使两家建立起非同一般的关系。

"明天我还约了人,还有更重要的事要办。"

"这件事也很重要呵!"麦原强调道,"去了,要跟人家好好说话。"麦原好像动了感情,在他心目中,似乎已将能不能兑现这个姻缘,与做人是不是地道相挂钩了。然而,他也清楚,儿子好像并不这么认为,对这个姻缘也没有表现出明显的兴趣和诚意,这使他很担心也很烦心。

"……"

新桥笑笑,他懂得父亲的心思,但他更有自己的主见。他也了解小莉,她的性格和心思和他新桥完全对不上,她能吃苦,也守本分,但决不想随着他新桥在外奔波,他晓得今年,她又帮她爸在湖那边的圩区包了上十亩地种棉花,这会儿在不在村里还很难说,眼下正是棉花收摘的时候。感情归感情,感激归感激,他会好好说话,但他也会有区别地说话,他相信小莉也是能理解的。

"爸,夜里凉,别在外老待,转转就回去歇息吧,小心着凉了,"新桥关心地说,他知道父亲有心思,语气格外柔软,"我去去就回……"

望着儿子离开的背影,麦原那被挤压的心胸好像抒张了一些,但内心依然存有一个巨大的空洞;自打儿子将家里的地改种油桃之后,他成天无所事事,这种空虚感就一直存在于他心胸,脚下也总觉无根无力,人虽走在坚实的地上,身子却感觉像风吹起的叶子;活了大半辈子了,却不知现在该做么事,今后能做么事,日子该向哪里;他和他的日子呵,越来越不真实了……

正像新桥所料想的那样,以村主任为代表的那些有求于他的村民们,当听到他又将启程的消息后,都不约而同尽其所能地施展起他们的交际才能,各自拎着自认为不薄的礼物满脸堆笑而来。从太阳升起以后,新桥便忙着接待他们;在欣然收下一份份礼物的同时,也尽量说一些令造访者满意的话。"我会尽力的! 我尽力联系……"他重复着类似的话,显示出难得的大度和热忱,"凭我在那边的关系,找个事做估计问题不大。不过不能挑剔,不管什么活儿先干着再说。"而这时候,来人大抵都忙不迭地应承着,甚或发誓到了"那边"一切由他新桥安排。于是,新桥的心情就非常好,一脸踌躇满志的神态,言语间透着凌人的盛气。因为,从来人恭敬的态度里,他内心获得了某种满足。尤其是眼前这位曾经趾高气扬的村主任的表情,更令他无限地快慰。

求情送礼的人陆续地来,一直延续到中饭以后。他不认为此举是在冒险,相反,他觉得这是在施恩于村人。他猜想,不久的将来,这个村的很多人家,将会一边清点着自南方汇来的票子,一边歌颂着他新桥的大恩大德。想到这一层,他便有点激动,为自己迅速成长为一名慈善家而激动。这种激动一直持续到那位搞瓜蒌种植的姓余的小老板应约来到他屋里。他于是带着余老板又紧锣密鼓地开始了另一项重要工程——说服本村一群农户将地租给这位余老板种植瓜蒌。这项工作比前面那事要难做得多,要去现场看,要坐下来谈,土地还要相对集中;做通工作才能签得了协议。虽然这之前他已经做了一些人家的工作,但到了实实在在谈的时候,困难还是不小的,像父亲这样的人要做通工作还是很不容易的。他做这件事,主要还是想让父亲感到踏实,给村人多一种创收的渠道。他认为他做的仍是一件善事……

新桥带着余老板整整跑了一个下午,跑了多少路,说了多少话已记不清了,但成效还是很不错的,有近七八户人家和余老板签订了租地协议,他自己家当然也签了,签的是他的名,他准备晚上再去做父亲的工作。新桥觉得自己又做成了一件对村人有利的事,他为此感到特别高兴也特别自豪。

他在村代销店里买了些卤菜和两瓶好酒带回家,把父亲请出来,陪余总及其司机喝起酒来。麦原本无心喝酒,见是儿子请来的客人,为不抹儿子的面子,只能勉强赔着笑脸。席间,新桥借着酒兴说了租地的事,渐渐地就将麦原脸上强作的笑意给说没了。

"种了那玩意儿以后还能改回来种庄稼吗?"麦原问。

"没问题的,"余老板说,"种瓜蒌不会破坏土地的性质,相反对土地还有利。"

"爸,你一把年纪了,还考虑做庄稼的事干吗呢?"新桥接上说,"也该享享清福了,一生都耗在土地上,到老了还是钱没钱、闲没闲的,何苦呢?!"

"我就是听不进你这些粪话!"麦原怫然作色,"在外面混几年,什么都不在你心上了!你是靠什么长大的?"

"爸,不是我说你,你没出过门,不晓得外面的事;眼下的人,都是哪样赚钱干哪样,哪有在一棵树上吊死的?"

"你倒教训我来了,"麦原把桌子一拍,"别以为在外跑了两年就了不得了,到时候在外栽了还不是靠老子为你收场?!"

见气氛不对,余老板赶紧起身劝解。

正说话间,两个力夫挑着一担米、一担稻进了堂屋,高声喊着主人。新桥想借机缓和一下与父亲的尴尬气氛,便拉着父亲进到堂屋,笑着对满脸疑惑的父亲说:"是我为您买的稻米,那些稻米供您吃一年半载的恐怕没问题了。"而后又从衣内袋里掏出一大沓面值百元的钞票,拍在父亲那粗糙的大手上,道:"这些拿去交那些乱七八糟的税、费、款足够了,余下的您留着慢慢用;不够了再捎信给我,我给您寄。"

麦原手上拿着钱,有点痴呆地望着那些稻米,良久,一言不发地慢慢地走

进自己房里去,再没回到酒桌上,也没有搭理儿子的呼喊……

不知过了多久,儿子和他的客人好像都出去了,儿子很忙。屋子里恢复了原有的宁静。他不知不觉走进了堂屋,走到那些稻箩旁,望着那些黄灿灿、白生生却是花钱买来的稻米出神,喉管好像被痰哽住了。他在心里问自己,为何做了一辈子农民,终了却要花钱买自己的口粮!为什么变成了这样呢?他咬着牙想。先前不是做梦都想有块自己的地吗?变着法子把自留地扩大吗?他不禁想起前些年大伙集体做活时的情形,想起当年他因为"开黑地"而挨批挨斗的情景,他被列为"割资本主义尾巴"的重点对象,全公社游斗,历时一月有余呵;老婆重病在床,自己有家难回,真真差一点就家破人亡哪……

心跳在加快,血在周身奔涌。他抖抖索索地弯下身去,慢缓缓将双手插进稻箩,捧起一堆黄灿灿的谷子,谷粒在手中战栗着,从手缝中滑落下来……

清晨,太阳还未探出头来,新桥就被手提各色行李的人们簇拥着,浩浩荡荡上了路。麦原跟在那支"部队"的后面,不时被拉开一段距离。这支"部队"因为辎重而行进缓慢,约莫走了个把小时才到达那条通往县城的公路。他们将在这拦车,然后去县城转车……

太阳升上来了。原野上雾气渐渐散去。暮秋晴朗的天气使大伙心情都很爽朗。家长们把各自的孩子拉到身边,反复叮嘱着什么。麦原也挨近儿子,很动情地说一些惜别的话——尽管与儿子有分歧;尽管这已不是第一次离别,老汉还是显得有些激动。及至客车驶来,他还在喋喋不休地唠叨。儿子将那份签了名的租地协议塞在他手上,反反复复地给他说一些自以为很重要的话,而麦原却一个字也未能听进去;他那颗老年的心,已被某种莫名的带点儿悲壮的情绪控制着,此时已有点心不在焉了……

终于,那辆白色的中巴车将新桥载走了,也将老汉的那些并不起多大作用的嘱咐载走了,留下的只是与这些嘱咐相关联的无尽的担忧。儿子走了,老汉又像以前一样如丢了魂魄似的,内心陡然拉开大片空白。他手拿着儿子塞给他的纸,神情有些恍惚,长久地痴望着那条黑色的柏油马路,心中涌起阵阵惆怅。然而那辆载着他儿子的汽车早已没了踪影……

　　待他清醒过来,送行的村人也没了踪影;他依稀记得曾有人招呼他,还拉了他的胳膊,可他不知为何没有与他们同行。他孤单一人往村上走,头脑一片混沌,不知这会儿回村去该做点什么——他弄不明白,为什么老了,反倒找不到用力的方向和目标了……

　　回家了,他觉得这个家总得有人管,那块地也总得有人问。谁叫自己是做父亲的呢!做父亲的,总得为这个家、为儿子备下一些基业、准备一条退路;今后儿子在外混不下去了,好歹还有块供他过活的土地!因为,不管怎样,儿子总归还是儿子,好歹是这个家里唯一可续的香火!……

　　他仔细掂量着,似乎觉得自己还有力量去耕耘那块地,还可以拼着一条老命重把被儿子糟蹋的地再改回来种庄稼。昨天下午,他在村子逛步的时候,他遇到了老莫,他和老莫情形相仿因此聊了不少,老莫好像也有类似的打算,这无疑增强了他打算这么做的信心。他为自己终于起了这样的念头而兴奋,身子莫名其妙地热起来。他划着一根火柴,将儿子塞给他的那张纸点燃了,闪闪烁烁的火光映着他那布满褶子的老脸上重新绽出的笑容……

2000 年

报复·报答

报　复

　　霞在灶下做饭的时候，男人古炉荡着风吹荷叶般的醉步撞了进来，醉眼中的凶光刺刀般令人生畏。霞惊惶惶迎上去，眼里泛着大大小小的问号。古炉恶狠狠地推开她，还没站定便开始了他声色俱厉的申斥。村里村外，正风传他老婆和新丰的"风流事"，深信无风不起浪的他受不了这刺激，借别人的酒桌灌下了足量的"老烧"，这会儿一肚子苦水在酒精的作用下浪潮般汹涌起来，拍打着脆弱的心堤，因而申斥的风格近乎大批判年代的声讨。我和新丰没那事。霞怯怯地说，小心翼翼避着古炉的锋芒，尽管很委屈。古炉则以戴绿帽者惯常的态度吼着：搂着他的腰骑摩托车兜风儿还说没事，贱货！你说是你勾搭他还是他招惹你？！……霞苦着脸，以发誓般的言语耐心解释，而男人古炉的吼骂却一浪高过一浪。院子外面不知何时聚了很多人，小村人半辈子难遇一回大事，眼下出了这件引人入胜的新鲜事儿，自然不会不来凑凑热闹。古炉怒冲冲地将院门关上，但"好事"是无法关在屋里的，小村"肉电话"的功能远胜过当下最先进的通讯设备。不多时，这条正盛传着的桃色新闻带着新鲜枝叶飘到村子的各个角落……

　　古炉的审讯延续两天后，便发展到与拳脚相结合的程度。霞也终于失去了耐性。这天上午，当古炉再次动手时，她咬牙拿出了乡下媳妇自认为最狠的一招：回娘家！——对于受了男人欺的媳妇来说，娘家似乎是避风港，是疗

养院,任何创痛都能在那儿抚平。但这也是一道不能随便越过的坎子。霞收拾东西跨出房门时曾希望古炉拦她,而疯狂的古炉却没有拦。霞伤心已极。

霞的娘家不远,只两个时辰便走到了。遗憾的是,霞的事也传到了父母耳朵里,素来要鼻子要脸的父母自然是满脸的不高兴。妈倒没说什么,爸却忍不住:这事出在你身上,叫我们老脸往哪儿搁!我们家还从没出过这么丢人的事!霞自然免不了一番辩解,却总也辩不清楚。仅两月过去,老汉便命避风头的女儿回去:在我这里待下去不是办法;你先回去,明日我再去一趟!不管是怎么回事,你都得去给古炉说清楚,认个错,把日子再过下去,别再让人看笑话了!……霞清楚爸的脾性,娘家不会留她!这是她没有料到的。她没说什么,拎着包袱出了门。

霞觉得自己无颜再回去;她脸皮薄,倘若回去认错,便等于承认自己做下了传闻中的丑事,她无论如何也受不得这种冤枉。然而眼下她又不知自己该做什么、该上哪,脑中一片混沌。村子已近。她没有走上村道,而是岔向村道边的那条鸡肠子路,上了那个土坡。她在一片小杂林里坐下,俯视远处那个零乱的小村,眼似闭非闭。天气极好,和风习习如羊舌轻舔面颊;湛蓝的天空里,色鸟翻飞,瑞霭轻摇,地平线悠然起伏。霞却不住地喟叹。她原本拥有和眼前景致一样美好的日子,那个家她倾注心血苦心经营了七八年,可眼下……她不明白,向来极规矩的她为何竟走到了眼下这个境地,她到底做错了什么?她仅仅坐过一回新丰的摩托车。那天她从镇上回来,半道上被新丰的摩托车赶上了。新丰笑嘻嘻喊她上车,她坚持不上,新丰便说她思想落后,还将她的包袱拿去放在车上,她才勉强地坐了。半道上新丰陡然加速,她几次差点摔下,便听了新丰的话,搂了他的腰。没想到这一镜头竟被眼尖的村人捕捉住,并以此为素材进行了创作……新丰害惨了我,他要是不死皮赖脸拽我坐车,什么事都没有——那个皮厚的东西!霞咬着牙想。她觉得无法洗清自己也无法找到以前的日子了,她觉得无颜见人了。她万念俱灰,心中只存怨恨。新丰害惨了我……她又一次这样想,心头的那份怨恨越发深刻了。太阳执拗地向西行。

一阵摩托车音响传来,霞神经质地一颤,她注视着坡下的村道,见新丰带着妻儿飞驰而过。那家伙准又是去镇上看电影或者看录像了,霞想。心头的怨恨立即化为怒火。他害了人,却还那样逍遥。照样带全家去享乐!怒气激活了僵滞的思维,一个灵感陡然窜入脑际。她呼吸紧张起来,为自己找到一个既能解脱痛苦又能报复新丰的方法而激动,内心充满悲壮。

太阳接近西山,霞色橘红,恰似她与古炉结婚时洞房里的烛光,似梦非梦。她在这个美丽的时刻实施她的报复便有了更深层的意义。她很幸运,进村时没人看清她。她费力地撬开了新丰家的后门,进了屋,并且很快找到了一根结实的绳子。泪失控地流。她不慌不忙地动作,很快做好了准备工作。当她将绳圈套上颈脖时,又看见了透过窗棂斜射而入的一束烛光般的霞光。她兴奋地想:古炉该相信我了;他会原谅我的,一定会的……

报　　答

这会儿,绣花奶戴着老花眼镜,正坐在自家院子里的那块青石凳上,悠闲地纳着鞋底。初冬暖烘烘的阳光漫射下来,涂在她那佝偻而干瘪的身体上,使她觉得舒服极了。她眯着眼儿,神情慵懒;间或拿起身旁的那根旧竹竿,呼喊着驱赶那群不时向摊晒在地上的豆类进行偷袭的鸡鸭,那拖得很长的喊声也显得有点懒洋洋的。

这时,她那8岁的孙子跳着、唱着跑了过来。她停下针线,随意问道:"上哪野来? 看见你妈没?"她不知自己为何要问这话,莫非是因为儿媳近来老不归家,放心不下?

"妈在莫叔家的桃园里和莫叔说悄悄话呢!"

"什么?"绣花奶惊得甩下鞋底,猛地立起身,瞪大眼睛追问孙子,"你看得真切?"

"嗯。妈和莫叔说话轻轻的,听不清。"

事情看来很严重。一个寡妇和一个独身男人躲在桃园里说话,这意味着什么是不言而喻的。事态发展下去,将有损于这个家和她那死去的儿子的声誉,同时也将对她的晚年生活产生严重影响。几年来,她一直以自己有儿媳

陪伴、养老无须进敬老院挨日子而深感幸福和自豪；每每与人谈起这个话题，这种源自内心的自豪感便会自然而然地流露出来，使人从她那欢欣的容颜里感受到某种温暖，从而对她产生羡慕之意。而现在，这一切似乎行将改变，儿媳妇如若再嫁了人家，她一个孤老婆子将怎样生活？……她这么想着的时候，有股子火气开始在胸中升起来。她有点支持不住了，便拔腿往村后的土岗上去；她要冲进那个桃园，给那姓莫的一点颜色看看，她要清除掉他们头脑中的那些个坏念头……

她一边喘着粗气奔走，一边复杂地思索着，泛白的土巴路拽着她急促的有点趔趄的脚步。羊肠似的小道执着地逶迤地往前延伸，蓦地，蛇一样抬起头来钻进一片葱郁的松林里。这时，绣花奶的脚步渐渐放慢了，最后竟停了下来。因为此时的这片林子刺激了她——林子里带点阴森的气息，与她此刻的心境相照应，使她想起了一件发生在不久前的事情……

那是在一天傍晚，她急火火地去寻找她的那个天快黑了都不知归家的调皮孙子。当找到这片林子里时，她突然听到一阵女人悲恸的哭泣声，那声音在这阴郁的林子里回荡，显得格外凄切。寻声过去，她吃惊地发现居然是她的儿媳在哭泣；再定睛一看，更令她大惊失色，儿媳妇头发蓬乱，嘴角流血，脸上留有伤痕，衣服也多处被撕破，显然刚刚和什么人搏斗过。她坐在地上，背靠一棵松树，身子尚在战栗，痉挛的手还捏着把明晃晃的刀。刀子的寒光使她身心不禁一阵瑟缩，一股寒潮透彻地从头贯穿至脚跟。她急忙俯身前去，大声问这到底是怎么了？儿媳一头扎在她怀里，她感到怀中的这个躯体冰凉而且颤抖，她的眼睛顿时也酸涩起来。是谁呢？是谁欺负你呢？她小声地喃喃地问，就像早年她安慰她那受了惊吓的懵懂的儿子。儿媳啜泣着，嗫嚅着说："是村里的泼皮三癞子……幸亏我身上带有这把刀，这些天我一直带着这把刀，我现在身上不能不带上刀……"

现在那一幕好像就在眼前，她仿佛又触摸到了那冰凉、颤抖的身体。儿媳不容易，一个虚弱的女人，既顶着繁重的农务又顶着烦琐的家务，却还要常带着刀过日子！她想。进而她又联想到儿媳那爬满汗痕的憔悴的脸以及被汗水打湿的后背……儿媳的确不容易，她进一步想……她没办法再挪动她渐显沉重的脚步了。她立在林子里，像一株树木那样痴了、呆了，只觉得心在隐隐作痛，眼前阵阵发黑。渐渐的，腿便有些发软，身子慢慢地顺着一棵树塌下去；一些很咸的液体从眼帘溢出，沿着松皮般的老脸流淌。她感到有股子酸液在心头涌动！是呵，自己这一生过的什么日子啊，小时就死了娘，大时又死了父，嫁了人后没过什么顺心日子又死了男人，进入暮年又失去了唯一的儿子！人生的诸多不幸她全摊上了！到如今，老朽了，又将失去儿媳！今后，她将孤零零度过残余的日子，孤寂地死去……"前世没修啊……"她自言自语，嘴里咕哝着一些连她自己也不明了意思的模糊话语……随后，她又想起了她那死鬼男人，过往日子里的一些零碎的片段过电影似的从眼前掠过，感觉像做梦一样。"……你倒是轻松快活了，你个狠心的东西……你晓得我过的是么日子吗！……"她僵了似的坐在那里，看阳光懒懒散散从树枝间穿过，听林中杂鸟在枝头或巢中欢鸣……

太阳西去后，绣花奶被林子里的寒气逼得清醒了。她站起来缓慢往回走，神情有点恍惚，连路上村人的招呼也不回应。走进院门，迎她而来的不仅有她的儿媳，还有一个男人。她大吃一惊。

"妈，你上哪去了，这么晚了！"儿媳嗔怪道。

绣花奶没作什么反应。

"妈，我今日和大莫商量好了，"儿媳红着脸说，"大莫他答应上我们家来，和我们、和我们一起过……今后，我们……大莫他人好，心也善……"儿媳内心慌张，说话结结巴巴……

"妈，我早说过，不论我今后选了什么人过日子，我都不会撇下你的；这么多年来，你待我这么好，真真比亲女儿还亲，我得好好报答你才是啊！"

"报答？……"

"是啊，就是要给你好好养老，有个有福分的晚年……"

1995 年

老音(三题)

晚　霞

一连数小时,老支书都在这泥泞的河堤上颠簸;瘦削、佝偻的身子如一株叶落枝败的乏树,在一阵紧似一阵的狂风猛雨里摇曳。他不时地大声喊叫,那群赤膊汉子在他威严的喊声里陀螺似的奔忙。他不清楚、也没时间去想,自己眼下扮演着怎样的一个角色。他只是觉得,自己肩上压着全村人的重托……

"老支书!"年轻的村支书兼村主任跑过来,苦着脸道,"水还在涨——这堤能保得住?"老支书斩钉截铁地回道:"心不塌,堤就塌不了!"声音虽有些嘶哑,却透着力度。"可是,草袋已没有了……"年轻人嘟囔道。"动员各户,把所有的米袋都拿出来。"老支书停顿了一下,三把两把扯下上衣和长裤扔给新支书:"喏,这两件系起来也可装土。"年轻人望着老人一身的骨头,热泪盈眶。

老支书只穿一条裤衩又挤进那群抢险的汉子中。尽管步子趔趄,精神却异乎寻常地矍铄。这使得他非常惊喜。"还中用呢——你这老家伙!"他激动地自言自语起来。热浪如眼前的惊涛在胸中汹涌,泪水随之夺眶而出……

很久都没有这样激动过了。自打从村支书的位置上退下来,他一直感到很虚脱。他在支部里说话,再不能引起大伙的兴趣;他给村办毛巾厂提的建议,被年轻人当作陈腐的老套路对待。他当支书时的一些过失,也被人尽情地抖搂出来,晾在田间地头、村头巷尾;他的威望如同他的体态,日渐的萎缩了。他整日缄默,常沐浴着夕照在阡陌上踟蹰,每每为自己的老朽无为而喟叹。尤其令他恼怒、伤心的是他儿子二贝对自己的态度。二贝想进村毛巾厂,一再逼他去卖老面子求情。然而他极看重自己的这张老脸,固执地回绝了儿子的要求。"有能耐自己闯去!"他这样对儿子说道。可他万没料到,肝火旺盛的儿子居然对他大加嘲讽!说他无用、无能成了古物,当了这么多年的村支书,不仅自己一无所获,连自己儿子都照顾不了,白白忙活了这么些年,家人也跟在后头倒霉!他说自己留下的是一世清名,乡亲的眼睛是雪亮的,他们自然是看得见的;他还说自己不会到老了为了自家的事还被人说三道四!儿子说他迂腐得近乎愚蠢,当了这么多年的村干部,得罪了那么多的人,还有几个人说你的好话?不揭你的短就算不错的了!"那无用的清名有什么用?人家只会说你孬,无用!"他怒不可遏给了儿子一记耳光。二贝捂着脸愤怒地跑走了。于是,继在村里遭到冷遇之后,他又和儿子闹翻了脸,儿子一连数月都不跟他说话。老支书更感到孤寂了,忧郁又悲愤。他坐在家里不想出门,偶尔夜里走出去,独自一人毫无目的地漫步,常常伴随着一些恼人的思绪……真的无用了么?真的只能等死了么?他常这样问自己。夜阑人静时,他反复嚼着儿子送给他的那些话,辗转反侧,不能入眠……

洪水袭来了,老支书原本不想抛头露面,只是以一个普通村民的身份默默做好抗洪的准备。然而,当他得知村支书正组织全村人撤离时,他不知受了什么驱使竟站了出来。他当着乡亲的面狠批了年轻支书一顿:"……你就这样当支书吗?——村子被水冲的场景你没见过我可是经历过的,那要多少年才能恢复元气呀!"年轻人争辩道:"乡里说,要是真守不住了,就要尽早撤离!"老支书说:"你尽力去守了吗?"年轻人有点胆怯地说:"那堤太弱,我怕堤破了,大伙跑不及……"老支书吼道:"还没尽到力,就说保不住了,你平时的虎气呢?!你自己做出样子了吗?!这会儿大家都在看你的态度!你先怕了软了,大伙哪还有心思留守,还不都跑了?!"他以命令的口气叫几位村干部组织体弱者撤离,自己带着一群壮汉上了堤。

老支书的吼声,喊活了大伙心中那死灰般的希望,也喊醒了村民头脑中

对他的记忆。于是,他又找回了昔日的精神,将这辈子剩余的精力大方地抛出去,似乎没有意识到应当留下一点给以后的日子。

然而,浪涛越发地猛了,堤出现了漏洞。堤太弱,漏口堵上又被冲开,反复数次。"打桩!"老支书大声喊,"然后再填土袋!"身边有人提醒道:"桩木全用完了!"老支书一跺脚喊来儿子二贝,逼他领人去扛自家的屋梁。儿子哭嚷着,硬是不去,他狠心踢了儿子一脚又狠推了儿子一把:"快带人去,要不就来不及了!"二贝哭着走了,没多一会儿,屋梁扛来了。但刚把桩打下土袋子扔下,堤又漏了,口子越来越大。老支书急疯了,大喊一声,率先跳下河去;然后,便有一条条壮汉跟着跳了下去……

不知在水里坚持了多久,老支书终于耗尽了精力;一个浪头袭来,他倒下了。当被人七手八脚抬上堤去,他就躺在泥泞的地面上闭着眼熟睡了。

待他重新睁开眼睛时,看到如火的晚霞撕扯着云层,道道光柱剑一般直刺大地,而大堤依然屹立着……于是,他不再担忧,泰然地、永远地睡过去,枯瘦的躯体犹如古老的化石,似与生他养他的这块土地融为了一体……

消　融

王三老汉幽灵一般在他那破败的鸭棚旁踯躅。缺月在天上怜悯地看他,草棚腐败的气息和着鸭屎的臭味阵阵袭来。

他踯躅着,脑子里正在为是否参加盛昌召集的那个养鸭学习班而激烈地斗争着。渐浓的夜色罩着他佝偻的身子。走累了,便坐到棚门前那块石头上,掏出烟袋伴着咳嗽声抽烟,火光羞羞涩涩地闪烁。

老伴不知何时走了过来。王三只晒了她一眼,就像瞥一只鸭子。

"快去呀,天都黑了,还考虑么事?"老伴催道。她是务实主义者。

老汉的瘦臀仍与石块儿紧粘着。他不紧不慢地吸烟,头烟袋似的耷拉着;阵阵升腾起来的烟雾淹没了那花白的脑壳。

"是不是怕丢了你那老面子?"老伴又撩他一句。

老汉瘦削的身子一阵颤。他猛吸几口烟,将怨气和烟一同吐出。老伴的话,拨动了他的神经——那正是他的痛处!他王三何许人?这湖湾村个个清楚。早在 8 年前,他便是远近闻名的"鸭老板"了。那时,他是村里唯一的养鸭户,也是村里的首户,曾作为致富能手上过县、乡两级光荣榜,真是风光一时,连盛昌那样的高中生都愿给他当下手!可如今呢?随着盛昌那小子的崛起,他竟变得黯淡无光了。他的一切荣耀都被盛昌掳去了。现在,他居然在考虑是否做盛昌的学生!莫非真是风水转了?

"我怎去?"他轻轻咕哝着,"当初,他在我这当帮手,一副寒碜样儿,如今倒人五人六地当先生了,嘁!……"

"那没办法,人家文化高,会搞'科学养鸭',鸭子比你养得肥、多,产蛋也高,还不发瘟,当然越养越旺了!可你,斗大字识不得一箩,全靠死力气,鸭个头不大瘟病倒不少,一年不如一年;瞧这棚子,都烂了、臭了!……这火候该他乘!"

"他发起来,还不全靠了我!他是在我这儿把翅膀养硬的!"老汉慢吞吞地说。

夜更浓了,烟消融在夜色里。

"去吧,去洗洗脑筋,别顾面子了,其实你的面子丢得差不多了——你晓得村人背地里怎么说你吗?——到时恐怕连里子都没了!"

老汉游移着,半晌才收起烟袋立起身来。老伴疑惑地望着他。

这时候,盛昌急火火地跑来了:"三伯,今晚我那儿开讲了,想请您去坐坐。您养鸭多年,有实践经验,还得请您谈谈。三伯您别见外,养鸭学问大,我们往后相帮着学。我办这个班,是想牵个头让大伙多来往、多交流,没别的想法……"

老汉不自然地笑了,眼红红的,好像很激动……

叔　　公

在土祠村,六叔公算是最年长辈高的了,他四世同堂、气宇不凡,颇有点族长的味道。多年来,土祠村若有个什么大事,人们习惯上往往都找他讨主

意;而如果出了个什么纠纷,当事者也大抵找他寻求裁决,而他的几句话,不管对错,往往便能把风波平息、将事情摆平……

六叔公在土祠村的确有若一尊活神,人们尊重他、敬畏甚至仰视他,从不怀疑他在土祠村所享有的尊严和威信。

然而近来,六叔公的这种不容置疑的威严竟受到了威胁和挑战。威胁来自村委会近期开展的那个叫什么"评十星文明户"的活动。这活动在土祠村搞得很有声势,各户都发了县里印制的评比办法和细则,据说最后还得按评的结果制成星牌挨个儿挂到各家的大门上去。

六叔公起先对搞这项活动就不以为然,他冲前来征求意见的村支书和村委会主任说"这些年大伙生活殷实了,不愁吃穿不愁用的,日子过得好端端的,何以生出这么个馊点子来制造是非?到时候评不均匀肯定闹出矛盾吵嘴打架收窠!"对支书和村主任便恭敬地做他的思想工作。支书说:"县、乡都要求搞。我们可是县上确定的试点村!县上说,这活动是'两手抓'的好形式……"六叔公讥笑道:"抓个屁!我丑话说在前头,到时闹出纠纷来,我可没那精力去过问……"他嘴上这么说,心里却软下来。他估摸着:凭他六叔公在土祠的威望,还愁不给他一个满星?

然而,六叔公万没料到,也许是试点村的缘故吧,评定工作极为认真严格,县乡两级都派了干部来蹲点。由于评定的整个过程(包括自评、互评、投票等)都严格按县定的办法和细则来操作,显示了公正性,他原有的那些威望和尊严便不能很好地发挥作用了。评定结果令六叔公颜面扫地:儿媳妇不参加扫盲夜校学习,摘去了"文教星",儿子不接受农技培训学习,摘去了"科技星";孙子超计划生育,摘去了"计生星";儿子、孙子都参与了赌博,摘去了"新风星"。最后挂上门的牌子上竟然只有六颗星!六颗星!年尊辈高的六叔公何曾受过这等屈辱呵!他无法再克制自己的情绪,便将那红牌摘下,狠狠砸在了地上。

六叔公的"果敢"行为,似乎鼓舞了全村低星户的斗志,他们纷纷效仿六叔公,将星牌儿砸了……

但六叔公没想到,他这一举动会引发巨大的震动。乡长上门来了,乡党委书记上门来了,后来县里干部来了……他们纷纷来到这个小村。六叔公脸上挂不住了。他六叔公从来都是位响当当的人物,怎么一下子就成了各级帮教的刁民了?六叔公感到,不能让"洋相"再出下去。于是,他默默将牌子又挂了起来。不过,他的精神显然是受了很大的刺激,借口年迈体弱,闭门谢客,深居自家庭院,像受伤的兽那样蜷于洞穴内舔着身上的伤口……

两个月之后,六叔公才又在村上露面,不知是感觉到了空虚寂寞还是惊异于为何连日来少有村民找他调解纠纷。这是个温暖的村夜,六叔公沐浴着和煦的晚风,两手反剪在村巷里踯躅。各户的电视机都在播着新闻,没有听到那种非常熟悉的搓麻将的声音。他心里陡然涌起了某种新鲜的情绪。

不知不觉走到了村部附近,不经意间看到村夜校教室里人头攒动。他好奇地走近窗户,想看得更清楚些。

"叔公,好久没见你了。"村支书不知什么时候来到了他身边。

"哎哎……"六叔公有点不好意思地应道。

"叔公哇,全村的文盲户几乎都来了,就差你儿媳妇和发犬了!"支书说。

六叔公瞪大眼望着支书。没想到才两个月过去,村里竟将他儿媳妇和村上的无赖式人物相提并论了!他又有点恼火、有点委屈了。

"叔公哇,您在村上是有影响的人,该支持我们才是……"支书说。

"唔……"六叔公嘴里胡乱挤出一串声音来。

"叔公,您老想想,也只有在当今这个盛世里,大伙儿日子红火的时候,我们才有心思搞这活动呵。放在前些年,大伙都为吃穿穷忙,谁还想得起来做这事?我们这些泥巴腿子能有今日,能遇上这样的活动,难道不该高兴?叔公你说呢?……"

"唔……"六叔公觉得脸和身子都有些热了。

"叔公哇,新中国成立都50年了,村子和村人的面貌都大变了,我们怎能还守着以往的那种日子呢?人丰足了,也该动动脑子,把日子的质量和层次再提高些,这样也不枉这辈子辛苦一回,不枉在这样的好时光里过一回呀……"

　　六叔公旳脸皮渐渐宽松了,接着便泛起几丝难得的笑意来。看到六叔公笑了,支书便不再唠叨,也跟着笑了……

　　第二天,村夜校里便多了个中年妇女;此外,村委会还收到了六叔公交来的购星牌费和资助活动开展的捐款……

1999 年

迷失（四题）

钱　四

钱四并不认为自己生来就是受穷的命,因而长期以来他一直心存某种期待,指望他那死气沉沉的生活有朝一日会洞开一片曙色……

这天,村上来了个打着算命旗号的瞎老头儿,村人兴致勃勃围上去,像是遇到了百年难遇的好机会。生性好热闹的钱四也凑上去,攒足了劲儿往前挤。瞎子便先给钱四算了命。瞎子撇撇嘴,说他近期有财运,要留意着。钱四心花怒放,觉得5元钱算命费没白花。

钱四认为瞎子的预言不是没有道理的,他钱四委实该有点财运了,否则老天对他便很有点不公!这些年,村里那些有门路的,变戏法似的出出进进,转眼就盖起了各式各样的楼房;而他钱四虽也烧香拜佛,却始终是穷酸酸地从泥巴里抠饭吃;本想也学着别人出去打工挣点钱,只可惜没得好路子,又怕进了大城市摸不着方向,被人坑了害了而一直没敢造次。于是这些年,他钱四一天比一天窘迫,莫说是盖洋楼,就连那两间烂了条子、漏雨落虫的老瓦屋的翻修,也没那个能力。眼见着那班昔日和自己差不多的同类骑摩托带女人整日油光满面,他真是既难过又着急,恨不得豁出命去抢银行!是呵,他钱四是该发点财了!他激动得整日坐不下来……连日来,他时刻留心着,就连走路也多了个心眼儿;因为保不准哪天他脚下就会出现一沓钞票抑或一条金链什么的。然而,一连数月过去,他渴望的财运一直没有降临。一度搅得他不

得安宁的那点热望渐渐降了温度,内心平添了几分沮丧……

转眼到了秋末。钱四将地里的棉花收上来,晒干了拉到城东轧花厂卖了。在拿到三千余元现金的时候,钱四生出一个念头来:辛辛苦苦做一年,没开心地用过什么钱,也该进城逛逛去。于是便不顾老婆反对,硬是让老婆把板车拉回去,自己搭乘三轮车进了城。

钱四刚进城就被城里一处热闹场景吸引了:县里又在发行彩票,鞭炮的爆炸声和喇叭的喧嚣声响彻云霄。"头奖八万!"钱四反复嚼着这句话,血在周身奔涌,因为他敏锐的思维很快将这句话与几个月前瞎子的预言联系了起来。喉管干燥难耐。他确信,这头奖是为他钱四而设的。他勇敢地挤进了摸奖者的行列……

一个回合下来,他口袋里的钞票少了近千元,而摸到的只是一大堆空票和几十个低档奖。他有点犹疑了。但高台上兑奖的鞭炮声很快就将他的怀疑炸得粉碎。他将有奖的彩票放在一只塑料袋里,又以昂扬的姿态投入了"战斗"。待他再从"前线"撤回,口袋里仅剩下数百元现金了,仍只摸得一些低档奖和空票。他无奈地斜眼望着宣传牌上的奖项,差点没哭出来。

时间过得很快,已是中午时分。钱四在附近的小吃摊上买了碗面吃。吃过之后坐在那儿发呆。不知不觉瞎老头儿那张黄表纸一般皱巴巴的脸又在眼前浮现。"还没到火候!"他咬着牙想,又一次振作起来,掏钱钻进人堆里去……

两小时后,钱四终于像烂泥似的瘫坐在街边的水泥地上,手中拎着一袋可以兑奖品的彩票。一年的汗水,化作了数以百计的牙刷、香皂、毛巾等物。面对这样的结局,他不知该怎么办。

呆坐了半晌,头脑清醒了些,他买来几个编织袋,雇来一架劳力板车,将彩票兑了物,装进袋里放到车上。很多人围着他看,他红着脸做贼似的逃离了现场……

走了十多里路才饿着肚子回到家,又拿出十几元钱支付力资。紧接着,家庭"战争"暴发了。老婆得知情况后无法容忍,与他大吵。他忍不住心头的怒火,动了拳脚。老婆一气之下,领着孩子哭哭嚷嚷地回了娘家……

那以后,钱四便只能天天面对几袋"奖品"发痴了。艰难的日子一天天挨过去,内心的懊丧情绪越来越强烈。原来,他指望卖了棉花后把屋顶的条子换换,可眼下,连肚子都难填饱了。他不得不去思索如何熬过今后的日子。他想,眼前这些个"奖品"不能吃不能喝的,用也用不了这么多,摆在家里还占地方,不如趁冬季农闲,挑着担子走村串户,或许能换点钱回来。

不久,钱四便挑着担子出了门,每日走村串户推销他的物品,价格自然要比市面上贱得多。一天下午,钱四在邻乡的一个村子里竟然撞见了那个算命的瞎老头儿。他怒火中烧,冲上前揪住瞎子,大声责骂,为瞎子引路的孩子在一旁喊叫,人越来越多。而瞎老头却显得很从容,问明原委后,慢条斯理地说:你原本是能发财的,但近期你同时又犯灾星,所以要破财消灾;你既已破了财,就躲过了灾,这是好事!躲过了灾,财运还会来的……钱四听言,渐渐就将手松开了……

物品变现很难,钱四失去了耐性,又回到他的那间老瓦屋里,闭门不出。老婆、孩子还没回来,他内心有种凄凉感。但一想到消了灾,心里又舒服了些。可是,这天夜里,入冬后的第一场大雪压塌了钱四的屋顶。第二天,当村人七手八脚将他从瓦砾中拖出时,他已奄奄一息。人们将他送进了县城医院……

钱四再次睁开眼睛的时候,欣喜地看到老婆孩子守在身边。他于是感叹道:"还是被那瞎子算着了,破财消了灾呀,要不是出了这事你回了娘家,全家都遭了殃!眼下只伤了我一个!"

老婆听后,哭了起来:"都这样了,还……还说这种话……"

"哭么事呢?消了灾,还是有财运的……"

老婆哭得更厉害了。而钱四又开始了他的新一轮的等待……

不 明

经过多日艰难痛苦的思虑,布明终于下定决心与小芹解除婚约!他不敢也无颜去见小芹爸,便决定先对小芹说,让她将信息带回家去。于是,这天下

午,他找到了小芹,嗫嗫嚅嚅哆里哆嗦声泪俱下地向她陈述了解除婚约的理由。小芹听后,捂着脸哭着跑开了。他大声喊她,但没有追上去……

晚上,小芹爸果然气势汹汹地找上门来了。这是位保养得很好的男人,脸皮白嫩、额头油光、浑身脂肪堆积,压根儿就不像个农人。其实,他的确也算不得一个农人,这些年他从未下过地,甚至不大出门,他把田地都转包给别人种了。然而他却很有钱,这一点从他家那气派的小洋楼、豪华的室内摆设以及令村人瞠目的日常开销上不难看出。村人大抵都羡慕他,尽管对他为何如此有钱大惑不解——而他也时常从村人钦羡的目光及恭敬的态度里贪婪地汲取养料来培养自己的傲慢。然而今天,他那张粉红的脸竟被布明这小子抹上了屎,这自然令他愤恨。

"……你得说清楚!"小芹爸语气很硬,句句都铁铮铮地透着力度,"婚事订下了,不能说退就退。我老鲁家在这杂姓村也算是有头有脸的人家,你这么做,叫我往后在这地界上不好做人!"

见小芹爸如此态度,布明有点胆怯了,但决心没有动摇。他一边支支吾吾应付着,一边积极考虑怎么向老头子交代:"怎么,小芹没跟你说吗?"

"她把自己关在屋里哭,不吃不喝不说话,只说你要退婚。你说吧,这到底为哪桩?说呀!"小芹爸语气更硬了,双目炯炯,闪着凶光。

"其、其实,"布明胆寒了,不知如何才能说清个中缘由,"我、我也不想抛开小芹,我俩一直很好的,她也一心喜欢我,又、又那么标致、贤惠、晓事理,真真难得呵!我怎么舍得甩她呢?只是我得为我这个家的前途着想……"

"你死巷子里赶猪——直来直去吧,别跟我兜圈儿了。老实告诉你,今儿你不说清楚,我是不会走人的!"小芹爸咬牙切齿道。

布明无奈,抖抖索索从衣袋里掏出一本名为《看相算命》的小册子来。那书皱巴巴、毛糙糙的,印刷质量极差,比一般油印物强不了多少,却标着一家科技出版社的名。作者似乎是一位能腾云驾雾、俯瞰人间万象的道士,名叫希丹真人,这颇带几分仙气的名字给这本粗糙的小册子抹上了一层迷离的色彩,很是诱人。布明将书翻开,颤颤地递过去:"你看看这书,看看这书上是怎么说的……"他努力摆出一脸苦相。

"这事儿和这书有什么关系?"小芹爸不解地问,语气却缓和了。

"你还不清楚吗?"布明沮丧地说,"那第四章专讲通过看相来预测生男生女的,共讲了十几条。那第十三条看见了吗? 那上面说:人中浅的女人和人中浅的男人结婚,生的大都是女孩,还举了好几个例子。我和小芹的人中都浅,那一条正是冲我和小芹说的! 你得为我想想,我是独生儿,我们家几代单传,不能在我这辈上绝了后哇! 就是我爸在世,他也不会让我干这断子绝孙的事的! 你别这样逼我,你得为我想想……"布明又哭了,很真诚地哭了。

但小芹爸却莫名其妙地大笑起来。笑过之后,将书扔在桌上,道:"原来是这书闹出来的事儿。布明,别信它,这书全是胡诌的。"

"这书是科技出版社出的,怎么是胡诌的呢?"布明糊涂了。

"屁出版社,全是假的——我还不清楚吗!"小芹爸警觉地看看门外,而后将大门关上,"过来,我告诉你——你可别说出去,这事我连小芹都没说过——这书是我写的。我在外有路子,我和他们约好了,我只管写,他们管印、管卖,这样合作几年了,很好。写这本小书,他们给了我这个数。"小芹爸得意地伸出两根手指。

"两千?"

"两万!"

布明终于明白小芹爸为什么有钱了。心里石头终于落了地,他又可以拥有小芹了! 真是喜出望外。他乐得嘿嘿嘿地笑起来。小芹爸也为自己顺利地解开了这个结,保全了面子,挽救了女儿的婚事而欣喜。

乐过一阵,两人都想起来,应该马上将这一内幕实情告诉小芹。于是一同来到那幢气派的小洋楼里。然而,他们没有寻到小芹,只寻到小芹留在桌上的字条:

爸:

……我万没料到,我一心喜欢的人,为了续他家香火,竟把我甩了! 他把那看得比我还要紧! 我看清了,他喜欢的不是我这个人……我没脸活了,再活也没意思了……

看了字条,两人都惊得目瞪口呆,回过神来后,都疯了似的抢出门去,边

跑边呼喊。然而,夜色苍茫,两个失落的灵魂连同他们颤抖的声音均被无边的黑暗吞噬了……

应 验 了

亚明得知云来的老婆秋娥去了娘家,便来到云来家里。

在这个村,亚明和云来一家的关系其实很不一般。他们三人是小学和初中时的同学,关系一直不错;直到后来回乡了、成人了,三人的关系才有了一些微妙的变化。主要是亚明和云来都喜欢上了秋娥,这似乎必然地要带来一些尴尬和不愉快。但最终,秋娥还是将"绣球"抛给了云来。之后,亚明便消沉了,闲时多与书为伴,至今还是光棍一条。但与云来两口子的关系倒也没有疏远,常过来坐坐,不知是为了看秋娥还是因为别的什么……

亚明进屋还没坐定,便急不可耐地说:"云来呀,听说曹屋那儿来了个仙姑,看相算命准得很! 走,我们也去玩玩,如何?……"

云来一人在家,也觉无聊,便跟着亚明去了。

来到曹屋村,果然看到一伙人围着一个中年妇女,亚明和云来费很大劲才挤近前去。亚明性子急,先交了钱,报了自己的生辰八字,仙姑随即准确地说出了亚明的身世,并最终断定他从此将时来运转,特别是在婚姻方面。这令云来大为惊讶,于是,也报上了自己的生辰八字。但这回仙姑却不敢言语了,眉头紧锁着。云来和亚明都急了,再三催问,并保证不对结果计较,仙姑这才嗫嚅着说,云来的老婆颧骨高,且左面颊上有块黑痣,乃"克夫"之相,男人与之久处必生重疾,短命而亡。云来不信,说他们一起生活了两年多了,身体还是好好的。仙姑说,还没到时候,不信等着瞧。云来急了,问有什么解决办法。仙姑笑道,还能有什么解决办法,只有离开呗……

回来的路上,云来耷拉着脑袋,一脸的惊惶和悲哀。亚明只有沿路说着安慰的话;尽管他知道,说这些话是根本不起作用的,因为他非常了解云来的性格,知道云来是个多思多虑经不得事的内向人,但还是不停地说着。

"都怪我,都怪我带你去……"亚明说。

"这不能怪你；你也别安慰我，人嘛，该什么命就是什么命……"云来说。

"你总不至于真的要和秋娥离婚吧？"亚明又问道。

"不，不会的！"云来坚定地说，"就是仙姑的话应验了，我也不会抛开她的……"言语之中充满着浓厚的感情以及悲壮感。

亚明跟着叹了口气。

两人于是不再言语，各自回了家。

那以后，很长时间，亚明都未敢去云来家，只是从侧面探问些有关云来的情况。约莫一年多光景过去，一次出村时，亚明在村口碰上了面色焦黄的云来。

"云来，从哪来？"亚明问道。

"从医院来，"云来痴呆呆地看着亚明，眼里泛着忧郁得近乎绝望的光，"那仙姑没说错，果真应验了、应验了……"

"唔，是吗？是吗？"亚明若有所思地应道，"我能帮你做点什么呢？"

"你帮不了我！"云来说着就走开了。

自此，亚明便殷勤地力所能及地为云来提供着各种帮助，比如借钱啦、送营养品啦、陪同看病啦等等，这令云来，特别是秋娥非常感动。自然而然地，秋娥便把亚明看作知己，眼泪汪汪地诉说着她的疑惑与不幸。"……这一两年，云来也不知怎么了，饭吃不香，觉也睡不好，嘴里说着胡话……你说他这是不是着了魔了？……"秋娥如是说，也像着了魔似的。当着秋娥的面，亚明当然不好说些什么。

又一年多过去，云来终于大病不起。弥留之际，亚明作为好友一直陪着云来，这又令秋娥特别感动。而云来呢，嘴里还叨念着那句话："应验了，真的应验了……"秋娥听不懂，只有伤心地哭着……

又过去一年，秋娥改嫁了亚明，开始体验另一个男人的形式完全不同的生活。亚明的确与云来不同，最明显的是，亚明的书很多，特别是心理学、医学方面的，她不知道他要那些书干什么；另外，她还发现亚明有很多亲戚。一日，有位眼神机灵、嘴皮利索的中年妇女造访，亚明说是他的远房姑妈。这位姑妈离去之后，村里就有好事嘴长的人来告诉秋娥，那女人会算命，是位仙

姑,曾在曹屋村为人看过相、算过命。秋娥将信将疑,便去问亚明,但亚明断然否认:"纯粹是胡扯!他们看错人了,世上相像的人多着哪!"

病

四婆的肩痛病又发作了。这几日,她饭吃不下,觉睡不着,整日只知咬着牙哼哼。这情形,自然愁煞了一家子。儿子们轮番守在床边,都劝她要抓紧时间治疗一下。

四婆素来忌医,每每发病,都是咬牙挺过。但此次病痛来得厉害,加之年事已高,抵抗力下降,故实在难熬。儿子们想把她送医院,但四婆似乎对医院缺乏信任,说是去医院麻烦、手脚多,既费钱还不见得有效果,之前去过好几次,结果病没治断根还费钱一大堆!倒不如到民间请个什么郎中之类的看看,说不定偏方或是法术效果还好些!儿子只好按她的想法,去乡间民间打听,终于从西山请来了巫师韩大脚。

这韩大脚原本不过是山里一介寒士,早先仅通晓些风水术。近年,据说随山里道士修炼,法术已然不浅,请他治病者日渐而多。而他似乎也不保守,只要讲好价钱,便欣然而往。久而久之,他硬是凭着这身本事,成了山里的富户……

韩大脚进门后便开始作法。只见他头披黑纱,手握利剑,口里轻声念着咒语,从屋里杀到屋外;过后,又烧了一叠草纸,将纸灰用麻油调了让四婆喝下去。然而,施法完毕,静候了一个多时辰,四婆还是一个劲地哼哼。一家人又着急,纷纷追问巫师。韩大脚却不慌不忙,收了手脚后,斩钉截铁地说:"四婆这病,因院子里的那株梅树而起!"

四婆一听这话,急得连病痛都忘了大半,惊问:"我得病,和这梅树有什么关系?"

"我问你,这树何年栽下的?"

"年轻时。"四婆回道。

"你什么时候得病的?"

"四十来岁的时候。"

"对呀,正是这棵梅树挡了你呀!"韩大脚陡然提高了嗓门,"此树挡住了阳气,使阳气常年不得入室,故屋内甚至院内阴气氤氲,日久便生邪气;邪气盛则招鬼魅,附体则生疾!初时,此树尚小,加之四婆年轻气盛,抵挡得了,故没染病;日后,树渐大而你渐老,已难抵挡,自然就染病了,且日渐加重!所以要根除四婆的病,光在这里施法还不中,非得伐去那棵梅树才可见效!"

"不!不!那怎么中啊!"四婆坚决地说,"说啥都不能伐,我情愿扛痛,情愿……"

"四婆,此树不伐不得了哇!"韩大脚劝道,"你想想,此树历经数十年,非但未见其衰,反倒日见其盛。那势头,正如火如荼;那个头,也非其他梅树所能比。为何?全因它吸尽阳气啊!如若不伐,此地阴气便日益浓稠,不仅四婆的肩痛会蔓延至全身,便是家人,也会染病哪!"

韩大脚这番话,使四婆的儿子们一个个心惊肉跳。待韩大脚得利离去后,都纷纷劝四婆将树砍掉。而四婆执意不砍。

"你们都搬走吧,"四婆哭丧着脸说,"留我一个人在这儿。我不能伐这树,就是死也不能……"

"好端端的,为一棵树搬家造屋,就是有钱有宅基,也犯不着呀,妈,你何苦找罪受呢!"

儿子们的劝言是有道理的,然而四婆还是舍不下那株梅。她默不作语,愣愣的,望着那株姿态苍雅隽秀、寒香冷艳缀满繁枝的老梅,枯瘦的身子如那微风中的梅枝一般瑟瑟。

这梅,是她十八岁时与丈夫孝贤一起栽下的。那时,他们私奔来此地落户不久,人生地不熟,世态又炎凉,种下这梅,自是有一番寓意的。之后,在共同生活的十余年里,他们凌寒不惧,携手度日,还真有点梅的精神。然而,当他们艰难地把家建得像个样子的时候,孝贤竟早逝了!从此,她一个寡妇,拉扯着五六个孩子,度日之艰辛自不待言。每每她觉得日子难熬时,只要目触那梅,便会觉得,丈夫仿佛还在身边,精神也就为之一振。而那株梅,也好像颇通她的心性,自孝贤过世之后,越长势头越旺,似乎有意为她鼓劲。尤其是

每年早春二三月间,一树艳色彤云般浮动,一缕清香沁人心脾,真恍若孝贤在世时的笑颜;给她慰藉、令她怀念,使她觉得日子并不孤独。这些年,她能将艰辛的日子挨过来,全仗着这株梅树啊!

而今,孩子们都成熟了,她四婆也老了。然而那株梅树却势头正旺、秀枝重生,仍在给她鼓劲,使她老不寂寞、老来矍铄。这本该庆幸才是,可眼下竟要伐它……

"不能伐,不能……"四婆喃喃地说,而后佝着身子,颤颤地走进了屋。

然而,儿子们却不理解他,夜深人静时将那棵梅树给伐掉了。

几天后,四婆的肩果然不痛了,但精神却已萎靡,时常痴立在那梅树残墩边,一脸的悲哀、一脸的忧郁。白发一天天增多,人日渐地苍老,好像那被砍的梅树摄走了她的魂魄……

这样,渐渐地就到了秋天,万物开始萧条,百花渐次凋零。这时候,四婆的肩痛病不知怎么又犯了,而且比前一次还厉害。四婆咬着牙,大骂韩大脚,但总不提请人治疗的事。

儿子们当然又着急了,他们也不再相信韩大脚,而是去东山请来了东山著名巫师赵拐子(法号希丹子)。这赵拐子据说是韩大脚的师傅,相传他法术高深、满腹玄妙、治病神速,每每人到病除。所以,轻易还请不到他。这次请得他来,是四婆三个儿子轮番进攻,并加重报酬的结果。

希丹子入门后,先听了韩大脚为四婆治病的情况介绍。听过后,也不施法,只是长吁短叹。叹过气后,才缓缓说道:

"那韩大脚,法术不高,实在是害人呢!一棵树,就是再茂密,又怎能挡住阳气?更何况是一株梅呢?!那梅树伐掉,实在可惜呀!"

四婆听了这话,越发地恨那韩大脚,自然,也越发相信这位希丹子了。

"起病的原因,韩大脚没有说错。"赵拐子接着说,"但挡住阳气的,不是梅树,而是那院墙!本地山民家都没有院墙,唯独你家保持外地的居住习惯,造了院墙,而且院门还造了两根剑一般的立柱,其中一根正对你屋大门,这院墙和门柱不仅把阳气给挡了,还给屋主带来了凶气!幸亏这院子内有株梅树,吸阴气而生长,放清香除邪气,才使得四婆你到中年才染疾,且久拖不加重。

要不然,不仅你四婆早已病故,便是家人,也难逃劫数啊!"

"是呀、是呀……"四婆很是相信。

"那梅树真有这么大的作用?"儿子们表示怀疑。

"当然!"希丹子坚定地说,"梅树不惧阴寒,越是阴寒其势越旺;梅花色香并佳,艳而不妖,香而清韵。这些早已被历代文人雅士所称颂、吟咏。你们家院子里的这株梅树为何比本地其他梅树旺?肯定是有阴魂附着,帮助吸阴除邪,并因此得势。只可惜那梅树被伐,你四婆的病也就加重了。眼下再没其他办法,只有拆掉院墙才能除去病痛……"

"拆了院墙,妈的病真的就能好?"儿子们表示了怀疑,因为韩大脚的嘴脸还在他们头脑中闪烁,"我妈就……就会没事?……"

"是的,"希丹子说,"当然这中间不能再有其他晦气侵害……"说过便拿着钱走了。

四婆对希丹子的话深信不疑。然而越是信,便越为那可怜的梅树忧伤了……

四婆这半年来,一直像害了相思病似的,被愁绪缠绕着,身体已是弱不禁风。眼下又突然受此刺激,便有点难以自持了,感到眼花、耳鸣、头发昏。儿子们见她面色苍白、浑身瑟缩,便扶她进内屋歇息。她躺在床上,迷迷糊糊的,嘴里念念有词,不知在说些什么……

夜里,四婆梦见了那棵梅树,然而竟是灰绿色的,树的周围,一团团灰色的雾气忽散忽聚;树在那团团的雾气中颤颤地飘啊、飘啊,如寒风中的灵幡。忽然,那梅树有了鼻眼耳口以及头发和胡须,变成了一张她熟识的脸。那脸是青色的、清癯的——那是孝贤的脸!

"四丫,"孝贤喊着她的小名,"你真狠心哪,听信谗言,将我砍了!想当年,我俩私奔时,我撇下过你吗?就是死后,我都还念着你,将我的阴魂,附在我们当年一起种下的梅树上,好天天陪着你,让你一看见它就好像看见了我;为你除邪,助你度过苦日子。可你,为了自己的病,竟将我伐了!你想想,当初我俩私奔过江时,你掉下水去,我顾自己了吗?我不是跳进水里救起了你吗?可如今……"

"不，梅树不是我伐的，是你的儿子们伐的!"四婆辩解道。

"是你伐的，儿子伐时你没阻拦，就是你伐的!"孝贤不容她推脱，"四丫，我俩夫妻多年了，我本想等你，可眼下不中了，你砍了我阴魂根基，我没法儿再陪你了，这是你造的孽，我只有先去了……"

"孝贤，别走，等等我、等等我……"

四婆大户喊叫，终于被自己的叫声惊醒了，她坐起身，愣愣地靠在床档上。

过了几日，围墙拆除了。四婆的肩居然又不痛了! 不仅病好了，而且觉得全身格外的舒适，精神也特别好，饭量猛增，儿子们都欣喜;只有她心里明白，这是回光返照!

吃晚饭的时候，四婆庄重地告诉儿子们:

"我要走了，我该走了……"

"上哪儿?"儿子们茫然。

"我要寻那梅树去，孝贤也在等我……"

"那棵梅树早死了，怎能寻得回?"

四婆没有再作答，静静地坐着，脸上神态安详……

1993 年

第二辑·市井芸生

秋雨

对　弈

老孙头又在院子里公鸡赶骚似的拉人下棋！那太监般的鸟嗓子搅得一院都不宁静。老尤一听见这声音就像生吞了一只腐耗子似的恶心。那糟老头儿真他妈得意忘形呢！老尤咬着牙想。前些年穷得叮当响，蔫得像瘟鸡，全家人邋里邋遢，几个儿子都是上不了台面的下流坏子，谁瞧得起呀！而今呢，仗着儿子们做生意发了，眼珠子就移到头顶上去了，整日旁若无人地在院内招摇喊叫，甚至连我这老领导也不正眼儿瞧了，我倒！老尤猛啐一口，似乎是受不了那鸟嗓音的刺激，便入了卧室。须臾，又陡然意识到自己有点不对劲：怎么这段日子老孙头一耍威风自己就往卧室躲？这是一种什么心理？是自卑还是胆怯？长此下去，我老尤还有形象吗？越想越觉得窝囊，终于打定主意出门溜溜……

出了门，见老孙头尚未找到棋伴，便心血来潮地喊："老孙头，我俩过两招如何？"此话一出口，自己都被吓了一跳。此前，他是极不屑于与老孙头这样的糟老头子为伍的；便是现在退休了，也极看重自己的地位身份，下棋都是去老干部活动室。然而今天，他却主动迎战老孙头！这破例的举动，实在是被老孙头的狂妄逼出来的。他今天决计要以自己多年练就的棋技压压那家伙的威风了。

"你那臭棋，行吗？"老孙头撇撇嘴，不屑地斜睨着他；鲜红的酒糟鼻在晚霞的映照下格外艳丽夺目，如一颗挑逗的信号。

"先别吹，咱们谁输了，谁就拜对手为师，怎样？"老尤很随意地说，好像胜

券在握似的。

"好吧,就依你说的。不过要跪下作揖才算!"老孙头揉揉那肉瘤似的鼻子,而后拽出一把绿莹莹的浓鼻涕来恶狠狠地砸在老尤脚下,"我不想跟你这样的人多下,咱们一盘定输赢。"

于是,两人定好规矩摆开了楚河汉界。老尤浑身燥热,由于紧张和激动,拿棋子的手微微有些抖。老孙头也攒足了劲,下决心要出对方的丑。他对老尤不存好感,自打在老尤手下当伙夫他就没少为老尤忙乎,什么买煤、买米啦等等均是无偿的,有时甚至连句谢谢都没有。搬进这院子里住后他更是像个用人,什么扫院子、扫厕所等常都是他的事,而老尤又养鸡又养鸭的弄出满地臭屎却从未碰过扫帚的边。他心中虽有怨气,无奈自己乃一伙夫地位低微,始终忍气吞声。直到近年自己发了,腰才直起来。他心里确实憋着口气。

围观者渐多,几乎全院子的男人都来瞧稀罕。在众人的围观下,两人更有了一种非同寻常的庄严感,棋下得谨慎缓慢。棋至中盘,老孙头走马的功夫便显了出来,两只马在车的配合下时而连环时而绕弯防不胜防。但老尤棋锋犀利,走车很有招数,两车携炮一路进逼,终于使老孙头"卡了壳"。

"走哇!——怎么,难产了?"老尤以那不到火候的幽默调笑道,一股快意立刻走遍全身。他欣赏着老孙头的窘相,暗想:你那两手臭活儿能跟我较劲吗!往日,我呼一声你就狗颠似的来,我喝一声你就得在家打战,眼下手上有几个臭钱就骚得不得了你他妈算个什么东西?!靠投机倒把赚几个黑心钱有什么值得在乎的?往后政策一收看你美个卵……他正想得起劲的时候,老孙头一个响亮的喷嚏,喷了他一脸的唾沫,将他的心思又拉到棋上来。

"走哇!"老孙头大概是走了一着妙棋暗藏了什么杀机,奸笑着反过来催老尤走子。老尤恨恨地将脸上的唾沫星抹去,而后咬紧牙关用当头炮抠掉对方的宫心士,准备置对方于死地。老孙头激动万分,趁机跳马卧槽形成"马后炮"将军,老尤的老将移不动,成了瓮中之鳖……

"拜师吧!"老孙头呲着麻将牌似的黄牙,"快跪下拜师呀!"他将玩笑话当真话说,成心气人。

老尤的脸顷刻间变得像四十几天都没卖出去的臭猪肝,嗫嚅道:"再、再、

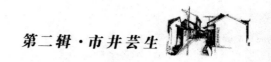

再来一棋……"

"拜了师再来。"老孙头弹着二郎腿。

老尤扔了棋子,拂袖而去,灰溜溜躲开老孙头的调侃及围观者的嘲笑。回到卧室,烂泥一般瘫在竹躺椅上,头脑一片混沌。今天真是丢尽了面子!他万没料到大船会翻在阴沟里。莫非这院子里的"风水"真的流向老孙头了?这几年,他逐渐地蔫,而老孙头却日益地火,连下棋都占便宜,他不甘心哪……

……晚饭草草吃过后,他无心看电视,头脑越来越乱,便脱衣上了床;却又无法入眠,脑子里充斥着老孙头的调侃和奸笑。他辗转反侧,似睡非睡、似梦非梦,任灰色思绪缠他,任时间静流。如此,直到夜深。奇怪的是,夜深了他脑子反而清醒起来。他无法再睡下去,便起了床。他泡了杯茶,坐在桌前边喝边回想那盘棋的每一细节。蓦地,他像触了电似的惊跳起来,然后冲出房门,直奔老孙头家。

此时已是深夜两点钟,大家都已入梦,而老尤全然不知。他奋力敲击老孙头家大门且高声大喊,惊醒了整院子人。大伙惊慌地聚过来,老孙头也披着衣服凑过来,惊问:"尤局长,出了什么事了? 失火了还是失窃了?"

"好,大伙都在这儿,这很好、很好,"老尤异常兴奋,两眼炯炯,"老孙头,傍晚那盘棋你没赢,你那马是蹩了腿的,跳不动的,不信你拿棋来我演给你看……"

没等老尤说完,大伙都忍俊不禁,大笑起来,笑得老尤如堕云里雾里……

1994 年

133

触　　动

　　闲得无聊的潘妈来公园遛狗时,遇上了情况与她大抵相同的老熟人刘妈;两人于是都抱起宠物,在公园里的一张石桌边坐下来,开始了她们冗长又琐碎的聊天。

　　在谈过一阵天气、物价和身体状况之后,话题自然就转换到了上了年纪的女人最为关切的关于下一代的话题上来。

　　"……儿子忙哪!"潘妈说,"公司越办越大,光营业点就有好多个了,最近又发展了两个子公司,招了不少人哪! 前不多时,还让老婆辞职,也拉了过去。俩人忙得家都顾不上了!"

　　"我儿子也忙,"刘妈赶紧跟上,"前不久升了局长,比先前当副局长时更忙了,不是出差就是下乡,连双休日都没得空闲了……"

　　两人都隐约感到,对方似乎在炫耀自己的儿子。于是,一种似乎是与生俱来的不服孬意识便悄然爬上各自的心头;在接下去的闲聊中,两人都煞费苦心地寻找着儿子的优势。

　　"解决了那么多人就业,政府的头头脑脑都说他贡献大,"潘妈进一步说,"贡献大有么用? 家里的事全顾不上了!"

　　"是呢,我儿子说,他那单位最近评了个全市的先进,"刘妈紧接着跟上,"可那对家里也没什么大用;天天一大早就被小车接走了,夜里很晚了才归家,哪还顾得上家呵! 不过也没办法,谁让他是做领导的呢!"

　　潘妈停顿了片刻,似乎感觉到,在关于忙这方面占不到上风,有必要换一个角度。

"忙归忙,孝心还是有的,"潘妈说,"前不多时,他怕我在家闲得难受,特地给我弄来这条小宠物;你瞧这小东西,乖巧得很,洋娃娃似的,真疼人哎!"

"嗨,这些孩子,怎么都一样的心思!"刘妈一拍大腿说,"我的这个小宠物,也是儿子带回家来的。不过,比你得来要早些,都快一年多了,嘿嘿……"

潘妈听出了对方话语中的挑衅意味,觉得应当给予反击:"你的那狗毛色杂,肚皮又是一拖着的,一看就不是名贵种;你再瞧我的这宠物,毛多么纯、多么柔细!我儿子说,这是美国进口的种呢!他专门托人从上海弄来的,花了四千多块呢!还有个洋名,我叫不上来;你瞧,就在这小牌牌上,你瞧瞧……"

刘妈被对方的回击打退了。她没接上话茬,沉吟着,因为她的宠物是儿子花了两百元买下的,无法与对方比。但她不服气。她思索着,还是应当扬长避短,绕开"钱"专说"权"。这是对方所不及的。

"我的这宠物可没花钱买,是儿子的熟人送的,"刘妈抚着她的宠物说,"小东西机灵着哪!你听我说,我儿子单位换了辆高档车,天天一大早就开来接他去上班,车还没到,这机灵鬼就晓得了,凑到门边去又蹦又跳地直叫唤!"

潘妈不屑地瞥了一眼刘妈,觉得刘妈也和她那宠物一样机灵。她哪里是在说宠物呀,其实是借宠物吹她的儿子。"我儿子也想换辆高档车,听说叫什么宝马,这洋人给车起名也真叫怪……"潘妈底气不足地说。

"不过,淘气的时候也有,"见对方有点蔫,刘妈便来了精神,"外边人送东西来,家人都不好意思看,可这小东西却跑过去翻袋子,弄得人难为情的……"

"是呵,当官的都有人送东西,难怪人都想当官,"潘妈撇撇嘴道,"我们家的东西都是自己买,反正不愁钱用,自己买的东西用得心里踏实……"

"是呵,是这个理,"刘妈嘴上这么说,心里却认为,对方是吃不到葡萄就说葡萄酸,"可眼下就是着行这个。我儿子不收礼,他们硬是要塞给你;有时候还门里门外拉扯几个来回,嘿嘿……"

"……我儿子也挺会做人的,手脚大方得很!不仅给他妹都送了豪华车,给几个亲戚家也都送了车,几家人一见了我就夸他……"潘妈也在扬长避短,

适时反击。

"说实在话,像我们家要自己的车也没什么用,"刘妈脑子转得快,她决不允许自己落到下风,"家里有什么事,只要我一个电话,车就来了;有几回我买了点小东西在街上逛,有车子突然在我跟前停下,硬要送我回家!你看你看,本来我是想在街上逛逛的,嘿嘿……"

刘妈脸上写满了自豪。她意犹未尽,准备再发挥一番,却发现对手突然沉默了,而且似乎在专注地看着什么。顺着潘妈的视线,她也寻望过去。只看见一对年轻夫妻搀扶着一位与自己年纪相仿的笑呵呵的老妈子在悠然地散步,另有一男孩欢快地在前面呼喊蹦跳。

"你、你认得他们?"刘妈小声问。

"那男的,就是我家住的那条街上的下岗工人小马,现在好像是在一家什么民营企业做搬运工,他和我儿子是同学。"

"是吗?"刘妈说,脸上的豪情在消退。

"今天是双休日,"刘妈说,"瞧那老妈笑的……"

"瞧那孩子快活的,"潘妈也说道,"好疼人……"

她们都放下了怀里的宠物……

她俩不说话了,视线一直随着那个移动的家庭。

过了很久,她们才收回目光,但都没了言语,怔怔地站着;而且头脑似乎都有点迷糊,各自回到家里才发现没把宠物狗带回家来……

2000 年

市井芸生（五题）

空　位

　　这条街上，恐怕要数卖鼠药的阮八最孬了。三十来岁的人儿按说还年轻，却是一副秋茄子似的蔫样儿；一身辨不清本色的衣裤长年累月裹在身上，衬出一脸的憔悴；厚紫的嘴唇牢门似的难得开合，即便因做生意不得不说上两句，也是嗫嗫嚅嚅的，像是欠了对方的债。人似乎从来没脾气，畏畏缩缩的，连卖水果的肖寡妇也敢给他脸色看。

　　肖寡妇年岁不大，颇有几分姿色。温和的时候倒还可人，恼怒的时候就非常强悍了。肖寡妇厌恶阮八主要有两个原因：一是阮八紧挨着她的水果摊卖鼠药，对她的生意影响颇大；二是觊觎他的摊位。因而经常有一些挑衅行为，企望借此将阮八挤走。然而阮八却从不发作，一是因为他生性懦弱、不喜吵闹，二是考虑到肖寡妇有一相好的在街对面开自行车修理铺，若要闹起来，保不准对面那叫阿彪的壮家伙要来"帮忙"，到时吃亏的准是他阮八无疑。长期受一女人的欺，阮八"孬头"的名声便日渐响亮了。

　　然而日子照常过下去……

　　忽一日，打街头过来四个痞子，个个身配凶器，大大咧咧沿街游荡，最后被肖寡妇及其鲜美的水果吸引过去；说是要买水果，却又不过秤，而是一人拿一苹果边啃边说下流话。肖寡妇起先还忍着，渐渐就有些忍不住——她原本就是强悍惯了的人，心里仗着有阿彪护她，终于发了作。痞子们自然不好惹，

不仅掀了她的摊子,还撕她的衣,在她身上摸摸捏捏。她高呼阿彪救她,却总不见阿彪的影子,附近的熟人个个都缩了头,无一人敢近前。到后来,痞子们便有点肆无忌惮了,扭住她往附近的一个窄巷子里拖。肖寡妇绝望而又凄惨地号叫着。

这时候,出乎人们意料的是,沉默良久的阮八竟起了身,上前拦住痞子的路,且大声呵斥。人们第一次听见阮八那么大的嗓音,也是第一次看见阮八那凛然的正气。大伙惊呆了,连四名歹徒也被这突如其来的声音震愣了。然而没多会儿,歹徒们就明白过来,站在面前的,只是一个孱弱得不堪一击的男人,便向他扑过去,其中一位还拔出了刀。阮八一边大声号召周围的人上来,一边拿木棍抵抗……待闻讯而来的警察和觉醒过来的市民将歹徒制服时,阮八已倒在血泊中……

事后,这条街上很多人都在心里这么念叨:阮八,你是条真正的汉子,你一点都不孬!

很长时间过去,阮八的摊位一直没人去填——好像他还活着还在那儿卖鼠药一样——尽管这是一条商业机会很多的街……

菊

菊在菜市场里转悠着,她在各摊位间挪动,认真而仔细地询问着各种菜的价格,并将获取的信息迅速准确地传送给大脑,经大脑进行严格的比较取舍后,才输出一个艰难的决定来。

菊买菜因此很费时间,有时在市场上转了半天,也才做出少有的两个在旁人看来是极不起眼的采买决定。不过,这对于菊来说,也的确是没办法的事。她原本就很拮据,现又下岗在家,而她的丈夫也只是在一家摇摇欲倒的公司里谋些小事,收入自然很微薄;每月手头上就只攒着那么四五百元的生活费,却要维护着一家四口人(包括老母和孩子)的温饱,如若不设法节俭,不采取些抠门的措施,那怎么能行呢? 因此,菊每次的采买,其实都是对她的智力、耐性和勇气的一次考验。

这会儿，菊已经在菜市上转悠了约莫一个多小时，而手上却只拎着两样廉价的小菜。菊似乎已经很满意了，正寻思着离去的当儿，她那做母亲的脑袋里，突然地跳出了儿子的面容。儿子正值长个子的时候，需要营养，她想；儿子很瘦，但喜欢吃鱼，她又想。于是，脚步就开始往鱼市那儿移了。

其实，菊有时候也是有勇气往鱼、肉摊位那儿去的，只是每次都要踌躇、掂量好长时间，手中的钱包大抵都被捏得湿漉漉的。有时，钱从包里拿出又放进去，时间便悄悄地从她犹豫的手指间流淌掉了。不过今天，她倒是带来了一张一百元的大票（这于她是不多见的），她挨个儿地问了多个摊点，但觉得都不便宜；徘徊了多时才瞅准了一个鲫鱼摊点，问问价，竟要5元一斤，她又难下决心了。低头思量的时候，忽然发现脚下竟有张一百元的钞票。她弯腰将钱捡起来，以为是自己犹豫不定时把钱弄丢了，但打开钱包时，看见她带来的唯一一张一百元钞票还安详地躺在里面。她于是有点吃惊，嘴里下意识地咕哝了一句："是谁掉了钱呢？"继而，便有点不安起来。

是呀，是谁丢了钱呢？一百元可不是个小数；她每月从社保所领到的补贴也才比这多二十元哪！要是自己弄丢了这么多钱，肯定要哭上一夜的，她想。假如，是像自己一般的人弄丢了这钱，他（她）这个月的日子将如何支撑下去？想到这一层，她更有些不安了。当然，眼下，她可以有两种选择……

也许是她无意间说出的那句话声音大了些，再加上她拿着钱时又是那副疑虑的神态，终于使跟前的那位脑满肠肥的鱼贩子看破了这个本来只有她一人知晓的隐秘。摊贩精明的眼睛直勾勾地盯着她，伸过头来小声问她："你捡了多少钱？"

她看了摊贩一眼。在这一瞬间，她就做出了一个决定——这比她做出是否买鱼的决定要果断得多。"一百块，"她将钱数如实说了，"不知是谁丢的，他（她）肯定很难过……"

摊贩从菊的态度上似乎看到了某种希望，小声对她说："真不少！不过按规矩见者有份，我俩一人一半，都不吱声就没事，要不然……"

"那不行，"她断然回绝，"应当把钱还给失主，我是决不会要一分的！"

"要么这样吧，"摊贩转换了态度，"你把钱暂时放在我这，待会儿丢钱的

人肯定要到这儿来找,我再把钱还给人家,也省得耽搁你的时间,你看怎样?"

菊听言有些犹豫。但转念一想,自己反正要将钱交出去,又不能在这儿老等着,看来,也只有这个法子了。正打算把钱交给摊贩时,旁边一位戴眼镜的中年男人碰了碰她,小声对她说:"你何不去市场工商所把钱交了,那样来得可靠……"菊觉得此话有理,便将伸出的手又收了回来。

菊无心采买了,提着小菜去找工商所。此刻,那张票子似乎已变成了块石头压在她心上。走出一段路后,她听见身后有人喊。她回转身,看见还是那个摊贩跟了上来,旁边还跟着一位小伙子。

"你停下,把钱拿出来,"摊贩急切地说,"你刚走,失主就找来了,找我要钱,真是好笑!你瞧,就是他,是他丢的钱!"摊贩指着身旁的小伙子道。那小伙子也向菊赔着笑脸。

"真是你丢的钱吗?"菊问那小伙子。

"是的,是我丢的,"小伙子赔笑道,"我发现丢钱了,急得要死,那钱可是我为病在床上的老娘买营养的……"

菊看到小伙子衣冠整齐的样子,想必也是有脸面的人,觉得不会有假,便把钱递了过去:"你莫急,钱在这儿。"

之后,菊便感到一阵宽慰、一阵轻松。她面带笑容,迈着轻盈的步子往回走,嘴里还哼起了一首她喜欢的曲子……

可是,没走多远,她就听到来自身后的一阵争吵声。她回转身,看见那个摊贩和那个小伙子在拉拉扯扯。"你说好给我一半的!"她听见那个摊贩这样喊……

菊怔怔地望着他们,轻松的心情一下子全跑光了……

芹

此时正是菜市热火的时候,顾客川流不息,市面喧闹嘈杂。芹就像学生守在自己的课桌前一样守着自己的摊位,精神集中但略显拘谨,与身边几位活跃老练的摊主比起来,明显能看出她是一个新手;无论是招揽顾客、讨价还价还是算账找零无不显示着她稚嫩的一面……

芹在这里委实是一个新手。两个月前她刚从改制企业——县制布厂下岗,穷困潦倒的她心急火燎地四处找工作,碰了许多钉子之后,才好不容易在朋友的帮助下弄到这个摊位。俗话说隔行如隔山,从未在这个行当里历练过的她自然也就"技不如人"了;别人的菜不仅比她的卖得快,而且价钱也比她的卖得好。不过,芹那秀气的瓜子脸上倒一直透着难得的镇定和自信,她相信,依着自己的勤奋和诚信的品质,是可以将这个经过艰苦努力才属于自己的摊位坐稳的……

这会儿,芹的精神就是十二分的专注,并且也不时仿着别人模样吆喝几声。尽管如此,生意却仍是不及相邻摊位的好。芹心里正暗暗着急的时候,一位模样阔气的贵妇人来到了她的摊位前。

"西兰花菜怎么卖?"阔妇人板着面孔问。

"两块八一斤。"芹赶忙答道。同时着意打量了一下这位妇人。她发现这妇人不仅着装华贵,而且身上佩戴着不少贵重的饰物,耳上有金耳环,脖上有白金项链,腕上有金手镯,等等。一看就知道是个有钱的主。但此刻这有钱的主在买菜上却没有显出应有的阔气来。

"这么贵!"阔妇人皱着眉头说,"便宜一点吧。"

"一直都是这个价,"芹解释道,"不信你上别处问问;不过我这菜是最新进的,新鲜着呢!真的,不骗你!"

"王婆卖瓜!"阔妇人大声回一句,"我看也一般。便宜一点吧,两块二一斤怎么样?"

"那不成,"芹回道,"进来都不止这个价——最起码我得保本哪!我从不喊高价,赚的都是小利。"

"鬼才信!你们这些小摊贩,比鬼都精!"阔妇人不屑地瞥了芹一眼,依然坚持自己的要求。

"我说的都是真的,我说不来假话。我不久前从工厂下岗后才开始接菜卖;我玩不来花样,只求些小利;我……"芹嗫嚅着不知如何表白才好,结结巴巴脸涨得通红,"这菜再便宜,我真的就要赔本了……"

"哦,下岗工人,又是下岗工人!好像一提下岗别人就该格外同情似的!"阔妇人自言自语道,眼里泛出轻蔑的光来。但已不再还价,而是决定买一颗,因为她看到菜的质地确实不错。

称量结果是一斤七两。芹略微算了一下,轻轻说:"三块八毛钱。"

阔妇人听后脸上现出一股喜悦之色,那是一种市井妇人占到便宜之后通常会流露出的一种表情。她急忙掏出一张票子递给芹,并且因为有心思而显得有些精神不集中。她在想什么?也许在想:笨蛋,讲了半天价,终了还不是按我报的价给我菜!

阔妇人收了钱就急忙离开了。离开之后她心头似乎还荡漾着快意,脸上绽着微笑。虽然说起来获得的利并不多,但对于买菜者来说,只要讨得了巧就高兴、就快活。怀着这种好心情,她游走在其余菜摊之间,而且在讨价还价上也更积极卖力了。正待她买好了菜准备离开时,身边突然出现了芹的身影。芹有点气喘吁吁地拽住阔妇人道:"总算找着你了,真让我好找……"

"么事么事?!"阔妇人不耐烦地问,猜想肯定是芹已经发觉刚才的账算错了。但人早已离开,谁还认那个账?讨厌!她在心里骂道。

"错了,是钱搞错了!"芹显出一脸的难为情来。

"交易过去了,我离开都好半天了,我晓得错还是不错?对不起,我要走了!"阔妇人断然道。她决计不认那个账了。

"哎,别,别,是我弄错了,我少找了你的钱。"芹进一步解释道,"是我错把你给我的十元钱当成五块钱了,另外菜钱也算错了,一共少找你四块钱哪!喏,把钱还你,对不起了……"

"你,这……"阔妇人疑惑地望着芹,一脸复杂的神情。

"对不起,我不是故意的!钱虽然不多,但账要搞清,不然做生意没法做……我得赶回去站摊了……"芹说过,就跑走了,消失在人群里……

卖红芋的老人

每当看见老人在市面上卖东西,云总会生出恻隐之心。不管有没有购买的需求,总是免不了要走过去挑一些,以照顾老人的生意。因为云觉得,上了年纪的人,他(她)们的任务应该是颐养天年,而不应当还拖着老迈的躯体,为生计奔忙……

星期天的上午,云照例又来到菜市买菜。于各摊位转一圈之后,在市场边的一块空地上的跳蚤摊点上,看到有位老头儿蹲在一摊子红芋后面。老人将整个身子蜷成一团,就像一只蜷缩而眠的老猫,脸上皮肤黧黑而多褶,手中拿一杆早已不见有人在用的老式黄烟杆儿,不时地往干裂乌黑的唇边送过去。烟雾升起的时候,眼睛便眯成一条缝隙。但整个脸部却见不出什么表情,好像他的那点对日子的热情已然散落在了艰难的岁月里了,就像水喷洒在山地里那样找不回来了似的。老人不出声,也不吆喝。不知是因为缺乏那份精气神还是根本不屑于此。

云又不由自主地走了过去。不过这回,云倒是对红芋有需求——老婆和老爸都喜欢吃红芋稀饭。

“老人家,红芋怎么卖?”云很礼貌地问。

老人刚好吐出一口烟。他瞥了云一眼,而后慢吞吞地做了一个手势:“七毛。”他说。

“这么贵!”云吃惊地说,“比我以前买的贵出两毛!”

“嗯哪。”老人一口将烟筒里的烟屎吐出来,又漫不经心地装他的烟,似乎并不担心他的生意,显得非常自信,“正宗的本地红心山芋,刚起土的,挑拣过,没一点坏的。东西好,当然就要贵些。”他说。

“你怎么知道是刚起土的?还挑拣过?”云笑着反问一句。

“是我自家地里的,我亲手侍弄的,我咋不晓得?”老人以斩钉截铁的语气回答道。看来老人还是很有个性的,有股儿偏劲。

“哄谁呢?你瞧你多大年纪了?——还侍弄得动土地?!”云故意反驳他道。

“我一把年纪的人了,哄你年轻人作甚?你要信不过,你就别买……”老人来了脾气。

“哦呵呵,”云笑笑,以示信了他的话;云不想惹他生气,“好吧,那就给我

来几斤吧。"云没有跟他讨价还价。不过,瞧老人那倔劲儿似乎也没有让价的余地。云拣了一方便袋给老人称。

老人称过后说:"九斤半,六块六角五分,你就给六块六毛钱吧。"

云伸手在口袋里掏钱,可是却闹了笑话,因为今天买菜时少带了钱,刚才买菜时又将身上的钱用得差不多了,手头的零钱竟然不够。"我手头只有五块多钱,"云说,"要么你就让让价,就这么多钱成交! ——也只少几毛钱。"

"那不行!"老人同样斩钉截铁地说,"钱不够就退点下来,重新称。"说着就开始动作了。

"真该死,为什么不多带点钱呢? 这红芋成色多好哇!"云望着老人自言自语,"这点儿红芋,老爸、老婆都要吃,不晓得只能吃几多时候。"

老人听了这话,突然停了下来,问:"你是为你爸买的?"

"是呵,主要是为他买,"云说,"他老人家喜欢吃红芋稀饭,特别是这种红心山芋煮的。他年纪大了,有便秘的毛病,说是吃了这种红芋煮的稀饭就不便秘了;所以我每次来市场买菜都留心,看有没有红心山芋卖。今天不凑巧,匆匆忙忙来买菜,没带钱……"

"你爸多大年纪了?"

"跟你差不多吧,七十多了。"云说。

老人长久地看着云,原本细眯的眼睛也睁大了;云发现他那双布满血丝的眼睛渐渐地有些湿润了,并且好像深蕴了什么内容似的,粗糙的手好像也略微有点瑟瑟。望过一阵,老人竟然开始将拿出袋来的红芋又一一放回到袋里,并且还从大竹筐里又拿了几个放进袋中递给云:"好吧,就算我让价给你了! 记住,我可从没让过价卖的……"

云离开的时候,突然想起自己有段时日没去父亲那了;他回过头来望望那卖红芋的老人,心中涌动着酸涩的味道,他决定将今天买的红芋全送到老爸那儿去……

老钟悠鸣

那乡下老妪还在那儿哭泣!

一个小时前,我进农贸市场买菜时,就见她坐在大门口哭诉些什么;当时我以为这可能又是爱为鸡毛蒜皮小事哭闹的农妇上演的一曲平常戏,没大在意。及至买菜回来,见老妪仍没离去,才起了好奇心,凑近去也想知个究竟。

老妪干瘦的身子枯藤似的蜷缩着,并随哭诉声瑟瑟战栗。她嗫嚅着诉说自己的遭遇,间或夹杂一些对自家身世不连贯的叙述。哭泣声和言语融于一起,难以分辨;但仔细听来,大抵还能明了一些内容……

她原本是跟着儿子们过活的。她有四个儿子,都讨了老婆成了家,日子都过得不错。可儿子们年年月月为赡养她的事争吵不休。上了年纪的人,自尊感大抵已迟钝——何况是在亲生儿子们面前呢!然而天长日久在反复不断的争吵声中,她那早被艰辛岁月磨得粗糙了的自尊心,竟也渐渐复萌了。她咬咬牙离开了儿子们,回到自己的那间旧屋里,靠转让自己名下的那份田地换来的口粮以及出售饲养的少许家禽等维持生计;日子虽能打发,内心却很凄凉,似乎觉得失去了人生最珍贵的东西……

……今天,她又起了个大早,捉两只鹅走四五里路进了城里的市场。她运气不错,鹅很快便卖完,得了几十元钱。她很高兴,想为自己买点什么。跑了几个店都没舍得买一样东西。终于看中了瓶酱菜,掏钱时猛然发现钱不翼而飞,立刻明白发生了什么事……

她将自己的遭遇哭诉了一遍又一遍——以农村妇女惯常的方式。围观者渐多。我素来对街头哭诉者不大关注,也极少动容;然而眼下面对这个痛哭的老妪,竟动了感情。是谁窃走了这老人用老眼昏花、步履蹒跚的艰难换来的收获?是呵,她的确失去得太多!……我在身上摸索着,将买菜剩下的仅有的 5 元钱放在她面前,而后将目光投向围观者。起先是静默,少顷便有了响动,一元、两元……钱陆续落在老妪面前。老人惊呆了,停止了哭诉,怔怔地望着一张张陌生的面孔。待我将清点好的钱数报给她时,她失声叫了起

来：“多了，这钱比我丢了的还多、还……”她继而站起来，眼中闪着异样的光芒，双手抱拳道：“谢谢了！谢谢了，可我不能要这钱，我……我今天……其实……不光为了钱，我……”她无法用言语来表达自己为什么哭泣；但显然，她有深埋于心中又渴望倾诉的东西。我感叹于她晚年应有的那一份温暖的失去……我将钱塞在她手里，说了几句安慰的话，她激动得说不上话来。

这时，一中年男人突然从人群中冲过来，怒冲冲道：“在大街上讨钱，还要脸啵?！叫儿子们往后如何有脸做人！快回去！”说完，夺下老妪手中的钱扔在地上，拽着她便走。

老妪似乎还沉浸在刚才获得的快慰里，眼睛熠熠闪光，嘴里反复道：“多了！多了！比丢了的还要多……”犹如一口老钟的悠鸣……

1994～2002 年

老　钟　表

　　我是凭着已然陈旧了的记忆并怀着侥幸的心理才找到这家钟表修理铺的。我原本担心，这家曾存在于我孩提时代记忆之中的老字号钟表修理铺可能已被当今汹涌的商潮给冲走了，没承想，它居然还像以前一样地存在着，并且还保持着它一以贯之的营业风格……

　　这里是老城区的一条虽然狭窄但商业机会并不很少的老街，各种店铺带着商业时代浮躁的气息，尽力张扬着各自的个性；而钟表铺因了历史的原因，也在这喧哗与骚动之域艰难地占据着一席之地。然而，这铺子毕竟承载了过多的历史积淀，依然是那副陈旧的门脸，就像一个身着长衫、从上世纪初蹒跚走来的老人一般，见不出半点朝气了。而它的左右隔壁，一个是手机经销店，一个是家用电器经销店，其人来人往、歌声四溢的热闹情形恰与钟表铺的门庭冷落形成强烈反差。

　　铺子里唯一的匠人是位老头。这人早在我孩提时代就在这里做事了——当然那时，他还不老——可眼下，他却老得令我半天难以认出来了：白发苍苍、皱褶满脸、咳嗽连连！老人反应迟钝，动作迟缓；我走进店门好半天，他才从昏黄的台灯灯光里拔出目光来，有点儿痴呆地瞧着我；脸上的表情，也平静得如同止水一般。我冲他笑笑，有点讨好的意味；说实在的，我极少这样讨好别人，要不是为了这只对我来说有着一定纪念意义的手表，我恐怕是不会这样的。这只表，是我的前妻丽华送给我的，尽管她现在已经别我而去，但是，作为爱情的信物，我仍一直视若珍宝，并一直保持着戴手表掌握时间的习

惯。可是,昨天,我的这只表却突然坏了,令我十分着急,这才步入这间死气沉沉的钟表铺里来,并自然而然地有了这样讨好的表情。我说,我是来修表的。老人于是伸手过来接我的表,脸上仍没什么特别的表情。我又说,老师傅,您一定得把它修好,这表对于我特别的重要!老人这才略微地笑一笑,说,别急,我先瞧瞧。至此,我才终于感受到老人和蔼的一面。我趁机寻找话题,努力地与老人交流,以便达到情感上的沟通。我说,我从小就晓得这里是城里最老最有名的钟表铺子,我那时常上这儿来玩;我说那会儿这里人气很旺,有十来个师傅,有男有女,生意好得很。老人终于被我的话撩起了兴致,脸上的表情开始活泛了,并乐意地与我交谈起来。

……现在,这店怎么只你一人了?见老人心情不错,我斗胆问道。老人不紧不慢地说,这店原本就是大集体制的,但后来合不到一起了,就改成个体柜组制,还是集中在一块牌子下,在一个门面里各做各的生意。现如今,手机、呼机满街跑,电子钟表也处处是,用机械钟表的越来越少了,生意也就越来越淡了。渐渐地,这里就只剩下我一个老头子了。老人说得平静。我说,你为什么不走呢?老人说:我打小就在这学徒,我是这个店养大养活的;我走了,这店、这招牌不就倒了?再说现在虽然用机械表的少了,但还是有人在用,还是有生意。这店要是没了,像你这样的,今儿上哪修表去?我立马附和道:那倒也是。老人又说,只要用心,别丢了规矩和手艺,还是有事做的——我这辈子也只能做这桩事了——人一生也只能真正做好一桩事,除非你是天才,特别有能耐!我赞同地点点头。这回我是发自内心赞同的。

年轻人,你今儿先回去,这表看来一时半会弄不好;今天我给你仔细查查,明天这个时候你再来。我有点犹疑,竟脱口而出道:你可不能随便换我的零件呀!老人听言怫然作色道:你这是什么话?我弄了一辈子钟表,难道就只弄出这么个德行?我要是糊弄你,你不用回去,今天我当着你的面就能把它弄好,照样收你同样的钱!但是修不彻底呀,对你不负责呀!你晓得啵?你要是真的信不过我,你就把表拿回去。我自知失言,伤害了老人,便忙不迭地赔不是。回来的路上,我思量着老人的话,很感佩老人的风度。是呵,如若他仅为了钱,凭他几十年的经验,随便糊弄我一下,我真的是察觉不了的……

第二天，我去拿表，老人认真而详细地说明我的表毛病所在，非常有耐心，尽管我一再表示完全相信他，叫他不用做过多的说明。但老人说，这是他从业这么多年来一直守着的规矩，必须让顾客完全明白修理的全部内容。我担心老人如此啰唆，是不是要在收费上狮子大开口；因为毕竟这里生意清淡，好不容易接一顾客，自然不能轻易放过。类似的事情，我以前不是没经历过；无商不奸，这话似乎已被证明是有道理的。我后悔昨天没有先问一问修表的价格，现在想起来为时已晚。我于是打断老人的话，直接问他要收多少修理费，一副大义凛然准备挨宰的样子。老人依然慢条斯理，很有耐心地说：主要是换了一个摆——如果是换个新摆要20元，不很划算，我手头正好有个配件，用是一样用，效果跟新摆差不多，只收你8元钱——再加上手工费5元，总共13元钱。另外我还给这表擦了油，就算是免费服务，不收钱了，留个交情吧，往后好再来！我有点感动地接过表，拿出一张20元的票子递给他，说：老师傅，谢谢你修好了我的表，谢谢你！钱不用找了。老人一把拉住我说，这不成，我是不会多收顾客钱的，别坏了我守了几十年的规矩！……

出门后，我不时地回过头来，有点依依不舍地看那老字号铺子以及于台前端坐如一只老钟表般沉静的老人。我想，在这日益务实浮躁的市场里，它还能沉静多久呢？我衷心祝愿，它一直不倒，一直就这么坚持下去，哪怕一直就这样清冷、沉静……

2005 年

钓

高老终于采纳了儿子的建议,拿起钓鱼竿出了房门。

这是高老从领导岗位上退下来后干的第一件大事。这之前,约半年光景,他一直是只笼中的闷鸟,整日足不出户,心思联翩地想,终了还是觉得无所事事,若有所失,心中郁闷。儿子劝他道:试试垂钓吧,那可是项健康运动;垂钓时,眼只盯着浮子,脑子里什么都不会想,很清静哪!于是,做惯了报告的高老,终于摒弃冠冕堂皇、正襟危坐的姿态,着闲装拿钓竿频繁出现在河边、湖边了……

这是条宽阔而蜿蜒的河流,离城不远;县老干部钓鱼协会在这里投放了鱼苗,专供持有证卡的老干部们垂钓。这里水质尚可,水面上泛着成片的水葫芦草,营造出一种垂钓的气氛。高老今儿来得早,抢占了一处有利位置,并在附近撒了几个窝,而后开始了他的工作。他态度很认真,姿势也很标准,就像以前开会时他在台上端坐或做报告姿势很标准一样。可是,个把小时过去,除了几条不上眼的小鱼被他过于勇猛地拉起之外,便一无所获。高老渐渐着急起来。恰在这时,他的右侧出现了一个身影,他侧脸望过去,持杆者竟是邢老,邢则一!

他和邢老是老同事,但也是老冤家。二十世纪七十年代,他们同在县×局工作,一道成长,一道提拔,成为局二级机构里的骨干,但自然而然地,却也成了竞争对手;后来竟发展到为一个空缺出来的副局长职位明争暗斗的地步!当时,为了那条"大鱼"不被对方钓走,他们都使出了告黑状、写匿名信、互相拆台甚至公开吵闹等十八般"武艺",结果是两败俱伤、反目成仇,落得个同被调走的结局。之后，两人的人生轨迹便大不相同，高老以新的位置为起点，竟然东山再起了，成为这个县少有的几个大部门的主要负责人之一；而邢老则在官场上一蹶不振，不过，凭着其厚实的文学功底，竟在地方戏创作上搞出了名堂，获得了高级职称，工资也不比县干部的低。也许，正因为此种不同，两人互相瞧不起，这种以宿仇为基础的蔑视一直持续到现在……

邢老似乎并没有认出附近的高老来，他非常有条理地建好自己的阵地，打了两个窝之后，利用等待"发窝"的空闲，不慌不忙提竿朝靠近高老这边的一块水域而来。高老看到邢老伸竿之处恰是自己打的钓窝，本想起身制止，但不知为何又装着没看见一样，也许是从内心里不想与邢老有什么接触吧。然而他没想到，接下来的事态却越来越朝着令他不愉快的方向发展。

邢老垂钓不久，很快便接二连三地拉起几条鲫鱼，重量都在三两朝上，而且，还伴随着他亢奋的叫喊声。"咦！奇了，奇了！没打窝也能钓到鱼！真是奇了！"这喊声对于一无所获的高老来说，简直如芒在背；随着时间的推移，邢老的每一声叫喊都像针一样扎在他心上，并且残酷地挑破了久陈于心头的那层怨恨的封条。当邢老奋勇而狂放地拉起一条约半斤重的鲫鱼时，高老终于忍无可忍，丢下鱼竿来抗议了：

"对、对不起，老邢，你这儿是我撒的窝！"

"哦，原来是你呀。"邢老说，"什么？这儿是你撒的窝？——我一开始伸竿的时候你为什么不说？"邢老冷笑道，一副不屑的样子。

"刚开始我、我没在意……"高老的脸有点儿红了。

"现在在意了？——是不是看我钓上了鱼心理不平衡了？"邢老进一步逼着对方。

"那倒不是，"高老的脸更红了，"不、不管怎么说，这毕竟是我先撒的窝，你得离、离开……"

"那不行！"邢老坚决地说，"我刚钓的时候你不吱声，现在看我钓到了鱼了就想叫我离开，没这道理！再说，你有什么证据证明你刚好在我钓到鱼的地方撒了窝？"

"你怎么这样不讲理？"高老不高兴了，想发作，但终于控制住了情绪，"你不讲理，我也不讲，我到你打的窝里钓去……"高老这话显得有点孩子气了。

邢老淡然一笑道:"瞧瞧,这就是一名领导干部的心胸!"

高老果然提着竿子和饵料去邢老打的窝里钓去了。

奇的是,换了钓点,在别人窝里钓鱼,高老竟发了威,也接二连三地拉起了大鱼,乐得高老忘了地点和身份,孩子似的叫喊起来,兴奋程度丝毫不亚于邢老。但邢老却没在意那喊叫声,因为他这边也是凯歌高奏。

于是,两人忙碌了一上午,都分别在对方的鱼窝里获得了丰收。

中午时分,高老依依不舍地收了竿,拎着沉甸甸的鱼兜准备离开,犹豫了片刻,又转过身来走到邢老跟前说:"我钓鱼是为消遣,不是真为了鱼,这是你那窝里的鱼,还是还给你吧……"人心情好了,心胸便也豁然了。

邢老诧异地望着高老,笑道:"那我不是也得把我钓的鱼还给你吗?"邢老笑嘻嘻地将他的鱼兜递过来。

"噢噢,那就算了,那就算了……"高老红着脸道,"……该吃午饭了,我请你到小饭店喝两盅,怎样?"

邢老更为惊奇地盯着对方看,对高老的大度似乎不很适应;好像不大认识眼前的这个人,半晌才表示接受。于是,两人收了竿,骑着自行车很快进了城,来到一家私人开的小饭馆,点了几个菜,要了点酒,就那么喝起来。

"钓鱼真是项不错的活动……"高老颇有感触地说。

"它使人变得健康了。"邢老也附和道。

"今天,要是都守着自己的窝,我俩恐怕都没这样大的成果!"高老说。

"也许吧,"邢老说,"以往,我们把自己的窝都守得太紧,看来那也未必就有更好的结果……"

"是的、是的!"高老进一步说,"其实,那么一条长河,也谈不上你的、我的,只要打了窝,只要用心,就不愁没回报,还是想开点……"

"……"

饭后,两人还交流了垂钓经验,多年的积怨从此化解。

自此,二老成了一对忠实的钓友,常一道出去;至于为对方打窝、操鱼、提供物料等互助行为,早已司空见惯,不在话下……

2003 年

挽　救

　　清晨,一阵急促的摩托车喇叭声又在老石家房门口响了起来,老石晓得,又是老汪来喊他钓鱼去哪!老石心里便有些烦。他并非不喜欢钓鱼,而是讨厌和老汪一道出去——他那张臭嘴总是叽叽喳喳说个没完,太讨人嫌了!

　　其实,按理说,老石与老汪是多年的老同事,应该早已适应老汪那张灵巧的嘴了。他们同在一个局共事了二十多年。起初,两人当然都是在同一起跑线上,都是一般干部;但因了老汪能说会道又乖巧玲珑,深得局领导喜欢,没多久就被提拔为局二级机构的负责人;之后,便一路顺风顺水,先后做了局党组成员、副局长,直至这个局的一把手,很是风光。而老石呢?由于性格内向,不善言辞,只知埋头拉车,不知抬头看路,自己做出的成绩,也常被别人尤其是老汪抢先汇报甚或劫为己有,因而多年来在仕途上一直没什么长进。到老了,也只是照顾性地给了他一个股长的头衔。但世间之事,常常风云难测、后果难料。憨人自有憨人的憨福,玲珑人也有玲珑人的灾祸;老汪靠吹爬上了高位,最后竟也栽在吹上!几年前,因为向上虚报产值,被作风务实的新任市领导发觉,受了批评和处分,免了局长之职,改任非领导职务。而老石呢,因为多年来一以贯之的实在和诚实,在单位口碑甚佳,人缘挺好,威望也高。而今,两人都退居了二线,老石毫无思想负担地怀着消闲的心态拿起了钓鱼竿;而老汪则带着失落感、怀着消愁的心理也跟着老石拿起了钓竿,隔三岔五地约老石一同出去。而每次,老汪都像当年置身官场一样,总是喋喋不休地大谈他的垂钓成果、经验和体会;于是,他的钓绩伴随着他不断喷射的唾沫星

呈泡沫状飞出来,叫旁人听来,丝毫不怀疑他就是一个垂钓高手;但事实上,每次在收竿之时,他的鱼篓里总是很羞涩,远不如他老石的鱼兜那般沉重丰实!老石因此而讨厌他,但碍于面子,也只得硬着头皮一次次地陪他出去。

这会儿,老石又只得没精打采地去开门,果然见老汪"全副武装"地站在门外。"快点吧,"老汪说,"今天我带你去一个好地方!"

"可是,"老石犹疑着说,"今天我觉得很疲劳。"

"没关系,"老汪好像没察觉到老石的情绪,"到水边就好了。那可是个好地方,上回我在那里钓了三十多斤!"

"鬼才信……"老石白了他一眼,但还是去准备工具了……

于是,两人来到了大湖边。刚落定位置,老汪就大谈上回他"独自"来此所创下的"辉煌战绩",并不断告诉老石一些他在这里总结出的有益的"经验"。老石一言不发,默默地在老汪制造的聒耳的噪音里选了点,打了窝,放了线竿,而后便像木桩一样钉在那儿,目光直刺水面。

"你得多打几个窝,"老汪不停地告诫道,"这样机会才多,别在一棵树上吊死;另外,你打的那窝可能还是近了点……上回我起先也打近了,后来有意打远点,结果一天就拿下三十多斤!嘿嘿……"

一个多小时过去,一声不响的老石一连拉起了十几条半斤左右的鲫鱼,而喋喋不休的老汪竟然一无所获。这自然很令他着急,而一着急,言语便更多了。"……今天真是出了奇了,从来没这样过!是线粗了还是砣轻了?上回不也是这样吗?一天就拿下三十来斤……换个窝试试,妈的!……"于是,老汪又向老石靠近了些;老石也就不得不更近距离地聆听老汪关于垂钓知识以及一天拿下几十斤鱼的传奇经历了……

又一个多小时过去,老石又接二连三拉起几条鳊鱼和鲫鱼,老汪却只奋勇地拉起几条不足挂齿的小鱼。老汪脸上自然有点挂不住了,因为急躁而更显得手忙脚乱了。他嘴依然没闲着。"可能还是砣轻了!——钓鱼砣的轻重至关重要,不久前我着重看了这方面的书,最近我买了好几本这方面有价值的书——上回我钓三十多斤鱼时,砣就调得很好……"

折腾了一阵,老汪忍受不了连续的空钩,终于从包里拿出了抛竿,安上

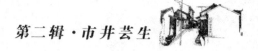

"爆炸食"甩了出去。"上个月我在澜湖，也是用抛竿，拉起一条十九斤重的青鱼！"老汪说。

时间在一点点流逝。老汪的抛竿和手竿均无建树，只能眼睖着老石间或把鱼提起，心里就像滚着一个大火球一样。终于，在临近中午时，他的抛竿的铃声非常难得地响起来了，老汪猴子一样快捷地跳过去，拿起抛竿憋红了脸快速收线，同时激动地喊起来："是条大的！恐怕有十来斤！凭手感我就晓得……"鱼被他一点点地拖近来。果然是条大鱼，老汪激动得像个孩子，脸上容光焕发。"我晓得今天不会空手的，我每次出来都不会空手回的，上回我在这……"然而，由于过于激动和心切，那条大鱼被他过急的收线刺痛激怒了，猛一挣扎，脱钩而去了！老汪立马像死了一样呆在那里，痴痴地望着一湖泛着波纹的水……

收竿的时候，老汪还沉浸在巨大的惋惜之中，痛心疾首地诉说他的懊悔，"我太心急了，我太……这不是我这样有经验的人所应该犯的错误……那条鱼恐怕接近二十斤呢！……"老石见他这样，便要将自己鱼兜里的鱼分给他，老汪起先还客气，最后在老石的反复劝说下才惭愧地、羞涩地收下了。"好吧，今天我就收了吧，改日我钓得多了，再分给你——嗨，要是那条鱼不跑也用不着这样……那鱼真有小二十斤呢……"

约莫是在一个星期之后的一天傍晚，老石在菜市场晚市上买菜，远远看见老汪在鱼摊位前买鱼。老石觉得蹊跷，因为老汪曾多次说他近年来从不买鱼吃，吃的鱼都是钓的。今天买鱼干什么？于是便在远处驻足看了他一会。他原本是准备过去招呼一下的，但又怕扫他的颜面，便没过去。老石看到老汪居然买了很多的鱼，这着实令他很费解。但他没心思去探究，便提了几样菜回家了。

过了一会，听得有人敲门。他打开门，见老汪拎着蛇皮袋站在门外。老汪笑呵呵地说："今天有人邀我去了家鱼塘，原准备喊你一道的，但车子实在坐不下……嗨呀，今天手气特好，一天钓了四十多斤哪！嘿嘿……我吃不了这么多，送点给你；上次要你的鱼，真不好意思！——上次手背，少见的背……"

老石接过鱼，有点哭笑不得的感觉……

2003 年

认　　真

牛年。

春寒料峭。

很晚了,沿街店铺的卷闸门相继被拉下;摊主们也感到了夜之深沉,陆续撤了摊子。勤打了个哈欠,倦意袭来,使她也生出撤摊子的念头;正准备行动,一男士驾着辆豪华摩托车突然在她摊前停下。男人手托头盔,很潇洒地走近她。

"怎么,是你?"男人很惊讶,"这是你的摊子?"

"唔……"她应道,也很惊讶。

"下岗了?"他接着问,脸上呈现复杂的神态。

"是的,"她很快就镇静下来,"怎么上这儿来了——吃夜宵?"

他点点头:"满街找,夜深了,关门的关门、收摊的收摊,这不,就撞上你了,真是巧了,嘿嘿……"他不自然地笑笑。

"想吃点什么?"

"来碗炒面吧。"他也恢复了常态。

她很快动作起来,就像平常对待其他客人一样。元的突然出现并未破坏她的心境。

元在小方桌边坐下,燃一根烟,一副若有所思的模样。

"结婚了吗?"他问。

"还没,顾不上。"她说,"你呢?"

"唔,你知道,我自由惯了。"他没正面回答。

"……"

炒面很快就端了上来,他开始慢条斯理地吃。

"摆多长时间的摊了?"元问。

"刚开始。"

"生意还好吗?"元又问。

"还要得。"

"生活有困难不妨说,我好歹是个经理,能提供一些资助的……"

"我不习惯于别人养活。"

"你这人哪,对什么事都太认真,要不然……"他将后面的话咽了回去。

但勤品出那话语的"味道"来了,感到很不舒服。四年前,因为他在外面有女人,她坚持要与他离婚时,他也是这么说的。那个"要不然"含义很多,既有同情,又有惋惜、埋怨等成分。

"有些话,还是别说的好。"勤将谈话打了个结。她不想让这次邂逅成为痛苦回忆的切入点。因为她能将心态调整到眼下这个样子着实不容易。

炒面很快吃完了。他略坐了会儿便站起来,从皮夹里拿出数张百元面值的钞票放在桌上,拿起头盔,准备离去。

"我只收五元,"她坚定地说,"多下的请你拿回去。"

"别、别太认真,"他很尴尬,"我是真心的,我是看你……"

"我还没到靠人施舍过活的地步……"她打断他的话。

"瞧你这人,太……太……"他摇摇头,收起钱,骑车离去了……

虎年。

春暖花开时节的傍晚是怡人的。

这样好的夜晚,生性风流的元是不会虚度的。他拥着新结识的娇嫩的情人,在悠闲地逛过街后,走进了一家新开张的私人饭店。迎面而来的竟然是勤!

"你,你怎么也在这?"元诧异地问。

"我天天在这。"她笑道。

"给这家当差?"他鄙夷地问。

"给自己当差。"她说。

"怎么,这店是你开的?"他将信将疑。

"才搞起来,"她很平静地答,"欢迎以后常光顾。"

元四下打量一番,颇带几分醋意地说:"嗬,鸟枪换炮了嘛!"

"总该有点变化、有点发展呵,你说是不是?"勤莞尔一笑,显得落落大方。

他不自然地笑笑,又生硬地点点头。一种说不出的滋味在心头萦绕,使他的思维、意念产生了变异。"该、该……"语音像他的动作一样生硬。

"别净说话,快点了菜带我去坐呀!"娇滴滴的女人在娇滴滴地催他。

"好吧,今天我就在这儿享受享受,"他做出一种大度的样子,很有派头地挥挥手,"我要楼上的雅座,菜嘛……"

"对不起,楼上雅座已经客满,"她打断他的话,"楼下还有普通桌位。"

"哎呀,楼下没遮没拦的,一点情调都没有,怎么坐吗!"娇嫩的女人摇着他的胳膊。元的脸因受刺激而变形了,有点儿抽搐。他的醋劲立刻上来了,他觉得自己该坚持点什么、捍卫点什么了。"这样吧,"他故意显出一种气势来,"我出双倍的价钱,请你从楼上调一桌人下来。"

"不行,"她坚决地回道,"要讲个先来后到——生意人信誉第一——否则我这店还怎么开下去。"

"生意也该讲效益,我出三倍的钱,怎么样? ——我说话算数,不信可以先付钱……"他较上了劲儿,脸涨得通红。

"今天你就是拿一箱钱来也不行,请原谅。"勤也提高了嗓门儿。

"你这人就是这臭德行!"元发火了。

"我有我的原则!"勤说。

"你总他妈太认真、太死板! 你这样,生意怎能做得活!"他真的火了,"走,我们到其他店吃去——没见过这么认死理的人儿……"

龙年。

天气炎热。

　　夜宵店生意出奇地好。

　　于是,很忙。

　　突然一个声音把勤吓了一跳。

　　"嗬,店面又扩大了!——把隔壁那家给吞吃了?"元笑眯眯地走到老板台前。这回他没带女人。脸上似乎少了以往那种得意神态。

　　"不能叫吞吃,可以叫兼并。"她一脸平静。

　　"不容易呀,才两年多时间!"他讨好地说。

　　"上回你不是说我不行吗?"她故意刺他一句。

　　"那是气头上的话……"他红着脸说。

　　"想吃点什么?——总不至于还出三倍的价吧?"说完,她大笑起来。

　　"你别总纠缠那事,"他有点不好意思了,"我今天来不是为吃喝,是来找你帮忙。"

　　"找我帮忙?"她茫然。

　　"对。"他脸红得更厉害了。

　　"我能帮你什么忙?"

　　"……我这一向真他妈背运!半年前我那经理的帽子被选掉了。赌气投资做贩运生意,又栽在工商部门手上,货全给查缴了;几十万元钱全赔了不说,还欠了几万元的债,你说人倒霉不?可我总不能就这么滑下去。我想请你扶我一把,借几万元资金给我,让我缓口气。我相信我不会总走霉运的……"

　　她想了想,很严肃地摇摇头。

　　"我俩毕竟夫妻一场,这点忙都不愿意帮?——我知道你有钱。"他失望地喊叫起来。

　　"钱我的确能弄到,但是坦率地说,你这个人没有信誉,我们曾一起生活过,我了解你。挣钱不容易,你我都一样。不过,如果你生活困难,给一些生活资助是可以的……但借这么一大笔资金是不行的。"

　　"你,你干吗这样认真呢?你不应该这样较真……不应该这样待我!你是冷血动物,你……"他火得不知说什么好……

2000 年

孝　子

　　与阿德结识,还是在我少年的时候。那时他十八九岁,已是身强体壮的小伙子了,然而性格却有些怪异,不大与同龄人来往,倒是与我们这些懵懂的孩子处得亲密。那时我们常聚在一起,在他的带领下开展一些在当时看来还算是丰富多彩的活动,比如钓鱼、捉蝉蛹、采木籽、摘蒝麻籽等等。不过,更多的时候,还是夜晚的闲聊。他当时在城里的一家草帽厂做事。那是一家集体小厂,常因产品滞销或原料缺乏而停工,因而在那里做事是相当空闲的;而这空闲自然又平添了他内心的空虚与寂寞。

　　记得那些时日,他好像离了我们便无法度过那些孤寂的夜晚,几乎每天都约了我们聚于城郊的一处高地上,在眺望月光下的小城的同时,也说一些轻松或不轻松的话题。常常不知不觉的,他就说起了他的父亲。他不止一次地告诉我们,他的父亲原本是这个小城某单位的负责人,后来竟被打成了"右派分子"! 在被剥夺一切政治乃至人身权利之后,被遣送到地处荒郊的"牛棚"里接受"改造";因受不了精神和肉体的双重折磨而自尽,将一身的"罪恶"扔给了妻儿。而那个时候,他还不到十岁。他说他禁受不了这样的打击,父亲的厚爱曾使他健康成长,而父亲的死却又摧毁了他心中一切美好的憧憬;多年过去了,他的心还在滴血,梦里还常在父亲的笑容中哭泣。他对父亲的回忆冗长又缠绵,或回忆父亲的音容笑貌,或谈父亲正直的为人,或描述父亲对他的教育等等,情感是那样的细腻、缱绻。他说他此生别无他求,只想尽最大努力去恢复父亲的荣誉、维护父亲的形象。他的言语,使我们这些调皮懵

懂的孩子也不免感觉到了沉重。我们虽然因为年龄的原因并不懂得多少世事,但都无一例外地一次又一次地被阿德所打动。我们都觉得阿德毫无疑问是个孝子!于是,对阿德,自然不断增长着崇敬之情;在我幼小的心灵里,我觉得阿德是那样的深刻和高大!这一情愫在我内心埋藏很久,直到有一天,遇上一件事之后,才有些变化……

那似乎是个星期天,我闲得难受便又去找阿德。刚靠近阿德家就听到一串激烈的鞭炮声,一群人围了上去。只见阿德满面泪痕地大声说着什么。我挤近前去,提高了嗓门喊他,但他显然已听不进我的呼喊了。他依然只顾说自己的话,脸涨得通红,泪滴在他潮红的面颊上爬行;而屋里隐隐约约传出一个女人悲恸的哭泣声。他好像说了很多话,先是用激昂的语言描述了他爸的为人和遭受的冤屈,继而又以抒情的语调叙说了他对父亲的感情,最后便是用愤怒的语气讲述他和他妈的矛盾。具体是如何说的现在已很难准确地忆起,大体的意思是,他妈要改嫁,他坚决反对;他觉得他妈太狠心,对他爸不忠,只顾自己而忘了他爸,没一点感情;他爸要能得知这些情况,在九泉之下也是要悲痛的!他说他做了很多工作,但他妈还是要再嫁,他无法接受。他没办法,只能想到用这个法子来明誓,他妈如果真的改嫁了,他将与她断绝母子关系!说完之后,便出现了令在场所有人都心惊胆战的一幕,他拿起了桌上的菜刀,砍下了自己的一截小拇指,而后用断了的手指在桌子的白纸上写下了血书。那场景确乎震撼了在场的所有人,而对于一个少年幼稚灵魂的震慑尤为强烈。他的母亲最终从屋里跑了出来,她抱住了她的儿子,声泪俱下地说她不改嫁了,她哪儿都不去了,就只待在这个家里,只要她的儿子不再自贱自残……

那以后,阿德便很少出来走动了,不知是因为不放心他的母亲还是因为自身也背着重负;而我,因为那一幕的刺激,似乎也心有余悸,没去主动地与他接触。如此日复一日,我入了中学,由于学习紧张,更少有与他往来的机会了。再往后,我又考取了大学,进了省城,便听不到有关他的消息了。可我,似乎总忘不了他那痛楚的面容,忘不了与他相处的那些个月色朦胧的夜晚……

……几经周折，我终于又回到故乡工作了，回到了年迈的父母身边。而此时，时间的轮子已经悄悄碾过了二十多个春秋。小城变了，城变大了，人增多了，市容也变美了。而最令我感慨的，莫过于在小城已变得宽阔起来的街道上，我又见了阿德，一个人到中年、两鬓斑白、面容憔悴、已被小城人公认为孝子的阿德！他搀扶着他那偏瘫了的母亲，缓慢地挪移在傍晚时分暮色凝重的人行道上，沐浴着人们相继投来的赞许和钦佩的目光。从他的神态上看，他的心态是平和的！我想，他可能已经解决了他认为需要解决的一切重大问题：他所崇敬的父亲肯定已经获得平反、恢复了荣誉，他置身的那个家肯定已是一片风平浪静，他本人或许也排开了一切欲求，所以才显得从容而镇定！

他似乎已经成为一个公众人物了，小城里好像人人都能说出他的事迹——主要是他母亲偏瘫以后的事迹，之前的事情人们都不曾提起——这便使我不难了解到在我离开这座城之后他的情况了：他的母亲十多年前中风了，瘫痪在床。阿德不仅承担了照料母亲的一切事务，而且还背着病母四处求医，历尽了艰辛！经过年复一年的努力，他的母亲终于能够经人搀扶下床行走了。从此，只要不是风雨天，他便会搀扶着母亲行走在小城的街道上，从来未曾间断过。而他本人，却一直未曾婚娶！按小城人较为一致的说法，他是为了他的中风的母亲而放弃了自己这份本可以获得的天伦之福！

在我靠近阿德的时候，他那有点发痴的眼神已经不能够认出我来了；而且，从他那僵硬、严肃的面部表情上，我也看不出他是否还记得那些个遥远的、我们曾共同拥有的朦胧月夜了……

我没有说什么，而且今后也不打算说什么；我不想扰乱他已经获得的宝贵的心理宁静———一个经历风雨震荡的灵魂，能够最终获得一份宁静是多么不容易呵！我只希望那绚丽的晚霞能平和地照在他们母子身上；我只希望，他搀扶着他的母亲能够一直走好，尽管是以这种缓慢、趔趄的姿态……

1998 年

夕　照

　　入夜,老人终于安静地坐了下来,然而依然抱着儿子的骨灰盒,脸上毫无表情。只有间断的纷乱的思绪从溟蒙的境界里悠悠地飘来,在死水一般的心境中搅起阵阵涟漪,又每每稍纵即逝。

　　"你能不能跟师专的领导说说情,让照顾你一下,分回家来? 父子俩分开这么远,你也不觉得凄凉?"

　　"学校的方案已经定了,说不动的。爸,到哪不都一样教书? 你要是觉得孤单,就跟我一起去吧,我能养活你。"

　　"我在镇上活了大半辈子,还要死在外乡? 我还是在这儿修鞋度日,也省得给你添负担! 你一个人在外可要注意身子啊!"

　　他用力捏捏儿子的肩,捏着的是一个硬硬的盒子,脸上松弛的肉一阵抽搐,牵动了那死水一般的面容。伤愁又一次袭来,然而已没有泪水,只有心在哭泣。昏暗的灯光斜射过来,映着他满脸僵化了的悲哀,同时将他苍老的身影投在斑驳的墙上。

　　"还是打报告调回来吧,瞧你瘦成这样! 我快四十了才有了你,而今这个家就我俩了……"

　　"爸,你真要觉得孤单,我就搞调动吧,理由倒是有的,可我就是开不了这个口……"

　　"你怎这么老实? ——有什么开不了口的?"

　　"爸,什么时候你上我们那儿看看去,好吗?"

164

"嗯,我要去,我会去的……"

他来了,真的来了。他一接到电报就慌慌张张锁上房门往车站奔,没带多少行李,也忘了带上足够的盘缠。在中途转火车时,他辨不清去向,去问一位年轻的女乘务员,那姑娘爱理不理地随手一指,他便上错了车。待他乘车返回时,已经两天过去,而且身上已无分文了。他脱下身上唯一的毛衣叫卖,也没人理睬;最后,他跪在一位中年男人脚下哭诉,那男人才动了恻隐之心,给了他买车票的钱,并且没要他的毛衣……在路上颠簸了七八天,他才赶到学校,然而看到的竟是儿子的骨灰盒子!

"爸,你要去先发个电报给我,我去车站接你。"

"发个电报要几多钱呢?"

"你别考虑那么多,用钱别太抠了,你这么大年纪了,也该享受享受了……"

"傻小子,用钱不省点,那新屋能做得起来?"

"为什么要做屋呢? ——那要多少钱哪!"

"傻瓜,不做屋你回来后住什么? 你还要娶亲,屋能少得么? 不余点钱行么?"

屋外响起了杂沓的脚步声和吵闹声,七、八位教师涌进屋来,七嘴八舌地嚷开了:

"老人家,县里、乡里都来人了,走,找他们要钱去! 他们这些当官的平时对乡村学校工作条件、对乡村教师的待遇不闻不问,眼下出了事都来了。走,找他们要钱去!"

"口气要大点,除要最高标准的安葬费、抚恤金外,还要赔偿金、要补助金、要……眼下事情闹出来了,不怕他们不给!"

"走,我们陪您去。乡长和文教局长都说了,您儿子是因公而死的,死得光荣! 要不是你儿子及时把学生疏散出去还不知道要发生多大的事呢! 补助、奖金多要点来,日后也好养老……"

"老人家,我们都是您儿子的好友,你儿子是难得的好教师,他为了救学生自己没来得及出来! 我们一定要为您说话……"

"……"

于是，老人被七八位热心者搀扶着走出了屋子，外面的夜黑得怕人，夜风携着寒气袭来，他不禁打了个寒战……

追悼会开得隆重而肃穆，县里、乡里都来了人。老头儿被人恭敬地请到前排去。一个小镇上的修鞋匠生平第一次为众人所瞩目，然而这却是因了儿子的缘由，他禁不住又一次伤感起来。他被人搀扶着，整整一个小时都木愣愣地站在那儿，不知人们在说些什么、做些什么；只觉得自己仿佛置身于冰凉浑浊的氛围里，呼吸都不自如，头脑混沌一片，只有儿子生前那些片段的神情隐隐约约地闪烁……会后，当他从领导们手中接过一大沓钞票时，他的手更是痉挛得伸不直。哦，钱，这到底能代表儿子的什么呢？这难道就是儿子遗留给他的东西么？他没见到儿子，却见到了钱！的确，钱之于他确乎不陌生而且很需要，然而眼下，这玩意儿竟如此沉重。

"爸，为了几分钱，何苦跟人家争吵呢？"

"你不晓得，这些人很不自觉，每次修鞋都故意少给！我卖老力挣点辛苦钱也不容易呀！"

"少给就少收点吧，都在一块儿过活。"

"嚯，你小子倒大方！照你这么做那新屋能做得起来？"

傍晚时分，他终于离开了骨灰盒，一个人走出去，在校外那荒坡上独自漫步，松弛的老肉随趔趄的步子阵阵颤动。夕照中，他沿那破草绳一般的坎坷小径走得很远，望着清明的天空和脚下贫瘠的土地，想不出儿子是怎样在这异乡的空间里穿行的。

"小子，天都快黑了，你还不回家吃饭，桌上的饭都凉啦……"

不知过了多久，他终于踅回来了，在校内的那片废墟旁徘徊，似乎在寻找儿子的亡灵，更像在寻找儿子给他留下的遗物。没有人来打搅他，只有那孤寂的夕阳伴着他缓慢移动的身影，晚霞抹红了他那张表情僵硬的脸。他默默地坐下来，愣愣地对着绚烂的晚霞，觉得那就是他儿子流下的血。哦，儿子的血映红了这贫瘠的山乡。眼前恍恍惚惚的，夕阳好像在摇晃、在变形，最后变成了儿子那张表情丰富的脸。瞧，儿子在朝他微笑呢！笑得那样欢愉。这诱

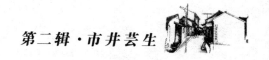

人的笑是对他的抚慰还是对他的嘲讽？儿子好像在轻声地向他诉说什么，将一股红色的气浪喷到他脸上。

"爸，调动的事过几年再说吧，那里的孩子好可怜，我开不了这个口……"

"爸，别总想着做屋。那边也会有新屋的！"

口袋里的钞票越发沉重了，压得他难以站立起来。是啊，儿子也该住住新屋了；儿子在他身边长大，一直住着破屋，委实该住新屋了！

儿子的脸沉入了西山，血还在西天燃烧！不知什么时候，校长和教师们围了上来。他从袋里掏出了一大沓钞票送到校长跟前，嗫嚅着说："这钱还是学校留下吧，将来给孩子们盖新教室用。别再让学生待在这危险的破教室里了！"

众人瞪大了眼。校长说："教室会盖起来的，这钱是给你的，你带回去，我怎么能收呢！"

"别推了，是我儿子叫我这么做的，我又见着他了，"他又将脸扭向西天，"盖幢新屋，我儿子以后回来也好有个像样的落脚地呀！我儿子没住过新屋，也该住住新屋了……"

1989 年

跟着饥饿走

　　进城了,他更加小心翼翼。没有人注意他,虽然这是他土生土长的地方。这得感谢这套改变了他犯人形象的衣帽,这套东西是他在逃奔途中窜入一独居人家,逼迫那家主人提供的。

　　夜渐深了。夜幕使他有了某种安全感。然而来自本能的需求又使他禁受着另一种煎熬:肚皮在对嘴巴抗议,并引起与之相关联的累、软、晕等一系列反应。他觉得应当进点食,否则难以冲出那道已经铺开的网。前面百米开外就是车站,车站四周就有小吃摊。可他却踌躇了,他不敢近前,怕那里已设下陷阱。他在远离路灯的一棵梧桐树旁坐下,考虑一些不得不考虑的问题;最要紧的,莫过于该向哪里去的问题。口袋里仅有几元小钱,这还是从逼抢来的衣裳口袋里摸到的。后面的日子该怎样挺过来? 重操"旧业"? 眼下还不是时候。另外,是不是回家看看? 这个问题一直折磨着他,使他下意识地往这个县城走。5年了,没见过家的样子,想家是很自然的。但眼下他又实在怕回家去;不单是担心那儿会有"陷阱",还有一个原因是他怕见老婆。老婆每次探监都嘱咐他争取好表现,力争提前释放。可他实在熬不下去了,每当想到自己前面还有6年的漫漫刑期,他心里就发毛,就想越狱;再过6年,我还像个人吗? 他想。

　　眼前的饥饿使他浑身发软,有点难以自持了。他禁不住站起身来,向车站前的摊点群张望着。见有一瘦男孩叫卖着什么,好像在向这边走。他将帽檐向下拉拉,扶起衣领掩去两颊,而后走进路灯的光晕里,呼喊着朝孩子招手。男孩便小跑而来了。孩子六七岁,背着一个与其身体不相称的大包,衣衫破旧,一脸腌臜,却透着股子灵气。

"卖的什么?"他边问边将孩子引出灯光区,又来到那阴暗的大树旁,警觉便解除了。

"瓜子。"孩子殷勤地从袋里拿出一包来,"可香啦,买一包吧。"

"除了瓜子,还有别的吃食吗?"他有点失望。

"就瓜子,西瓜子、葵花子都有,可香啦!"孩子又往他跟前靠了靠。

他沮丧地看着男孩,默不作声。孩子瘦弱的形象和期待的目光,竟使他生出了恻隐之心。但瓜子确实难以有效充饥。

"叔叔,买一包吧,可香啦……"

他苦笑着问:"多少钱一包?"

"一块钱。"孩子机灵地将一包瓜子塞进他手里。他将一元钱递过去,接着有点贪婪地嗑起来。孩子见他这样,并没有马上离开,而是在他身边坐下来,似有所期待。

"叔叔,味道好吗?"男孩专注地望着他。

"你几岁了?"他好奇地问。

"满6岁了。"

"一个人晚上出来卖瓜子,家里人放心吗?"

"我妈就在车站那儿摆小吃摊子,我每晚都陪她……"

"晚了,不影响明早上学?"他关心地追问。

"我还没上学,"孩子说,"妈妈下岗了,交不起学费。"

"你爸不管?"

"我爸在很远的地方工作,过几年才能回来。妈说,爸工资低,只够他自己用。妈还说,明年,用我卖瓜子赚的钱让我上学……"

他叹了口气,感叹这世间还有比他更难的人和事。他没再出声。瓜子很快吃完了,但饥饿依旧。机灵的男孩趁机建议他再来一包。他没答应,他告诉男孩,他很饿,瓜子不能解决问题。哪知男孩顿时来了精神:"叔叔,去我妈的摊子上吃吧,馄饨、面条随你吃——就在前面不远的地方……"

"人多吗？光线强吗？"

"这会儿人不多了；光线还好，能看得见吃的。"

他被孩子说动了心。饥饿感怂恿着他。欲望终于战胜了恐惧。他将帽檐再往下拉拉，往上扶扶衣领，随孩子走了。很快便来到一个摊点前。然而，当他和摊子的女主人照面时，他被惊得目瞪口呆。

"怎么是你呢?!"他说。

摊主正是他的老婆！女人很快从他的神情与装扮上意识到了发生的事，于是收回了她正准备流露出来的惊喜，一动不动地站在那里。他搓着手，显得不知所措。这时，小男孩插了进来，他一把抱住男孩仔细打量，鼻子阵阵发酸……

翌日，他自觉地离开了家，返回劳改农场自首了。

1995 年

误判（二题）

弹性碰撞

一看见那张脸,就觉得那面容的背后似乎藏有某种阴谋。

其实,那脸并不丑陋。脸是国字形的,眼大,眉浓,鼻挺,嘴也适中,这些令视觉舒服的器官,都恰到好处地占领着它们该占的位置,组成了一副英俊的面容。这面容与健壮而又匀称的身材、笔挺的服装等配在一起,又造出了一种洒脱的气质。

对于一位大龄女子来说,面对这样一位小伙子,按理说是应该有良好的感觉和美妙的心境的。而她却心生疑虑,因为她不明白,条件如此优越的小伙子,为什么会看中她这位身矮体粗、皮黑眼小、已近三十的老姑娘,而且还表现得那样主动热情。她怀疑他的用意,所以一看见他那张脸就不由会想起前面那五张掩盖着阴谋的脸来;那五张脸曾也像眼下这张脸一样对她主动又热情。然而,当他们得知她姐姐在美国仅仅只拥有一份薪金不高的工作,无法为他们提供资金和去美国的机会时,便都离她而去了,空耗了她数年的时间、精力和热情,使她事业耽误、真爱难觅、心境冰凉。她觉得自己再也禁不起这种折腾了,她该有个家了,她想拥有一个真正爱她的男人。

她是经本单位刘妈介绍与这位名叫王胡的小伙子建立恋爱关系的。初见面时,她心里就犯了嘀咕。她担心这男人对她另有图谋,又希望有这么个非常出色的小伙子真心爱她。在这种矛盾心理支配下,她若即若离地与他保

持着恋爱关系,谨慎应付他的主动和热情,关系一直不冷不热,与前几次恋爱的情形差不多。时间长了,她觉得照这么拖下去又会像以前一样空费精力;她已是近三十的人了,她再也没有本钱拖下去了。于是觉得该找他好好谈谈,将一切都说明白。可是,每次见到他时,她又慌了神儿,不知如何启口。她怕万一说得不好刺伤了他,更怕自己的怀疑被证实。她怕失去他——莫非自己真的爱上他了?她的心里越发矛盾了。她不清楚自己为何如此。

矛盾的心理是折磨人的,她一天天地瘦下去,精神也似乎有点恍惚。她不堪此种煎熬,终于在一天晚上向他启了口。

"……你大概已听说我有个姐姐在美国吧。其实,她在美国也不好混,"她嗫嚅着,专讲她姐姐在美国的情形,想以这种含蓄的方式试探他的用心,小心翼翼,用心良苦,"她在一家餐馆洗盘子,活儿累收入又不高,不可能有余钱寄我;更、更不用说把我也带、带过去——真的,她要有那本事,早就把我带过去了。嗨,她就是没那本事……王胡,今天,我想跟你谈谈这事……"

"你别……别说了……"王胡声音颤抖。

她抬起头来,看见王胡脸色苍白、浑身瑟瑟、神情沮丧。

"你还是听我说完。"她坚持道。

"不用了,我清楚你的用意,你说出来我受不了……"他用手托住往下沉的头颅。

"你怎么了?"她茫然。

"我头晕,"他站起身,"我先回去……"

王胡走后,她也像烂泥一样瘫下了。怀疑被证实了,她想,他果然是另有图谋的!她终于失去了他。他肯定不会再来,便是再来也没有意义了。她心中空漠,似乎无力站起来。

好在这是一次短暂的恋爱,她陷得还不是太深。半月之后,她又恢复了常态。

然而不久,她收到了王胡寄来的一封信。她默念着那封信,内心剧烈震颤:

"……你为你姐姐不能带你出国而苦恼,你为此唉声叹气、一筹莫展,你当时那种颓丧的神态我现在还记得。你想对我说什么,我一清二楚:你是想利用我的海外关系出国——你把恋爱当作达到这一目的的阶梯!你的这种行为,与我以前遇到的几位姑娘完全相同,而且你的侦探手腕和露骨表现比她们都有过之而无不及……可悲的是,这些年我一直被你们的阴谋笼罩着,所以我格外警惕;现在我一察觉这种阴谋我就胸闷气短、神经紧张……再见了,你令我痛苦,我也令你失望……"

走　神　儿

经繁一直以为,女人长得丑是一生的悲哀,而男人得不到女性美也是终生的遗憾!所以,自打步入成年后,他便一直在努力地、聚精会神地发现并追求着美丽的姑娘,并将能否得到属于自己的令人心仪的美丽女性,作为此生幸福与否的重要标志!这些年,他一直没停止过具有他自身特色的寻觅和选择,因而,经常地处于某种令人难耐的有时还是两难的浮躁状态……

眼下,经繁就正处于一种浮躁状态。自从几天前,小妹将那个姓孟的女郎带进家并座谈过一阵之后,他的思想便不能保持平静了。那姑娘摄人心魄的姣好倩影总在他眼前悠然地晃动;他感到,他似乎被某种无形的力量牵引了……

那的确是位非常出众的女孩,无论形象还是她那修长又不失丰盈的苗条身材,真是"多一点便胖了,少一点又瘦了",既有东方淑女的神韵,又有广告画上那些高挑的西洋女郎的风姿,深深地打动了他。特别是她那独具特色的步履姿态,配上她那迷人的笑容,真是摄人心魄啊!那形象,他相信对任何血气方刚的男子都有着无尽的吸引力。

这浮躁心情使经繁越来越难耐,他终于忍不住找小妹询问那位孟姑娘的情况了,几乎是一种下意识行为;一向洒脱的他,此时脸竟涨得通红,且口吃得厉害……

"你和秋琳之间莫非有什么问题?"敏感的小妹提出了这个问题。

"不,没什么,"他嗫嚅着,神情极不自然。他与秋琳有长达两年的恋爱

史,并与之订立了虽不具法律效应却为民间广泛接受的婚约,这对他和秋琳来说都极为难得。

"要么,就是想脚踩两只船——那姑娘比秋琳漂亮,是不是?"小妹什么话都敢说。

"怎么能这么说呢,"他的脸更红了,"只是想结识一下,你就说了这么多……"

小妹似乎看出了点什么,便不再拿话激他。她的观念其实很新潮,对于男女间婚前的选择,她认为是自然的;再说,她对过分内向的秋琳,好像也不太喜欢。

"我和她并不很熟,不久前在一次朋友聚会上才认识的,"小妹说,"她喜欢唱歌,听说我有邓丽君的光盘就问我借,也就跟着我来了……"

"她和谁更好呢?"他急切地问。

"你要真想结识她,明晚我和朋友相约去歌舞厅,可以设法把她也叫去,你看着办吧……"小妹朝他调皮地眨眨眼。

于是,经繁开始了带点隐蔽性质的行动。他思想活跃,行动也就活跃,很快便与那位孟姑娘熟识了。他不仅知道她叫孟琴,还摸清了她的单位、住处,掌握了与她取得联系的一切方法和渠道。交往随之频繁了。他的主动和热情以及他的学识、气质均给孟姑娘以好感;而他也在与孟琴的接触中,越来越被对方的一切所吸引,特别是她那无可挑剔的身材。感情的分量迅速加重。但与此同时,问题也随之而来,因为纸包不住火,他的带着激情的行为自然无法完全绕过未婚妻秋琳的关注。秋琳对他近来的表现产生了怀疑,便盯紧了他。经繁此时终于明白,脚踏两只船已经不可能了,他必须迅速做出决断。

"干脆说了吧,我们的关系已经死了! 我有了新的目标。"一天,在秋琳再三追问下,他终于坦白了。

"好一个风流人物!"秋琳愤然道,"你必须讲清原因,否则休想顺利摆脱我。"

"原因很简单,她比你强,无论是身段还是相貌、风度,你都无法与她相比! 看到她比看到你,我感觉更好,情绪也更好,这是没办法的事。人来这世

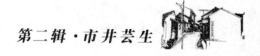

上走一遭不容易,人这一生没有理由不去追求更好的东西……"他倒出了全部思想。

秋琳于是痛骂他。他没回嘴,由她发作。

秋琳原准备大闹一场,但静心一想又觉不可。事已至此,闹有何益?事闹大了,反而对自己不利。好在自己没有失身,不愁没有好的未来。再说强扭的瓜不甜,跟一个并不爱她且感情不专一的人过一生也未必幸福。于是便与经繁悄然分手了。别人问及,她只说是她提出分手的……

经繁终于没了牵挂,公开地毫无顾忌地与孟琴接触,但关系一直没明确。孟琴很矜持,对男女间关系的话题总是绕开去。看来,要想通过渐进的方式达到彼此心灵的自然靠拢似乎不太容易。他觉得,必须找个机会捅开那层"窗户纸"。

周末,在与孟琴交谈时,经繁巧妙地将话题引到这个庄严的问题上来了,他生平第一次腼腆地惴惴地表白着,艰难地挑拣着词语,担心损坏了什么似的,有点类似于古董商怕碰破了宝物那种心理。

孟琴却泰然自若。她没有正面回答他的问题。她先是不经意地一笑,然后平静地说:"我先告诉你一件事,不过请不要对外传。"

"什么事?"经繁有点紧张,"我不会传的。"

"我的左小腿并不存在,安的是假腿。"她说。

"不可能,"他说,"这不可能。"

她笑道:"难道有证实的必要吗?"

"……"

经繁大为震惊,思维处于混沌状态。他不知自己是怎样离开孟琴的。在街上,在行人如织的街上,他总是走神儿,几次差点碰到行人,还差点被摩托车撞着……

1993 年

聪明人（二题）

手　脚

在县教育局举办的全县优秀教师教育教学经验交流会上，高士以城关镇第三小学教师代表的身份作了精彩发言。高士的发言主要谈了如何提高学生学习积极性，在班级营造学习氛围这个问题。他说，学堂实际上也可引入竞争机制，这样不仅可以刺激学生学习欲望，还有利于培养学生的竞争意识，有利于他们未来在市场经济条件下的心理健康和潜能发挥。他着重介绍了近年来他在所带班级开展"综合评比竞赛"活动的做法和体会。他说："……我每学期从学生那里收取少量的钱作为奖励金；对每个学生在这学期里的各项考试和测验成绩按比例进行综合测评，然后按平均成绩分成若干档次，学期结束时，在家长会上公开奖励。这样，就将学生及家长的自尊心调到了最佳状态……几年来，在我所带的班级里，始终有一种你追我赶的良好局面，学习气氛始终是浓郁的……"与会者对高士的发言反应不错。会后，县电视台记者对他还进行了个人专访。高士趁机将自己的观点又拔高一层，上升到教育系统均应积极引入竞争机制这样的高度，并特意对县教育局最近开展的"竞争上岗"活动大加赞赏。话说得灵活聪明，既树立了自己的形象，又迎合了教育局领导的意图；对尚在农村教书亟待通过这"竞争上岗"调进城来的妻子，似乎很有益处，真乃一箭双雕……

晚上，高士拉着妻子早早就坐在电视机前，等待本地的新闻节目。他心情非常好,一边焦虑地等待一边不无夸张地描述白天会议的情况,一副踌躇满志的样子。的确,作为一名年纪轻轻的小学教师,教书才几年光景,就有了这样的成绩和声望,是非常难得的,是值得他骄傲的。妻却没有他这样的好心情,因为相比之下,她的运气就差得多了。为了进城与家人团聚,几年来她托人找关系煞费苦心,却一直未能如愿;今年又碰上"竞争上岗"这么个新举措,要求进城者均须通过考试、考核,竞争优胜方能上岗,这于她似乎是个机遇,可天晓得又有几成把握呢?且不说考试、考核这两关的竞争有多么激烈,单是个中的"关系"因素恐怕就够复杂的;两三百人竞争,难说其中没有手脚呵,她想。这些天,她的头脑都被这些问题占据了,哪能有好的心情呢?

新闻准时开播。高士高兴得像个孩子,兴奋异常,大段的议论挂在嘴上。妻也为之高兴,免去了往常的唠叨。看完新闻,妻像是受了某种启发,对高士说:"你该利用眼前的这种影响,去为你老婆做点事,别只顾自己高兴。别忘了,你老婆还在乡下教书呢!"高士说:"不是'竞争上岗'吗?你不是已经参加考试了吗?"妻笑道:"你还在那里夸夸其谈?这可不是在电视上,这是在现实社会里。别孩子气了,眼下可是关系社会,坐在家等结果是不行的,该做的手脚还是要做的;你不做,别人做,到时上的是他而不是你。"高士茫然道:"怎么做?做什么?"妻娇憨地点了一下他的脑袋,说:"傻货,别的方面挺聪明,就这方面总不开窍!明天陪我跑一天,走几户人家,把内部情况摸清了,再下力气去打点……"高士挠挠头道:"明天我得把这次测验的试卷改出来,把分数统出来,不然下周一就发不下去了。"妻白了他一眼:"是我这事重要,还是你那卷子重要?不就一次测验吗?叫几个成绩好的学生来统分得了,我在乡下常这么干。"高士说:"这不行,这关系到全局!"高士和妻子便争执起来。最后还是高士作了让步,同意连夜将试卷改出来,明日喊学生来统小分和总分……

第二天上午,虽然今天是星期日,但两名学生还是准时到来。其中一名叫刘小成的,是高士的得意门生,已连续两次夺得班级综合评比第一名,得过不少奖励。另一名是位听话的心细的女生,高士将一个计算器交给他俩,认真交代了一些事情,才放心和妻子出门办事……

直到傍晚时分，高士和妻子才把事办完。回到家里，两个孩子已走了。事情办得很顺利，两人心情都不错。妻说："幸亏活动了，要不真要后悔，别人都在跑嘛！"高士憨憨地笑。他走到桌前，拿起学生统出的分数单看了看，然后坐下排名次。结果很快就出来了，第一名仍是刘小成，成绩是95分；第二名是尹建军，成绩是94分。高士觉得有点蹊跷，他记得尹建军这回好像考得不错，很难扣他的分，怎么只有这点分数？是不是自己改错了？他搬过那堆乱糟糟的卷子来，花了好长时间才找到尹的试卷，令他惊愕的是，试卷被改动了，手脚很拙劣，最后两道计算题的扣分由各扣2分改成了各扣3分。是谁做的手脚？经分析，是刘小成无疑了！

高士越想越吃惊，心情渐渐沉重起来。这时，喜形于色的妻子走过来，颇感慨地说："看来这年头办事，你该到的手脚还就是要到，不然就难达到目的——这才是聪明人的聪明之举啊！这几天我们还得抓紧跑，一定要做到位……"

"要跑你自个跑去，别拽我了！"高士突然愤愤地喊这么一句，令妻子大吃一惊，弄不清是怎么回事……

聪　明　人

政秘股的侯股长是个聪明人、热心人，这一点是局职工公认的。他的突出才能，表现在能敏感地领悟领导的意图上。领导说的事，他往往已超前办妥了；领导没说的事儿，他也能准确摸到领导的心思，办得让领导及众人都欢喜……

他所在的这个局是县城里的大局，每年的会可真不少，每次会议来临，他都以饱满的热情去迎接；从发通知到会场布置到参会人员住宿进餐，从会议文件到会议礼品再到烟、酒、茶，一切都安排得井井有条，领导无须烦神，同僚不用插手，下级无须过多地奔忙；事情办成了，大家都很自在。难怪这些年局领导换了一任又一任，却没有一任不喜欢他的，大家都说他是"代代红"。

　　眼下,他又在积极筹备新局长上任后的第一个基层单位负责人会议。他深信,凭着自己这些年的工作经验,一定能得到新局长的信任和好感。于是,事情也就做得更麻利了。

　　新局长走进了会议室,看到侯股长在擦会议桌,便适时地表扬几句,侯股长乐呵呵地笑着。"准备得怎样了?"局长问。

　　"材料、会场、后勤接待都准备好了!"他得意地答,"会议结束,再发给每人一点纪念品,保准大家高兴而来,满意而归,嘿嘿……"

　　"什么?还发纪念品?"局长的脸严肃起来了。

　　"以前开这样的大会,都要发点纪念品的,"看到局长变脸了,他那根敏感的神经立刻绷紧了。他已经在县皮革厂定做了 50 只黑皮包,此外,还在一家商店订购了几十把折叠伞。倘若不准发礼品,事情就难办了。于是,他怯怯地说:"我这是按老规矩……以前都是这么办的……"

　　"这种风气该刹一刹了!"局长愤然道。

　　怎么办?侯股长陷入两难境地。经权衡,他觉得不能给新局长留下坏印象,便强装出笑脸道:"那……那就算了,不发礼品了;其实……我也……认为这样做不……不好……"

　　话虽这么说,心里却极不是滋味。真没想到,素来精明的他,这回竟把错了领导的脉,这实在令他沮丧。更令他头痛的是,礼品订购好了,要退恐怕不那么容易。他茫然不知所措。

　　但是没办法,只得硬着头皮去碰碰运气。他先去了皮革厂,找供销科长,不行;又去找厂长,递烟、说好话,"热脸贴冷屁股",总算将包退掉了。然而退伞却遇到了麻烦。那是家个体户,店主态度强硬:"不行!伞已经进来了,这么多伞,你突然不要了,叫我一时如何卖得脱?资金不得回笼,叫我还如何进货如何做生意?——你这是在拿我开心……"由于他心情不好,又加上退包时窝了一肚子火,便与店主大吵起来,最后竟动起了拳脚……

　　几日后,局长去医院看望他,很诚恳地说:"老侯哇,真没想到你这人对事如此认真! 当时,你要是告诉我礼品已备下,不也就算了么,下不为例就是了。嗨,你呀、你呀……"

　　他万没料到局长会这么说。他又一次把错了领导的"脉"！以后如何与局长相处？他那套经验还管用吗？他忧虑着。

　　不过，令他欣慰的是：这件事情，他老侯非但没给领导留下什么坏印象，反倒给领导留下了"对事认真"的好印象！

　　于是，伤好得很快。

1998 年

诡笑（二题）

圆　　圈

　　从橱底层拿出那两瓶茅台酒时，王校长的手有点瑟瑟。这两瓶酒，是他教书生涯中最喜爱的一位学生，临升学前为感师情而送给他的，内中凝聚着师生间浓稠的情意；十年来，他一直将其珍藏在木橱里，舍不得享用。而现在，他却要将这酒当作求人办事的礼品送出去：他那大儿子将从职校毕业，面临就业呀！可时下，求职者甚众，儿子又没有可资竞争的学历，要想找份待遇稍好点的可靠工作谈何容易？不求人断然是不成的！前些天，他通过间接关系接触了 A 局的赵局长，想在 A 局管辖下的一家公司里谋份差事。赵局长不置可否，态度暧昧，说了一大堆的难处。他知道还欠点火候，于是不得不咬牙动用这两瓶珍藏多年的正宗茅台了……

　　他将酒拿出来放在桌上，而后痴痴地望着，像与无有归期的亲人诀别那样凄然。由于存放时间长，又处在橱子底层，原来鲜艳的包装纸盒已经有了些霉斑。奇怪的是，两纸盒的霉斑合起来恰似一张脸谱，眉、鼻、口、目挤得很近，像在笑他。笑我什么呢？他羞愧地想，一脸的苦色……

　　一个星期天的晚上，他将礼送出去了，赵局长也收下了。他又设法打通其他关节。几个月后，他那儿子终于谋到了一份差事，尽管不很理想，但毕竟卸了一个包袱。他松了口气，却有种若有所失的感觉……

　　两个月后，县 B 局的宋局长登门造访，这位县内赫赫有名的人物此刻满

脸堆笑，寒暄过后便直奔目标：

"我儿子在你们乡中学工作两年多了，我想把他调进城去。可听说……听说就是你不愿放他……"

"不是我有意卡他，"王校长为难地说，"你儿子是教学骨干，他调走了，上面又一时不能分人来，教学质量要受影响……"

"少我儿子一人，教学未必就受影响吧……"宋局长和颜悦色地说，"老实说吧，上面的关节我都打通了，王校长就高抬贵手吧……"

王校长沉吟着，无话可说。这位父亲煞费苦心为儿子的调动打通了上面所有的关节，他能让这位慈父失望吗？他也曾为儿子的工作奔波过、求情过，个中滋味他是尝过的……"嗨，这年月，不是成年的子女为年迈父母的生活承担、设法，倒是年迈的父母为成年的子女的前程操劳、奔波……"他在心里这么叹道。

"来得匆忙，没准备什么东西，送两瓶陈年好酒给你喝喝，还望笑纳！"宋局长说完，便将礼物摆上桌去。

王校长望着桌上的礼物，惊得说不出话来。那个他极度熟悉的由霉斑组成的脸谱又在朝他诡笑，传递着一种撩人的问候，仿佛在说："你好，久违了，我们又见面了！"

他望着那两瓶"茅台"，心里像倒了五味瓶似的，不知应该喜还是应该悲……

笑　　容

隔壁李局长的大儿子就要结婚了，这几日，送礼祝贺的人络绎不绝，那嘻嘻哈哈的嘈杂声令人厌烦。老刘一听这声音心中自然而然地就会生出一种"无可奈何花落去"的酸楚滋味来。前两年他当一把手局长的时候，这种热闹的声音常在他门前响起，一天到晚车水马龙的，连星期日都得不到休息；而今，他被人陷害从局长的位子上下来了，隔壁老李接了一把手的位置，这热闹声就转换了门庭！人啊，真他妈都长着狗眼！而那姓李的，也好像随着这热闹声的到来而日益神气起来了,我倒!

老刘心里憋着口气。这口气憋得太深太久! 他从局长位置上被拉下来,是有人故意要搞他,写他的黑信,主要是告他挪用公款——挪用财政专项资金用于资助局里集资建房项目,他儿子是那个项目的受益者之一! ——县里派来了联合调查组,一查一个准! 结果他受到了免职处分,调到别的局改任主任科员的闲职,实际也就相当于养老了。老刘对此一直觉得挺憋屈的,自己这么做是为了局职工的利益啊,好心却没得到好报,反倒被他们告了,丢官又丢脸,真他妈没意思透了! 另一个问题也是他耿耿于怀的——到底是谁写的那封匿名告发信? 出事至今他都一直在分析;写信人了解内幕,言语尖刻,且对政策规章都很懂,不像一般职工所为。从这些情况分析看,老李的嫌疑很大! 一来老李有条件,他原本就是副局长、班子成员,参加过对这件事的讨论,了解内幕又分管纪检监察;二来老李有动机,仗着资格老时常牢骚满腹,说像他这资历的干部很多都当了一把手,而他在这个位子上一待就是七八年,一直还是个副职;三来老李有那德行,平常就说话尖刻,皮笑肉不笑阴一句阳一句的,见人说人话见鬼说鬼话,不知他哪句话真哪句话假! 那封信的内容及语气很对他的风格! 说不定此事就是那狗日的策划的阴谋:借事挑事,搞倒一把手,自己取而代之……

所以近两年来,每一见到乃至一想到老李,老刘的胸口就闷得慌,常不免生发某种出气、泄愤的欲望和冲动。这口气憋得久且深,近日又逢这折磨人的笑闹声萦绕耳际,老刘身体终于顶不住出了毛病,成天儿发热出冷汗,医生诊查多次也没诊出个结果来。他的脾气也愈加火爆了。老伴问他:"隔壁有喜事,该送点啥?"他没加思索就回道:"送个卵! 阴漆漆的家伙,背地捅你刀子你还笑脸相迎! 他把你卖了你还帮他数钱! 我才懒得搭理他……"老伴劝他道:"算了吧,事情都过去了! 再说那事也不确定是他做的……毕竟两隔壁么,别太冷淡了……"老刘听言长咳不止,吓得老伴赶紧给他捶背,他拦开老伴的手,愤愤地说:"要送,就送一对新痰盂过去,好让那个害人精有东西装别人吐来的痰……"老伴不知他说的是真话还是气话,为照顾他身体,竟然照办了……

好在李局长并没有生气,依旧是笑笑地收下了东西……

不几日,老伴悄悄告诉他:"隔壁的喜事泡汤了,那对年轻人不知为啥吵了起来!"

刘老听这消息高兴地坐起身来,脸皮松了,眼也有神了。他心里话,莫不是那痰盂带去了晦气?

于是,刘老那莫名其妙的病莫名其妙地好了。一天傍晚,在散步时遇到了李局长,老刘笑道:"……你别背包袱,孩子们的事常有反复的……"

"……是这样,谢谢关心……"李局长也笑道。那笑意不像是强装出来的,且很诡秘,莫测高深……

老刘对李局长的态度没在意,照样活得很精神。可是不久,李局长门前的那个水泥台上出现了两棵花——那两棵花竟栽在他不久前送去的那对崭新的痰盂里。起先还不怎么显眼,但后来竟茂盛地开放了! 每次从李局长门前过时他都能看见它们,看见它们在风的吹拂下频频向他颔首、微笑。开始他还不太在意,但后来当他听说李局长儿子又和一个漂亮的硕士生恋爱了,且很快又要办婚事时,再看那两棵花,心里又莫名其妙地不自在起来。他愈来愈觉得,那花的笑容与李局长前些时候那高深莫测的笑极为相似……然而,那花依然向他颔首、微笑,一点不顾及他的情绪……

1992 年

鞋

　　那委实是一双高档的毛皮鞋,皮整质光,内毛密厚,做工考究,样式也美观大方。很显然,购这鞋的人,是颇费了一番心思且经过多番挑拣的。

　　耿局长面带笑容瞅着眼前的这双鞋,半晌才抬起头来望着面前送鞋来的牛股长,很认真地说:"这鞋肯定不便宜,多少钱?"

　　"局长这话就说差了,"牛股长笑道,"一双鞋,不值几个钱的,算是我给局长的一点心意吧,或者说也算作我对局长身体的一丁点关心吧,嘿嘿……"

　　耿局长立刻警觉起来,开始怀疑牛股长此行的动机了:他那个宝贝儿子在乡镇粮站一直不安心工作,千方百计想进城,前不久还短少了公款,局党组正在研究处理意见。这种时候,他如此殷勤地送这么高档的鞋来,恐怕在堂皇的言语里藏着某种图谋,此种交易断然是做不得的! 于是,耿局长收敛了脸上的笑容,严肃地说:"不要钱,这鞋我可不能收……"

　　"局长,你、你这是……"牛股长很尴尬,"局长,您平常在工作上对我很关心,我很感激……再说,你那脚过去是受过伤的,我们做下属的也该关心关心嘛……"

　　"不不,我们还是不搞这些事,这违反纪律!"局长态度很坚决。

　　牛股长面红耳赤,如坐针毡。好在他有很强的自我调节能力,短暂的难堪之后,他便又找到了其他的话题……

　　闲聊了一段时间,打门外又进来一农妇,手上拎一黑包。

　　"哦,秀嫂!"耿局长热情地招呼道,"你好久没来过了,有事?"

"没事就不能来了？"秀嫂佯嗔道，随后便畅爽地笑起来，"今天礼拜天，专门来看看你，嘿嘿……"

局长也跟着笑，笑过后便招呼她坐下。牛股长见有人来也知趣地起身告辞，耿局特别招呼他把桌上的鞋拿走。秀嫂满腹狐疑地望着牛股长离开，欲言又止。

"真的没事吗？"耿局又问道。

"真的没啥事，天变冷了，我给你送双保暖鞋来；你那脚当年挑堤时受过伤，血脉不畅，经不起冻的！"秀嫂说着，从包里拿出一双毛皮鞋来，"这鞋是我特意为你买的，质量还是很好的，样式也好，毛厚实保暖……"她大大咧咧的，没有什么顾忌。

"秀嫂，你这是……"耿局长面有难色，"秀嫂，你来坐坐就行了，何苦带东西来？这鞋，我怎么能收呢？"

"为么事不能收？"秀嫂茫然。

"这、这是违反纪律的……刚才你也看到了，我局里牛股长送鞋来被我推回去了！"局长解释道，"这样……多少……总有点不良影响的……"

"……你以为我是有事求你才送鞋来？"秀嫂不高兴了，脸拉下来，"局长在城里住长了倒把我这土包子的人品都忘了！我秀嫂几时是那种人了？今儿我送鞋来，完全是想表表心意；当初你在我们那儿住的时候，你对我们不错，特别是对我儿子山娃，那更是没得说！那时我们都是不见外的，吃一样的，喝一样的！不像现在，离得远了，生分了，还说这样的话……"

耿局长难堪地笑笑，很不自然。秀嫂那番言语触动了他的记忆，使他自然而然地联想起一些过去他和秀嫂一家交往的事情来……

他最初与秀嫂一家结识是在他年轻遭难时。那时他还不足20岁，却被打成了"右派分子"，成了"专政"的对象，被押往全县最艰苦的西圩村劳动改造。西圩队的干部们政治觉悟都很高，他们的确是用阶级仇恨来对待这位全县最年轻的"右派分子"，不仅安排他住牛棚、喂牲畜，而且定期训话、检查住处什么的。他那时的精神可想而知是极颓废的，为寻求思想上的解脱，闲暇时光他常做的事便是看他带来的一些古籍名著及志怪、传奇类小说，借以逮住神思，不让其滑入追忆过去或展望前程的痛苦的思路上去。然而，作为一名接受改造的"右派分子"，不专心学习改造思想的书而是分神去看一些"腐蚀思想"的东西是不能被容忍的，而且他的住处又常遭到搜查。所以，他只能在放牧牲畜时于野外看，他在野外寻到一处理想的藏书点——村西坡的杂树林中的一棵老椿树上有一个天然的进不了雨水的洞，洞有那么大也很干燥，又很隐蔽；因而很长时间过去，他的行为未被发现……

这年中秋节，他获准歇息两天。然而他的心情却格外凄清，因为别人都举家团圆而自己独身只影待在这破败的牛棚里。为排解愁绪，他又去了西坡的那片杂树林。令他惊讶的是，那个老树洞里竟然有一碗米粉粑和两个月饼！他愣在那儿，既担心又感动，是哪位善心人所为？发现了我的行为非但未去告发，反而在这中秋佳节暗地里送来一份厚重的慰藉！他的眼鼻阵阵发酸……

后来，入了冬，他单薄的身子越来越抵不住寒冷了。某日，他又在树洞里发现了一双手工做的棉鞋！他相信，送鞋的一定还是上次那个送粑的人。他手捧棉鞋热泪盈眶。他下决心要找到这个人家。他开始注意观察，有时甚至刻意安排。终于在一天傍晚看到一个男孩往树洞里放着什么东西，他认出来了，是秀嫂的儿子山娃，他曾给那孩子讲过故事，教过写字什么的……

这天夜里，他悄悄进了秀嫂家。那时，秀嫂的男人还在，见是他来了都感到意外。他嗫嗫嚅嚅说了一大堆感激的话……

"我们看你可怜，才……"秀嫂的男人说，这是个老实巴交的男人。

"是山娃发现你的事的，"秀嫂说，"我们不敢接近你，队长打了招呼，说你是阶级敌人，和农村里的地主、富农是一类的，'地、富、反、坏、右'嘛！谁接近你就是敌我不分……可我总想不透，你娃娃似的一个年轻人，能坏到哪儿去？再说，你在我们队住了这么长时间，我也没看出你的坏来；我家山娃还很喜欢你，你也对他不错……我说你到底得罪了谁？落得受这份罪？！"

他凄然一笑，不好说什么。

"你家里还有人吗？怎么也不来看看你？"

"爸妈都过世了,只有个姐姐在外地,她还不知道我的处境。"

秀嫂更加同情他了。秀嫂说:"以后缺什么,就跟山娃说,我叫山娃送去。"

"别、别……"他不好意思起来,"恐怕会连累你们……"

"不会,山娃他鬼精!"秀嫂笑道,"我们家成分是贫农,根子红,发现了也只挨几句批,没大事的……"

那以后,他与秀嫂一家建立了良好的关系;彼此间隐秘的关照日渐而多,情感的色彩也日益地浓了。他默默将这份情感珍藏于心,发誓今后一定要报答……

三年后,他平反回城了。他记得自己是含泪离别秀嫂一家的。待到再来西圩村,已是7年之后的事了,且身份已大不相同;他是作为蹲点干部下派到西圩村的,主要任务是抓水利兴修。那时西大坝工程刚刚上马,指挥部就设在离工程最近的西圩村,挑堤任务极为艰巨,周边几个村像样一点的劳力全上了,尽管吃的是"返销粮",但仍缠紧了腰带派足挑堤的劳力。寒冬腊月,以堤为家,艰辛自不待言。秀嫂家两个男人硬是踩坏了三四双鞋子。后来,长成了小伙子的山娃将鞋脱下来给了父亲,自己穿一双露趾的破单鞋上堤做事,双脚冻疮累累。那段日子,他作为指挥部后勤组长,诚然是极忙的,但一直没忘记关照秀嫂家两个男人。山娃的情形他是看在眼里急在心里!照直说,他当时并非没有犹豫,因为他手头拥有的一双棉鞋和一双胶鞋,是老婆生前送来的,为此她付出了生命的代价!他明了那两双鞋的意义和分量!然而最终,他还是拿出了那两双鞋,因为他也明了另一层意义。他将鞋交到山娃手中时,双手瑟瑟,眼中还有泪光闪烁;他没有说什么话,也没有理睬山娃父子俩的推辞,毅然决然将一份沉甸甸的东西放在了山娃手上……

"……说实在的,那年冬天挑堤,我山娃要不是你照料,他那脚恐怕就冻烂了……"秀嫂说着,眼圈儿就红了,"……后来我才晓得,你给山娃的鞋,就是……是你老婆出事那次带的鞋……"秀嫂说不下去了,嗓音颤抖,眼帘湿润。

秀嫂的情绪也感染了耿局长，封存已久的记忆又一次被揭下了封条。一阵惊悸过后，他自然又忆起了二十多年前那悲惨一幕……

妻是为给他送暖鞋不幸在车祸中丧生的。那是个细雪绵绵、天寒地冻的日子，那种恶劣的天气妻居然还为丈夫出远门——结婚数年来，她似乎一直是这样，越困难的时候越惦记着丈夫！天气恶劣，道路冻滑，原本就稀少的班车也停运了，妻搭乘的是在城里办事返回的一辆破旧的双排座车，车子竟然在快要抵达西圩时侧翻在一条沟渠边的雪地里！——妻还未来得及用她的热情焐化冬季的冻雪就这样匆匆倒在了雪地里，血渗进厚厚的积雪里；她似乎很不甘心，至死都还搂着那装有暖鞋和胶鞋的包袱……

局长的眼湿润了。这些年来，他每一想到妻，泪便不知不觉盈满眼眶；他怀念那个女人，将她的头像高高挂起，而且至今仍未续弦……

"真的，我们一家都不会忘记你的。老实说，这些年来，一到冬天，我就会想起送双暖鞋给你。可前些年家底薄，买不了好鞋；送手工做的吗又怕你是城里的大人物，穿乡下土鞋不像样儿，就一直拖下来了，只是送些吃的土产算了。眼下，乡下日子好过了，这才买了这鞋呵，局长说啥都得收下，不然我心里过不去……"秀嫂的泪溢出了眼帘，她不时抬袖揩拭着眼睛。

耿局长的心情已随着秀嫂一起激动起来。他望着秀嫂那张因激动而扭曲的脸，愣在那儿，似乎是情绪堵塞了语言的通道。

"还虑个啥呢？局长！"秀嫂言辞愈加恳切了，"你在我们村蹲点指挥部那阵子，和泥腿子们混一块儿，你的我的都不怎么分的，哪像眼下这样多虑呢！看来人进城了、做官了情形就是不一样了！不过不管世事怎么变，我们这号人待人都一样，天生不会做把人往火坑里推的事！局长放一百二十个心……"

耿局长似乎镇静了些，望着秀嫂，脸上终于现出生硬的笑："秀嫂，别说这些话了，我明白你的心意。"他停顿了一会儿，然后像是自言自语地又说起来，"是的，这些年我的确变得很麻木了；下乡不多，偶尔下去也都是被陪同的大小干部围着，难得脱身。送礼的也日渐多起来，这里面有真情，但更多的却是虚情假意，这一点我很清楚。所以我的神经一直是紧张的，时间长了，感情这

一面就迟钝了……可是,像我这种人,又很难摆脱不断涌来的虚假情感的浸泡!——这种浸泡所产生的浮力太大、太可怕了,你有时真的是完全被动地浮在上面……总是浮在上面,感情还能不麻木吗?这是多么可怕的浮力啊!看来我这种人是需要一双你拿过来的鞋了,这样才能好好地踏实地走在地面上……"

"其实,我也清楚,你也是有难处的……"见局长如此,秀嫂又不好意思起来,不自然地安慰他,局长的话,她似懂非懂,"局长,你真要是为难,这鞋我就带回去,我只是想表达一下心意,没其他的……"

"不不!秀嫂,你这双鞋我一定收下,"局长将鞋接过来掂在手上,"这鞋对我,不仅仅只有保暖的作用……"

……

不久,在全局党员组织生活会上,耿局长位子前面的桌上放着一双毛皮鞋。与会者都莫名其妙,唯有牛股长可能对局长的意图略知一二,脸于是有些发烧……

1997 年

退 一 步

1. 胡大胖

是的是的,我和她感情已经完全破裂,不可能再凑合在一起了!那个女人,真他妈太那个⋯⋯怎么说呢,太自以为是、太自私、太冷漠⋯⋯她心里只有她那份工作,其他的什么家庭啦、老公啦统统都不在她心里,为了当个什么鸟官,成天在医院里泡着捞表现,特别是当上妇产科主任之后,更是家里事不沾边了,甚至晚上也时常不回了!性格也越发地强了,把当领导的派头带到家里来,动不动就发火吼人,依我看就像个母夜叉!不过,我跟她结婚这么多年,她一直没把我当回事,我当工人时她吼我,我下岗在家她不仅吼还嫌我,现在我靠自己打拼当了老板,她还是有点看不起我,说我俗气,还他妈时不时地管着我!比如酒喝多了,家回晚了什么的,时常地吵!好像她回晚了是为正事,我回来晚了就是干坏事似的,这不典型的"只许州官放火不让百姓点灯"吗?!再说,一个在外混事的男人,能离得了这些吗?不错,我是发过脾气,有时还动手打过她,但那都是给她逼的!没办法呵,有谁能忍受得了她那副寡妇相?有谁能忍受得了她那泼妇嘴?我敢说,是男人都没法忍受!以前,我是以最大的耐性忍受的,我忍了七、八年了,现在我不能再忍了!我铁了心要和她离!我这段时间一直都在筹划这件事。这对我来说是件举足轻重的大事!不离了她,我生活无法过、人无法做、精神无法好⋯⋯

我原本是想和她好合好散的,毕竟夫妻了一场,吵吵闹闹的,甚至闹到法

191

庭上去有什么意思？我跟她说，咱们协议离婚，双方各分担一半的财产和财产责任。嘿，她倒神气得不行，不同意离婚！没办法，她不仁我也不义，咱们只能在法庭上见了。我今儿请你来，就是想细细地谋划一下这件事。这个女人不好惹，你给我用点心，把这件事搞定了！你这方面的案子接过不少，有经验，到时我不会亏待你的。什么？依据？有啊，太多了！我回头仔细理一理。现在我们吃饭去。喏，这两条烟你先拿去抽……

2. 吴中梅

……他是个卑鄙的家伙！别看他表面上一副阔老板的样子，其实没什么成色，没什么德行！他说我好吃懒做，我看他才真正一肚子男盗女娼！他吃喝嫖赌哪样不沾？成天喝得醉醺醺的，要么去赌场，要么玩女人，到休闲中心玩女人，到美容院玩女人，到我不知道的地方玩女人，他以为我天天忙工作不管他的事我就不知道，我其实清楚得很！早有人跟我说了，再说要想人不知，除非己莫为！你说什么？没感情？屁话！说白了还不是嫌我半老徐娘没姿色了，想另谋新欢！哼，没感情，他早先为什么不说？还说了什么？我自私不顾家？那也是他编的说辞！这个家不是我顾他还顾了多少？我虽然搞妇产够忙的，但家里的事，孩子念书的事，不都是我安排的？他自己才真是不怎么归家的人！说我不把他当回事也是屁话，当初要不是我支持，他的生意能做得起来？更谈不上发起来了？他能出息得了？……

老实说，我不同意离婚，并不是还依恋他这个人；他没什么值得我依恋的，我又用不着他养活我！我是不想让他的阴谋得逞！

对，就是阴谋！你别看他表面上一副大款的样子，好像很有钱似的，到处充阔佬，其实是打肿了脸充胖子！他成天吃喝嫖赌，生意也不好好做，早把自己给掏空了！虽说还有个店在那儿，但已经是入不敷出了。到今天，已在外面欠了二十多万的债！把店盘了还不晓得能抵债不！他想通过离婚，不仅可以让我背一半债走，还可以再弄个年轻的美人儿来享受！他想得太美了，天下没那么好的事！我就是不跟他离，看他能拿我怎样……

是呀,我要不同意,这婚还就是离不成!我当然有我的理由。我告诉你,他在外面有女人,一年多以前就勾搭上了,俩人经常在一家私人旅馆里开房间鬼混,当我不知道!他为什么这样急切地要离婚?就是和那女人有关系!什么爱情不爱情的,依我看,就是那种相互利用的关系,通过肉体联系在一起了。那个狐狸精当真是爱上他了?屁!还不是以为他有钱,想傍上他这个"大款"过上有钱的日子。其实他俩是相互欺骗,相互利用,我还不清楚?……

我不骗你,我说的都是事实。那个女人叫曹小娇,比他小十来岁,单身。她的情况我全都摸得清清楚楚的!我手上有证据,我才不怕他闹上法庭……

我本不想说这些,我现在一提这事心里就有气、就堵得慌。你来调查情况,我才说出来;我知道你是个头脑清醒的人,不会糊里糊涂就被他支使着上了法庭……

3. 曹小娇

我和大胖认识都快两年了,感情可以说一天比一天深。我现在还怀了他的孩子,我这肚子里就是他的种,都八九个月了,眼看就要临产!你说,如果不是为了爱情,我能走到眼下这一步吗?当然,大胖不想我把孩子生下来,他担心的是他老婆闹事,怕社会反响不好。但我不怕,我坚决要把这孩子生下来,有了孩子,他才可能跟他老婆离婚;要不,我很可能一直就要这么没有名分地和他处下去……他可怜巴巴地求过我,叫我把孩子做掉,我咬咬牙没有依他……

什么?第三者插足?我插了什么足?我又没上他家去搅和,又没侵犯他家人,我插了什么足?再说,是他主动找的我。我们起先并没什么,后来才有了爱情;对,是爱情,不是别的什么情。怎么,你还怀疑不成?不是为了爱情,我和一个有妻室的人好什么?我还为他生孩子?这怎么可能……我和他的确相爱,虽然这样会遭人非议,但没办法,我控制不了自己——这就是爱情的力量,这一点你是体会不到的!

你说的是他的家庭？我不是没考虑过。我以为那不过是个没有爱情的窝儿——偶然原因才搭起来的窝儿！但是，没有爱情的婚姻是可悲的，迟早是会破裂的，这一点我坚信不疑！而且我认为，早破比迟破好——俩人硬凑合在一起受折磨，何苦呢？如果说我这叫第三者插足，我认为这个足我该插！

什么什么？你刚才说什么？他欠了债？这不可能，他花钱大手大脚，不像个欠了债的人，他是这一带有名的款爷！什么？欠的还不是个小数？二十多万？他怎么没跟我说起过？他可是什么话都跟我说的，我和他早已经比夫妻还夫妻了！莫非他还给我留了一手？他把我当什么人了？——我都为他怀了孩子了！回头我再去好好问问他。想在我身上使手段，没门！老娘要他赔我青春损失费！哦，对不起，我有点失态了；我们不会到那一步的，我都为他怀孩子了，他不会那样对我的……

不过，我还是得去问问他！你放心，我不会说是你告诉我的，我会说得很策略的。放宽心吧，不会出什么事的。我和他到底还是有爱情在的，嘿嘿……

4. 胡大胖

你这人是怎么回事？怎么这样差劲！我请你来是让你为我筹划离婚、帮我办成这桩离婚案的，不是让你来搞特务活动、明察暗访、搬弄是非的！你说什么？你要对事实负责？你错了，我请你来，你就得对我负责！你想把真实情况弄清楚这没错，但真实情况在哪？在我这儿！她们全都在胡说！现在好了，曹小娇昨天来我这耍泼，逼我离婚不说，还找我要钱，说是赔她青春损失费！还说把孩子生了就抱我家来！你这下把我给弄惨了！你看怎么办吧……

什么？你不想接这桩案子？为什么？没把握？但是你既然已经接了，又耽误了我这么长时间，还给我制造了这么许多的麻烦，现在居然违反协议提出要撤回去，你将怎样赔偿我的损失呢？其实，我也不欣赏你的作风，但没办法，既然上了车，还谈什么退票的事？！……

真他娘的败兴透了！日他奶！……

5. 曹小娇

今天,把你约过来,是想向你表明一个态度;在表这个态之前,我先给你说一件事情,要不你会不理解,甚至会感到莫名其妙的……

我是两个礼拜前住进县医院妇产科的,那天早上,突然感到肚子痛了,我怕产期提前就过去了。那天,我打电话给胡大胖,他说他不巧正在外地谈生意赶不回来,我不知他说的话到底真还是假,因为近来我发现他很有点不诚实……我只能请我姐陪我去医院,我和我妈因为我未婚先孕的事早闹翻了,这事我也就没有告诉我妈。

来到医院妇产科住下来,经检查说是很可能要早产。那天是胡大胖老婆带几个实习生在值班,她只露了一下面,看见是我来了就皱着眉头离开了,没说一句话……过不久,我痛得厉害了,就被送到了产房,两个年轻的实习生在为我忙碌,没见胡大胖老婆露面,我姐问为什么没主持医师来,实习生说主任在忙其他的事;我隐隐感到这回可能有些不妙,但只是一种感觉而已……我的感觉不久就应验了,我越痛越厉害了,虽然在极力配合着医生的指令,但就是生不下来。我惨叫着,大汗淋漓! 医生说是胎位不正,可能要难产! 我姐又去找了主任,但我觉得不会有效果,因为这之中的痛苦、尴尬等原因只有我最感受得到。我当时有点绝望了,我叫姐去联系外科做剖腹产看看——尽管我心脏有毛病不宜做手术,尽管眼下仓促行事似乎有点晚……正在这时候,主任来了——这有点出乎我意料——我看到她眼红红的,眼眶里好像还贮着泪水,我能感觉得到她心里的痛不比我身体的痛轻! 我当时内心有感激、有愧疚、有尴尬,也有痛苦,总之情绪很复杂,我万没想到,在我最危难的时候,候在我身边的不是胡大胖而是他的老婆……

主任有经验更有技术,她和我共同努力,总算把孩子接了下来,且大人孩子都平安……我看到她累得颓坐在椅子上,这个时候才看到她脸上有了一丝的笑容……

走过这道鬼门关后,我好像一下子清醒了许多也长大了不少,我对生活、

爱情、家庭的认识也有了一些变化;我对我以前的行为进行了反思,对胡大胖的认识也更清晰,对吴主任也充满着感激还有愧疚……我决定从他们的家庭中退出来,我支持你对他们婚姻的调解工作……

6. 吴中梅

我想好了!我喊你来就是告诉你,我同意离婚;我接受调解,无须上法院,那没意思;协议离婚吧,能谈成什么样就什么样,我相信他也不会不食人间烟火蛮不讲理吧!

什么?怎么突然想通了?前不久,我接下曹小娇那孩子,身心俱疲,心比身体更累,我想了很多问题!我问自己,我为什么总是不同意离婚呢?他们都走到生了孩子这一步了!这有意义吗?既然早没了感情失去了共同生活的基础,为什么还要拖着、拽着,不就是为了一口气?这样的赌气有什么意思呢?不仅无意义,还让自己持续地处于受伤状态,给自己带来诸多的问题!假若我早几个月同意离婚,那天接生时的痛苦和尴尬情形就不会出现!曹小娇生产也不至于无男人陪护,而且差点送了性命……真的,那天,我内心说不出有多难受,我为自己难受,为我们女人难受——女人嫁错了男人是一件多么危险、多么不幸的事啊,女人若不能自立又是怎样悲哀的事啊!我也为我们有些女人为了点物质的利益而甘当男人的玩物而悲哀……这些天,那些个接生的画面和曹小娇痛苦的呼叫老在眼前挥之不去,女人啊,真的当自重啊!

所以,我决定退一步,还是离了吧,这一天迟早要来!你说什么?胡大胖也退了一步?他说不急于离?原因是什么?曹小娇也决定退出?这不行,他不愿离,我要离,我已决定了,你跟他说去,这一步迟早要走的,迟走不如早走,现在也由不得他了!

2003 年

第三辑·匆匆行色

秋雨

雨　夜

　　你抬起头来,看见了墙上那块方镜中的你憔悴的面容;你于后屋昏暗的灯光里有点木然地面壁伫立,目光持久停留在你清癯苍白的脸上;你投入地望着自己,就像在进行一场无声的对话。不知不觉一股源自心湖的潮流澎湃而来,湍急于胸,使你浑身都有了某种异样的感觉……真的,好久都没有这种感觉了。作为一个中年妇女,这些年来你似乎一直都很沉静,自打你下岗在家、接着丈夫又弃你而去之后,你便一直悄无声息地守在这个你一手开辟的不起眼的夜宵店———一片小小天地里,在舔着伤口的同时也营造着一种平静如死水的心境……而今晚你却有了一种类似于热的感觉,一切皆因那个人今晚走入了你的小店……

　　屋外的雨在淅淅沥沥地下,你侧过脸来,透过铝合金店门,看到连绵的雨中的行人行色匆匆,霓虹灯的光彩混沌迷离,相映你当下的心境。你终于绕过花布隔帘坚毅地来到灯光相对较明的店的前堂,因为你意识到没有必要回避他就像没有必要回避自己;尽管面对这个人时你总难控制你的情绪。不过,你现在的情绪要比刚看到他时稳定多了……

　　这个人刚跨入你的小店的时候,你几乎一眼就认出了他,不单因为二十多年来他的外貌好像没有太大的变化,更重要的是这个人在你插队期间给了你太深的印象。这些年来,你似乎总无法抹去那段日子烙在你记忆中的印痕。也难怪,那时你还不足二十岁,正值豆蔻年华;你那时虽是带着充沛活力和彩色遐想离开小城远赴那个穷困山村插队的,心理上却并没有做好

足够的准备；因而当日子远离了你的设想，意料不到的困苦重重袭来时，你很快便感到招架不了而无可避免地陷入了痛苦和迷惘。这个时候，那个人，一个回乡高中生对你提供的帮助令你感激不已——尽管他的动机中带有在村人看来是非分的情感因素。真的，在那漫长而又艰苦的日子里，那个人在以他的诚挚、机灵、不俗的谈吐和学识给你深切影响的同时，又以他实在、管用的帮助给你以抚慰；当这种影响和抚慰日积月累深入心灵的时候，你便自然而然把你宝贵的初恋献给了他。尽管当时的那种恋情是纯而又纯的，然而，在他的那间林中小屋里，你还是为你的记忆注入了难忘的内容；那些如画般的风景、如诗般的情境，在很长一段时日里仍风一般掠过你的思维，拂动你的心绪……

不过，时光确能改变一切，日子在催老人躯体的同时也磨糙了人的自尊和情感。这些年你木然地承受生活施加的一切，却似乎总无暇甚或无心去品味过往日子里那些令你心动的东西，以至于今天的邂逅竟使你倍感意外和震惊，甚至有点令你难以自持了……

店开了多长时间了？他问，声音还像先前那样浑厚。这句问话，牵回了你恍惚的神思。

不长，还不到一年。你说，并做出一种平静的姿态。你大方地于桌前坐下，面对彩流如织的街道，目光游移在桌面、店堂和街面之间，就像你们的对话游移在最表层的有关日子的寒暖之间一样。

孩子多大了？他在问这话的时候，目光落在了你的脸上；你虽未敢迎接他的目光，却似乎也感觉到了他眼光中的期待成分。

上初中了。你说。跟她父亲了。你总是被动地有点机械地回答着他提出的一个个问题，语言的简洁连自己都感到吃惊。

……

我承包了五百亩山地，开发成了经果林，很忙。他主动介绍自己，还像先前那样自信。不过，搞得好的话，效益会很可观的；眼下最头痛的就是缺帮手，我准备从城里高薪聘请两个有文化知识的人来……

你很敏感地意识到了他言语的用心。内心和外表都无法再保持平静，你有点焦躁地摆弄着手指,脸面也略有些抽搐。你把目光移到屋外,而听觉却仍随着他那尚未停歇的语音。

我想,你是否能够考虑考虑呢?……不过我也知道这对于你也许有难处……但也未必就不好……至少在经济上比你在这拥挤的小城里搞小吃要强些……我想,我们是能干出一番事业来的……当然……

你始终没有出声,连最简洁的话语都没有了,然而对方的声音无一不敲打在你的心坎上,有如能量的注入。你控制着自己,把视线和思绪都融入雨丝里。屋外的雨毫无停歇的意思,街灯、霓虹和川流不息的车辆尾灯将缜密的雨丝映得清晰可辨。你的视线长久与那些雨丝相交织,幻化出梦一般的情境,你似乎觉得眼前的那些雨丝越过店门飘落到你心田里来,视线有些发热……

当然,你可以认真地想想,不必现在就决定;想好了再告诉我……喏,这是我的联系号码。

你并没有去接他递过来的纸条,你看上去有点木然地望着门外那被彩灯浸染被夜雨轻抚的斑斓的街道。那些雨,那些五彩缤纷的雨此刻装点着这座城市也装点着你的心境,你仿佛觉得有无数彩色的丝线在你心头拂动,拂起缕缕蒸腾般的热浪……你痴然面对那些陆离的彩灯,看上去冷若冰霜其实浑身燥热,你甚至为你有今晚的感觉而感到惊诧……

……恍然中,你似乎看到他站起身来缓慢往门外走,就像有股气流划过,你似乎是被这股气流带起了身子。于是,你走上前去,说了些什么;街道的色彩打在你苍白而燥热的脸上。你的言语嗫嗫嚅嚅带出些不明显的热气……是的,你的确说了些什么,而后你接过了他重新递过来的纸条……

你并没有退回到店堂里来,而是不经意地沿着街道踽踽而行,沐浴着雨和霓虹灯光,清凉的雨透过你华丽的外衣滋润了你的肌肤。此刻,这些连绵纤细的雨丝已与你的心绪缠结在一起,迷惑着你的感觉;你在看到高楼彩灯映衬下的彩色雨点的同时仿佛也看到了以葱郁青山为背景的青翠的雨丝,记忆帮助着你在那样的雨丝中奔跑,挥洒着你的激情与纯真,体味着绿色的单纯与丰富……

在如织的人流中，人们回避着你而你却并不回避别人，而且你似乎忘记了你曾严重依赖的那个小店……

那个小店里眼下无人而且门尚未关上……

这个雨夜，你没有入睡……

2004 年

藏　书　票

在这个人流涌动、灯红酒绿的茫茫大都市里,蓝风邂逅了他当年的手下职工红玫。那是在一个春风沉醉、华灯初上的夜晚,他只身踯躅在大街上,独自默默地排遣着连日来因找不到工作而淤积起的颓丧情绪。街面斑斓迷离、人气蒸腾,而蓝风却怎么也感受不到这南方大都市带给他的温暖,相反,倒感觉有股寒气缓缓袭来。而恰在此时,在一家超市里,他竟意外地遇见了红玫,这使得他俩都很兴奋,这的确太不容易了。于是,他俩很自然地找到一家咖啡屋坐了下来。

柔和、含蓄的灯光恍如一个远逝的梦,极易使人陷入深沉的怀想,过往的日子便很自然地从背景推到了前台……

怎么,是来出差的吗? 红玫问。挺简单的一个问题,却叫蓝风好难回答。他沉吟片刻,然后满脸惭愧地说,哪里呀,我是来打工的。怎么会呢? 红玫惊诧道,那么有生气的一个厂子——而且,你又是一个很有能力的厂长! 蓝风忧郁地说,这个年代,哪样事不会发生? 厂子被卖,也只是近半年的事! 红玫说,我确实想不到呵! 四年前,你搞改革,提出"减员增效"的时候,那一番铮铮誓言至今还在我耳边回荡呢! 蓝风更加惭愧了,头低下去说,提起这事,我可真觉得对不起你;当时和你一道被裁减下来的职工,几乎都来找我闹过,唯有你悄悄地离开了,这足以看出你的素质和个性的与众不同呵! 不不,红玫笑道,我还得感谢你呀,当时要不是你砸了我的饭碗,我也不会离开那个小城来这南方闯荡了,自然也就没有今天这个样子了。是呵是呵,蓝风马上附和

道,看得出你已经在这里站稳了,瞧你这气质和装扮……

吧台上,一位歌手开始献歌,缱绻低回的旋律在大厅里回旋,与五彩而温柔的灯光一起,营造出一种略显伤感的浪漫的情境。喝着带点苦味的咖啡,再品味其中隐藏很深的甜意,似乎对日子的感触更有了些丰富的东西。还喜欢藏书吗? 沉默了一会,红玫又问,记得你的藏书是很可观的,后来的人很少有人能达到你那规模了。蓝风说,现在都出来打工了,哪还有那心思! 不过,那个时候的生活的确挺叫人留念的,多充实呀! 在厂忙生产,在家读读书;厂里的气氛也活跃,还成立了读书小组和文学小组……有件事我至今难以释怀,感觉挺温馨、挺有诗意的,不知是谁,几次在我办公桌上留下扉页上贴有精美藏书票的书籍! 那藏书票制作得好精巧、好有创意呀! 真叫人爱不释手。我问了好几个人都说不知道这事。我猜想,可能是厂里哪个矜持的文学青年或读书爱好者见我爱藏书而刻意送给我的吧,于是也没多追问,留一点朦胧感也许更有意思,但那几本书我却一直珍藏着! 红玫接上说,你那时是厂长,身边有很多人围着转,哪还有那份执着心去寻觅那些矜持的小角色呵。蓝风说,那时的确忙,心自然就粗些。不过我没想到,在我落魄之后,那些个围我转的人竟然那么快、那么容易就撇开了我,包括我的前妻俞燕。红玫惊讶道:想不到呵,俞燕当时是那样地追你,就像你的影子一样。也没什么奇怪的,蓝风怅然一笑说,人往高处走么。你呢? 成家了吗? 红玫羞涩地一笑,说,还没呢,这几年在外打拼,没顾得上哪……

厅里来客增多了,气氛已显出几分嘈杂。红玫的手机也响个不停,但她一个都没接,最后干脆把手机关了。迷离的灯光里也掺和了一些烟雾。红玫缄默一阵,好像在思索着什么,良久才又问道:找到工作了吗? 蓝风苦笑着摇摇头,叹出一口气来。红玫犹豫了片刻,说,你看这样行不? 我认识一个公司的经理,我现在就给你写封推荐信,你拿这信去找他,我想问题不大。蓝风说,那可就谢谢你……

蓝风果然被那家公司录用了,而且薪金不低,无须跑外勤。蓝风打电话感谢了红玫,红玫倒显出一副无所谓的样子。一个月之后,蓝风就涨了薪,而且被提拔为部门主管。他很纳闷,时间如此之短,业绩又不突出,何以有这样的待遇？带着疑问，他去问经理。经理却笑而不答，问的次数多了，经理经不住缠，才忍不住说他是受了总公司孙总的关照。他追问孙总是谁？经理笑道，你是怎样进来的？蓝风这才如梦方醒……

这天晚上，蓝风主动约了红玫在一家酒吧见面。蓝风责问为什么事先不告诉他真相。红玫笑盈盈地解释说，怕他自尊心一时受不了而拒绝。蓝风说，你呀，看小了我的胸怀。我想，还是让我从最底层做起吧，不然今后我在公司里既没面子也不会有威信的。红玫说，那就只能依你了。之后，两人都有了些心思，都有了些拘束。临别时，红玫从包中拿出了一份包装精美的礼品送给蓝风，有点儿慌乱地离开了……

蓝风独自走在街上，感觉手中的礼物有些分量，忍不住打开来瞧；借着街灯，他看见是一本诗集——印度大诗人泰戈尔的《新月集》。翻开封面，扉页上那枚精巧的藏书票立刻映入了眼帘。久违了的精巧的藏书票：一束优雅的"勿忘我"花草，一双欢嬉的彩蝶；天空中，风扬起的蒲公英花絮散漫地飘……蓝风沉醉在那清纯的意境里，感觉胸中也有缕清纯的风在轻缓地吹，往昔的情景一页页地从眼前翻过。他挪着碎步，迎接着都市无处不在的色彩和音响的袭击，感到似有某种能量在注入；于是，置身在这喧哗骚动、欲望横溢的都市里，他已不感到清冷了……

2005 年

梅辛的尊严

出门的时候,梅辛顺手带上了茶几上的那把刀——这似乎是一种下意识动作,却又好像受了某种潜意识的支持。

来到街上,梅辛清癯的脸上写满了类似赴刑般的悲壮感。暮色装点着他凝重的神色。

小城的街在白天还很单调,到了晚上,色彩便迅速丰富起来;街灯、车灯、店灯、广告霓虹灯与五彩的人流服饰交互作用,营造出现代城市浮华的气息,小城如今也流动着欲望、浮动着暗香。置身这样的环境,梅辛竟感到有些不适应;尽管还未及不惑之年,但现代潮流的节奏和色彩却使他有些炫目、有些迷惑。因而近年来他的步子总显得生硬迟缓,神色呆滞阴暗犹如黄昏暮霭……

那把刀此刻特别坚硬,且随着他步子的节奏不停地顶撞他的后腰,固执地提醒着主人它的不容忽视的存在,这自然加强了他的悲壮感和神经的紧张度。这把刀还是三年前他当厂长时购置的,主要用于切削水果及防身,而眼下它的作用居然迅速提升到捍卫一个男人尊严的高度!这确乎令人始料未及……

不知不觉就接近了那家名曰"的好"的小型超市,妻子强琳就在这里为他以前的部下打工(他这样认为)。当他望着那块越来越堂皇的店牌发怔的时候,一辆红色轿车开了过来停在了店门前,他的妻子和超市经理——他以前的供销科长权子——潇洒地从车里出来,又双双步入了店堂。这情景自然又深深触及了他的隐痛,对那关于强琳和权子"风流传闻"的真实性的认同度似乎有了进一步的提高。于是,梅辛神色越发地凝重了。他下意识地摸了摸后腰上的那把刀……

的确,连日来,那"隐痛"一直使他睡不酣畅、食不甘味。当然,对那"传闻"的真实性,他一度也有过怀疑;特别是在妻子以痛不欲生的姿态应对他的质询之后,他对此便更有些疑惑了。然而后来,当他鬼使神差般地通过几次跟踪,发现妻多次与权子在那辆红色轿车钻进钻出,甚至结伴出差数日不归之后,他心头的那块"隐痛"便再也无法痊愈了。他悲愤地感到,他的尊严,一个曾经颇有脸面的厂长的尊严受到了来自他当年的部下的严重侵害……一个男人,当他最有价值的东西被人无端掠夺时依然麻木不仁、不思捍卫,那将失去他生存下去的最起码的理由!……

于是现在,他满怀悲愤地走进了这家超市,不为购物,而是意欲发泄什么。他在该店一位服务小姐的指引下上了二楼,在经理室里找到了权子。他满脸愤怒手指发颤眼睛瞪得很大,却又一时找不到适合他的身份、不丢"厂长"脸面的发泄方式;而权子见到他来却立刻表现出一位个体老板所特有的灵性,显得非常客气,忙不迭地沏茶、递烟,一声声"老厂长"亲热地呼着,这使得梅辛意欲发作又不好发作,"伸手不打笑面人"么!他只得暂时坐下来,燃起一根烟思索着如何施展他的正义之举。那把刀顶得他有点难受,权子的客套话他一句也没听进去。

"……一直想去看看厂长,可生意实在太忙硬是脱不开身!……"权子依然滔滔不绝地说着,没察觉梅辛有什么神色上的变化,"……嫂子可真是我的得力助手哇,真看不出她还是谈生意的一把好手,现在我们店与外面打交道,还真离不了她!……当然,这也离不开老厂长的理解与支持呵!……"权子倒是毫不忌讳地首先提及这个话题。

梅辛没吭声,他似乎还在考虑如何开口的问题,但一直没找到理想的切入点。这种事确实很难启齿、很难表述。"经理,晚饭已经安排好了,"人未到声音先到,妻子强琳急匆匆走了进来,见梅辛愠着脸坐在那,吃了一惊,"你、你怎么来了?"

"正好、正好！一起去喝两盅！"权子大大咧咧地说，"好久都没和厂长碰过杯了……"

梅辛还没反应过来，就被权子拽着下了楼。梅辛向来面子薄，经不得别人的盛情。尽管他出门前已经将一包方便面吞下了肚。

来到一家个体饭店，店面不大，生意却很红火，迎面而来的老板娘竟然也是原厂子里的职工小燕。小燕见是厂长来了也特别高兴，呼着拽着将他请进了包间。

"厂长上坐、厂长上坐！"几个人不容分说地将梅辛夫妇拥到主客席上，梅辛似乎有些心动，隐隐约约地感受到了久违了的那种尊严。

小燕居然丢下店里的生意不问而来这桌落座。几个人坐定，气氛立刻就热烈起来了。除了梅辛，几个人都不断有话题抛出。大伙都争着说话。菜很快上了上来。权子殷勤地为大家斟酒——就像在梅辛手下当供销科长时一样——边斟酒边畅述情怀，那份真诚似乎不是做出来的。"尽管厂子停了，人都下岗了，但梅厂长永远是我们的厂长！厂子倒了，那不全是你的责任，我说的是真心话；大家都能理解，真的！"权子有点激动地说，小燕也附和着。

接下来，几个人都抢着向梅辛敬酒。几杯下肚，梅辛脸上的坚冰开始融化了。"你们都好了，都找到了新的位置，比我强……"梅辛酸楚地说。

"其实，梅厂长也该出来谋点事了，"权子接他的话茬说道，"无论个人能力还是社会关系你都比我们强多了！"

"他面皮薄，还是放不下他那厂长的架子。"妻子强琳在一旁补白道。

梅辛白了妻子一眼。

"你虽然只比我大两三岁，但我觉得你比我要成熟得多，我们都很敬重你。"权子又道，"无论我们今后怎样，都不会做对不起你的事！"这话听上去似乎有些意思了……

在权子和小燕的轮番说笑中，气氛一直不错，宴席便在这种气氛中平稳而又不失热闹地进行着。梅辛已经很久没有体会到这种气氛了，他似乎找回了点什么，像是又回到了他当厂长的那些日子里。于是他一杯杯地将酒倒进几近干涸的肚子里，脸红起来，话也渐渐多起来，而将他来这里的真正用意抛

到了脑后。酒宴持续了两个多小时。离开时,梅辛已酩酊大醉,不得不接受妻子的搀扶。

回到家里,他像烂泥似的倒在了床上。强琳在为他解衣时发现他腰后竟然还藏着把刀!她拿起那把刀痴怔怔地看着,陷入沉思……

2002 年

谎　言

1

晚上,华兴冲冲地凑到萍身边,说:老婆,告诉你一个好消息,我找到工作了——一份很好的差事!

萍果然眼睛一亮,笑盈盈地问:说说看,是个什么差事!

华得意地说:昌运商贸公司的营销部副主管,月薪暂定为一千……

出乎预料的是,萍脸上的笑容竟渐次消退了。她干瞪着一双大眼,有点吃惊地望着华。

华也感觉到了老婆情绪的变化,不解地问:怎么了? 有什么问题吗?

萍半晌才回过神来,说:没什么。不过,你别去昌运,别去!

华更感疑惑了:为什么?

萍一时语塞。想了很久,才轻声说道:你一个名牌大学生,去给个体户打工,有么子出息?!

这回轮到华干瞪眼了。华也没了言语,脸上泛着令人难以捉摸的复杂的神情……

2

萍一夜辗转反侧,难以成眠。

其实,她与昌运公司并没有什么瓜葛,她只是觉得,这事使她的颜面有点挂不住!个中缘由,说来话长……

萍和昌运公司董老板的夫人玲从小就是邻居,彼此都是看着对方成长的。由于两人心性都高,谁都不曾服气过谁,因而长期以来,她们有时是朋友有时又是对头,但谁都未曾占过明显的上风。直到后来,才在嫁人这一事关女人命运的大事上分出了高低。萍嫁给了持有名牌大学学历且在当时正红火的县酒厂任厂长助理兼营销部主任的华,前景似乎非常好。而玲呢,竟鬼迷心窍,嫁给了尚无正式工作的同学小董,并曾一度引发一连串的家庭矛盾,闹得很不愉快。此后,萍便有了心理上的优势。每次遇到玲,萍大抵都是以凌视的、同情的以及教导性的语言与其对话。譬如,当看到小董在街上摆小摊时,萍便关心地告诉玲,别让小董老在一个地点摆摊,要多一点灵活性;当看到小董将小摊变为小店时,萍又来告诉玲,别开杂货店,要设法开专卖店,搞出特色和品位来;当看到小董连着吞并了两个相邻的小店开成了大店时,她又告诫玲,做生意要循序渐进,别急于求成盲目扩张,到时栽了跟头就爬不起来了,等等。这一系列关照的背后,均有着一种心理优势在支撑……

不过,世事的发展总令她难以预料。首先是她丈夫所在的国有酒厂一直走着下坡路,且其颓败的速度简直令人难以接受,最后竟连地都被迫卖掉。而小董和玲的生意却像一头狂奔的猛牛,连着开辟了一大片领地,做成了有集团化雏形的较大公司。至此,萍的那点心理优势也就逐渐没有了。再遇到玲时,她便少有了言语,有时干脆就佯装没看见,同时在心里提醒着自己,小董再发达充其量也是个个体户,华再落寞,终也是个名牌大学生!如此,才保持住了心理上的平衡……

然而眼下,她的丈夫却轻易地破坏了她的这种平衡,他居然悄悄凑到别人的锅边去求饭吃!这也实在太窝囊了。

她不知该如何去说服丈夫……

3

华也一夜没睡安稳。他早早就起了床,为他那上初中的儿子做了早餐之后,就一直坐在客厅里抽烟,脸上写满了无奈、沮丧和疲惫。他万没想到,他通过努力获得的这个机会,竟会给老婆带来一脸的乌云! 他不懂这是为了什么。

自下岗在家,他就一直无所事事,既感到寂寞,又觉得无聊,还时不时地要受点来自老婆的刺激。他发誓一定要找到一份对路子的工作。可是小小县城,经济不发达,找个像样的事情做还真不容易。他也曾想过摆摊开店之类的事,却都被萍一一否决了。老婆倒是劝他外出谋事,可他又挣不脱那家庭情结。眼下总算有了这个机会,却又遇上这等麻烦! 他猜测,是不是老婆与昌运公司主人之间过去有些什么瓜葛? 要不然,董经理夫妇何以在用他之前特意要他回来征求老婆的意见呢?

但他转而又认为,不管他们之间有无瓜葛,都不应影响到自己! 毕竟我和他们没有瓜葛,他想。他认为,老婆对时局缺乏了解,这回他决不能再将自己的前程断送在女人的短视上! 他必须去争取。

可是,经验告诉他,要说服这个女人是不容易的。他将如何做? 他一头的雾水,一脸的茫然,他陷于苦思之中……

4

萍打算亲自去昌运公司一趟。言语她都想好了,就是要凸显她丈夫的价值。她要告诉对方,她的丈夫经过认真考虑,不打算在这个小城谋事,华的几个大学同学都邀请他去他们的公司做事,而华一直犹豫着,昨晚他已做了决定。这似乎是谎言,但目前也只好这样。至于丈夫的工作,回头再做……

来到客厅,她看到丈夫像只病猫一样蜷在沙发里,烟雾在他周边缭绕。她知道他这是为了什么,心里涌动起酸涩的滋味。此时她才发现,她的男人

近期似乎苍老了许多、憔悴了许多,头上有了白发,焦黄的脸上总有那种摆脱不了的倦容,而且较先前似乎也迟钝了、迂呆了。于是,她有点迟疑了,她来到华的对面坐下,而获得的不过是生硬的一笑。

没有言语,她终于还是起身走开了……

来到街上,浓郁的生活气息扑面而来。正是上班时间,男男女女夹着或者背着各色小包往各自的单位赶。而此时,萍的脑子里却总是挥不去丈夫那颓唐的身影。她走在去昌运公司的路上,但她的步子却并不畅快。及至临近了昌运公司那块巨大的招牌,她竟有些迟疑了。正在犹疑的时候,她看到有辆豪华轿车开了过来,而且恰在她身边停下来,走出轿车的,竟是小董和玲。他们是来上班的。他们一眼就看见了有点慌张的萍。

是到公司里来吗?玲热情招呼她道。

她嗫嚅着:唔……不……我……

上去坐坐嘛!小董也走上前道。就在刚才,华打了我手机,告诉我你完全支持他加盟我公司,过两天他就来报到……

是吗?萍惊愕地望着小董,却没有作进一步的表示。

玲上前握住萍的手,诚恳地说:谢谢你的理解和支持!往后我们就常在一起了。告诉你,我已经把工作辞了,到公司里来帮他。走吧,上去坐坐聊聊……

哦,不,不了,我得上班去……萍说。她不知道自己怎么会这样,她感到手似乎有点抖,大脑一片混沌……

他们上楼去了。萍独自在大街上走,步子很慢、很零碎……

萍不经意地抹一抹脸面,竟抹下一手的液体……

2003 年

梅雨季节

　　你望着窗外,望着那绵延了多日的雨,望着这个被缜密的雨丝弄得潮湿而沉重的季节,仿佛觉得这雨水已流进了血管,并使情绪和思维变得滞重了。但窗外的雨依然没有要停的意思,兴起的雨烟迷离了整个世界。而屋内,这仅仅供人逃避的小小空间里,却似乎一切都在发霉,稍不留神,一些令人无奈的霉点便出现在了你意想不到的地方。

　　这个雨季,到底还要给人带来多少不幸呢?面对张狂的雨,你禁不住这样想。这会儿,你混沌麻木的头脑好像失去了应有的判断力,不知道自己该不该走进一场官司——尽管那似乎是一个胜券在握的官司——不知道那官司会不会再带来什么不幸。

　　雨季是什么时候到来的你已经记不清楚,然而这个季节带给你的不幸却让你刻骨铭心。你忘不了那是一个月前的一天——正是你儿子的生日,你和儿子待在家里,焦急地等待着丈夫回来,回来为儿子过生日。你将期待的目光拉得很长,不时地计算着丈夫的路程,可你的计算却一次又一次地出了错。近年来,丈夫的生意越做越大,在周边两座城里都开了分店,这使得他的行踪像风云一样飘浮不定,也使得你的计算愈加难以准确。不过,你还是能理解他,你一直认为,男人总归还是要活在事业中的,否则便是无根的花木,终将凋敝的。当然,与此同时,你也因此有了与日俱增的焦虑与期待。毕竟你是女人,毕竟这个家庭因为另一半的飘忽不定而少了人气,多了落寞与不安。而等待、期盼这些词在这个家,特别是在节假日和诸如生日这样至关重要的

日子里,更显示了其实实在在的内容。你和儿子在那一天的等待,和那天从未停止过的雨一样漫长。然而,直到傍晚时分,你才等来一个令人震惊的凶信:丈夫出了车祸,已被送往 A 城的医院!这个凶信使你肝肠寸断,几乎昏厥过去……

可是,不幸却并没有因为你的肝肠寸断而停止向你进一步走来,它依然固执地凶猛地一步步向你逼了过来。当你带着儿子跌跌撞撞连夜赶到 A 城医院时,丈夫已经停止了呼吸!这使得你一夜之间变成了寡妇。巨大的打击在你内心划开了一道巨大的伤口。可当你还未来得及舔一舔那道伤口的血迹时,另一个不幸就紧跟而来了,那就是在医院里,居然出现了另一个自称是死者妻子的女人!这是一个比你要年轻得多也漂亮得多的女人,身边还跟着一个长相酷似你丈夫的 3 至 4 岁的女孩。凭感觉,你不得不相信那个女人话语的真实性,可凭感情,你却又难以接受这一残酷的现实。因而,你和她之间,自然免不了有一番夹杂着哭喊的歇斯底里的争吵……

然而,一个死去的人落下的孽债,谁又能找到偿还的人和方法?于是,当理智占了上风的时候,你和她又都陷入了沉默——是那种被压抑着的令人窒息的沉默。待到办毕了丈夫的后事,你心里的波浪有所平息的时候,你竟然去看了丈夫生前在 A 城设置的另一个"家"。你从那个女人提供的"结婚证"上进一步确信了她没有撒谎,只是被一个风流的男人欺骗了。你于是原谅了她,甚至大度地告诉她,可以带着她的孩子在那套房子里继续住下去。你觉得毕竟孩子还小,而且,那个女孩的血管里还流淌着丈夫的血液!

你带着伤感和忧郁离开了 A 城,回到了属于你自己的家里,但脑子里总也挥不去那对母女的影子以及她们所拥有的那个家。你想象着她们的行动、她们的神情以及她们在那套阔绰的别墅里生活的各种情形。你因此经常长时间地痴望着窗外的雨和梅雨间隙里的短暂的阳光,望着这个潮湿溟蒙的季节,望着风掀起的雨烟和雨点敲击地面而溅起的水花。你甚至还感觉得到,那些沿着季节的脚步悄无声息地走来的霉点正肆无忌惮地漫散开来,好像在沿着你的身躯走到你内心里去。

你已被心事占领,于是你的举止就常常有点超乎寻常。有时候,特别是在百无聊赖的时候,你有意或无意地去探询 A 城的信息,却没有想到这些信息里必然会夹杂着令你烦忧甚或给你带来麻烦的因素,因而你也就不能阻止不幸继续向你走来。大约是在一个星期前,你从 A 城分店(丈夫死后已关闭)聘员那里了解到,那个女人已将她住的那套别墅出售而另谋居所了。得到这个消息你愤怒了。那个女人,在未经你同意的情况下就如此悄然迅速地做出这种事情,显然是一种掠夺行为! 同时也是对你的一种蔑视! 你不能容忍这种欺侮和掠夺,匆匆赶到了 A 城,在证实了一切之后,便请了律师,你想用法律来捍卫点什么……

可是你却并未将这种捍卫进行到底,你在冷静下来之后竟神使鬼差似的又一次悄悄地离开了 A 城,回到了你的居所。你说不清自己为何是这样一种心态。你只觉得自己眼前总弥漫着一些雨烟,看不清自己行动的真切意义。为什么要走进一场官司呢? 你总是这样问自己。你觉得争夺财产现在比任何时候都没有意义,而赢得官司也未必就赢得了尊严,倒是又将袒露内心的伤痕。还有那个女人,那个没有工作的女人,也许此刻正牵着一个稚嫩的女孩匆忙行走在梅雨里……

你真的不想在这个行将结束的雨季里再遇到什么不幸。你已经失去很多且注定无法追回。你只想尽快走出这个季节。你满怀期待地立在窗前,你头脑里的烟云在使你的大脑变得混沌的同时也使你的期待变得单纯。

雨仍在下,你好像听到了雨水流淌的声音。大地到底能承接多少雨水呢? 你这样想。这些无所不在的雨水会将大地淹没吗? 你这样想着的时候,脑子里开始闪现一些过往时日的图景,你感到你的双眼又一次模糊了,雨不知不觉开始退到背景上去。

这时候,有人按响了门铃。你晃过神来,打开房门,见是律师来了。你这才想起了你与律师的约定。你请律师坐下来,却给了律师一个意外的决定。

"为什么呢?"律师遗憾地追问道,"这官司你是肯定能赢的! 对方的婚姻属无效婚姻,那个女人没有权利处理那套房子!"

"我想了很久,我觉得那房子对我已经没有意义!"你冷静地说,"再有,她们也是无辜的,特别是那个孩子。她们也不容易,她们也还要活下去,特别是

那个孩子！大人的事不能连累孩子……"

　　"你真让人捉摸不透。"律师说,他对这个案子一直很有把握。

　　"所以特地请你来,把情况说清……"

　　你的冷静令你感到惊奇。

　　这个雨季,终会过去的,你这样想……

2005 年

匆匆行色

　　你坐在新开张的杂货店里,面对着街道上川流不息的人群,像是在阅读一部小说。你以一个女人的视角,专注于他们的服饰和神情,猜测着他们从哪来、往哪去;不管是贫的还是富的、高贵的抑或低贱的,在你此刻的眼里,都只是生活流里的一个点滴,都将面对日子为他们备下的难题甚或骗局。因而你意识里已经没有羡慕或者轻视这样的东西了……

　　这样的态度在你以前似乎从未有过。早先,你在另一条街上开店的时候,专注的只是他们的钱,看到他们朝店走来就如同看到钞票在向你走来。直到后来,你结识并嫁给了那位在几座城市开有连锁店的阔老板,盘了自己的店面住进了那位长你十多岁的男人为你购置的别墅,才逐渐地将注意力从钱上移开。

　　你在那别墅里心安理得做了四年的阔太太,过着养尊处优的日子;你悠闲富足,无须劳作,虽然有时也不免感觉到一些无聊和寂寞,但更多的时候,你都是被某种庆幸和自豪的情绪控制着。走在街上,你一直以为自己是一个不同于周边的亮点,因而总是高昂着头。如果不是养你的那个男人在梅雨季节遭遇车祸突然身亡,你还不知道这四年你其实一直生活在一个骗局里。

　　你在男人丧命的那家医院里,面对突然出现的男人真正的结发之妻时,你没有控制住你的痛楚和愤怒,差点昏厥过去,但悲哀的是,你却不明白你的痛苦为谁、愤怒对谁,因而你与那位从 B 城赶来的女人的争吵就显得既没有底气又没有目的。于是,你也就无法将争吵坚持下去,最终还只得在内心里认了自己"二奶"的身份,尽管那个死鬼也曾神奇地为你办下过结婚证,但此

证显然不具有对方所持结婚证那样的法律效应……

你的生活、你的思想从此一片混乱。你总是想着那个死鬼怎么能够以高超的手段欺骗了你四年；你仔细地回想着一些过程、一些细节，同时又在不断地反省着自己。于是你整夜失眠，感到置身在那别墅里就如同置身在一个噩梦之中，你感到自己再也无法在那里待下去了……

你没有和 B 城的女人商量就将那套别墅悄悄地卖了。你虽然不清楚这么做在法律上是否站得住脚，但你坚信在情理上这么做是能站得住脚的，你认为自己应当得到补偿。所以，当你得知 B 城的女人欲为此打官司时，你仍显得那样的从容和坦然，你的直觉告诉你，B 城的那个女人最终会在你认定的情理面前做出让步。你的感觉源自你与那女人在你那别墅里的一段长谈，那女人当时说：孩子还小，你们母女俩就还在这住着吧，反正事已至此了……

事实证明你的感觉是对的。不过，你并未因此而停止过对自己的反省。你对自己的批判越来越深刻，彻底动摇了你过去一直认为是正确的理念。以至于现在，你坐在你新开的这杂货店里，有了与以往完全不同的态度……

你正想入非非的时候，一辆豪华轿车在你店前停了下来，从车里钻出一位衣着考究、阔老板样的男人。他微笑着一边朝你做手势一边向你走来。你认出是你以前的朋友亚鹏。这男人在你"婚"前一直追你，那时他干个体，但远没有现在这么发达，正因为如此，你当初没有选择他。而今，他可能是觉得自己有了资本。他这已是第六次登你的门了，当然是在你重新"独身"以后。

"走吧，跟我上车，我请你吃饭，顺便找你谈谈。"男人潇洒地说。

你已经知道他要跟你谈什么，你对他至今还对你心存这份执着而感动，特别是在时过境迁的今日。但你对他的这份情已然没了兴趣。所以，你也就没有跟他上车。"我还得做生意，"你淡然道，"我没空跟你走；有什么话，就进来说吧……'

男人有点尴尬，但还是进到你的小店里来了。"你何苦呢，何苦非要找这份罪受呢？一个女人拖着个孩子，还要进货、看店，嗨！"他摇摇头，一脸的苦笑，"你跟我走，我保证你比以前的日子还要好；我为你买幢别墅，家里请个用人，你什么都不用做，要玩要乐我也会给你安排好，那才叫养尊处优呢，也不枉了你这辈子——哪还用得着受这份苦呢？"男人说得有点激动了，就像在发誓一样。

"我可是做过别人'二奶'的人！"你故意把自己描述得很难听。

"我不在乎，我真的不在乎，"男人似乎看到了希望，"我也是离过婚的人！我跟别的女人过总找不到感觉，肯定是要离婚的。我只喜欢你，真的，就只喜欢你呀……"

"亚鹏，难得你对我这么执着，"你说，仍是很淡然的，"不过你听我说，我不想再过以前的那种日子了！住到你的别墅里去，又做起阔太太来，我总是有种不太真实的感觉，就好像把自己给丢了似的，那不是我的真实的日子……我想好了，我要用自己的手做事，用自己的腿走路，用自己的脑子想问题，这样踏实、稳当，这样的日子是真正属于我的……"

"你说的我就听不太懂了，"男人沮丧地说，"你是不是担心我也像你的那个死了的男人一样欺骗你？我向你保证，我的确已经离了婚，不信我明天把证明材料拿给你，你可以去证实！你想想，这种时候，我怎么能玩你呢？再说，我也不是那种没心没肺的人……"

"亚鹏，你别说了，你没听懂我的话，"你打断了他发誓般的语言，"我不可能跟你走，你趁早别耽误了自己。不过，我们还是朋友，我有困难到时候还会请你帮忙的。"

亚鹏很不情愿地离开了，但还是不断地回头看你。你望着他走开，直到他钻进小车里。小车开动起来，开进了人流里、车流里。街面依旧那样热闹，人流车流如织。你此刻并没有感觉到那辆小车有什么更特别的色彩，只不过豪华一点，但终究也只是这匆匆行色里的一个色点，就像你和你的小店，仅仅是这条街上的一个色点一样……

你依然整日临着熙熙攘攘的街，面对斑斓的行色，你看到人们紧张着、匆忙着、悠闲着、嬉笑着，日子其实还是如此实在；你现在怀疑，过于绚烂的色调是否是人们主观虚构的，是否是日子本真的色调。

于是，你为你今日的普通而会心地微笑了……

2005 年

继　父

　　亚其漫不经心地拆开那封信,清秀的脸上透出某种不耐烦的神情。

　　信是他继父写来的。文字及语句都很蹩脚,反映出一位仅有高小文化程度的工人所具有的文化素质——自然不适于一位硕士研究生的阅读习惯。于是,那双孔灵的眼中便有两束很随便的目光逸出,透过两块进口近视镜片后落在手头那张纸上。

　　信很短,内容很简单,只告诉亚其两层意思,一层照例是表示对养子的关心,都是一些老掉牙的问寒问暖的语句;另一层则是很痛苦地相告,他所在的厂子倒闭了,他现下岗在家待着,往后就靠每月不足两百元的社保金过活了,字里行间难免透出些悲伤……

　　亚其看完信,若有所思地望着窗外,手不经意地翻弄着那张纸,陷入了思索……

　　显然是找我要钱,亚其想。这是他经过思索之后得出的第一个判断。虽然信中没明说,但透过那些歪歪斜斜的文字不难看出他寻求接济的真实用意;有些话,比如说往后不能再给予经济上的支持那句,其实带有某种提醒的用意,提醒人记住他过去曾提供过的资助……亚其进一步想。

　　亚其收起信,在屋里踱着步子,好像觉得事情不很好办。

　　是的,是的,按道理他的确是应该有所表示的。多年来,继父待他一直不错,很不错,他亚其能有今日的出息,与继父多年含辛茹苦的关照是分不开的……想到这一层,亚其的思维便止不住跳荡起来,继父的形象像烟云般于

222

眼前飘游,连带起一些似乎应该沉淀下来的过往的时日……

　　继父闯入他的生活,是在他小学刚毕业进入初中的时候;那时他失去父亲已三年,在羸弱的没有固定工作的母亲的呵护下生活和学习。母亲在粮站做小工,下麻包、补麻袋等什么样的粗活都做,挣得一些可想而知的微薄的收入,母亲艰辛而又灰暗的形象使他幼小的心灵不断感受到生活的艰难……那时他很瘦弱,过分瘦弱无可避免地影响到他智力及其他能力的发育。就在他似乎难以按时按规定交纳必需的学费的当儿,一个矮个子男人走进了他所在的家庭。对这个陌生人的进入,他起初是很不习惯的,更无法以父子的名义来界定彼此的关系;他对这位贸然闯入者的冷淡,是他自有人生经验以来最甚的一次。然而,这位相貌平庸的男人却有着超凡的涵养,对于他的恶劣的态度似乎总不放在心上,相反倒是以仁慈得令他惭愧的形象应对着一切,常使他于不知不觉中处于某种尴尬的境地。与此同时,继父的到来,极大地改变了他当时所处的极度窘迫的经济环境。继父所在的农机一厂当时状况还不错,工人待遇自然也很好,继父每月都将数目不菲的工资如数交给家里,自己不留分文。因而,他不仅学费等问题得以很好地解决,而且在吃食、穿着等方面都发生了很大程度的改观。尤其继父给予的那些无微不至的关爱,更令他倍感温暖,如刮风下雨天的接送、头痛脑热时的服侍、早起晚睡后的吃喝等等,即便心细的慈母也难做得那样细致周全。因而,一段时日之后,他无论是在形式上还是在心理上都接纳了这个男人。这种接纳,对他所在的家庭,尤其是对他自身的发展无疑有着积极意义。

　　母亲去世之后,继父似乎变得消沉了,言语不知不觉地少了,而脸上的暖色也随着生存环境的变化在渐渐消退。农机厂因大环境的原因,经营变得举步维艰,继父的手头开始紧张起来,他的中晚年生活已然显出某种孤苦伶仃的端倪……不过继父却并未考虑再去建立新的家庭……与之相反,他亚其却处于极好的人生状态,在高校获取了奖学金,学业亦有所成,命运之神引领着他走在向上的路上……他很忙,的确很忙;他的时间非常宝贵,对继父生活状况的关注和心理的揣摩也随之减少了……以至于现在接到继父的这封来信竟感到有些束手无策甚至有些难以理解了……

亚其眉宇紧锁,锁着许多似乎难以解决的问题。按道理,对这封来信他是应当有物质上的回应的,然而转一想又感到有难度。如何回应呢?给少了与自己的身份不相称,多给嘛又没那个经济实力,他想。眼下正值用钱之际,攻读学位的必要投入一定要扎扎实实地备下;结婚成家这件大事也是马虎不得的,那该需要多大一笔资金呵,现在不开始积累怎么行,到时指望谁去?早就许诺结婚前要给红萍买点像样的东西,到现在也还是空头支票,还有房子问题……唉……

亚其叹口气,在认真反复地权衡过之后,觉得应当回封信给继父,详尽说明一下他眼前的难处。他觉得这非常必要,他相信继父也是能够理解自己的……

信发出后不久,亚其又收到继父寄来的信和一张两千元的汇票。信的文字同样很蹩脚,言语却实在——继父在信里反复自责着:"……你有那么多的难处我都不晓得,我真是关心不够呵,我只想到自己,我有责任呵……"

亚其看着信,痴了似的一动不动,他知道这钱是继父的什么钱……

蓦地,他趴在桌上,抽泣起来……

1999 年

惊 回 首

"你继母的病情急剧恶化了,你晓得吗?"王经理特意来找晓三,告诉他这个消息。

晓三正在他的工作室为他的个人画展紧张地做准备,王经理的到来也没使他停止工作。王经理以为他没听明白,又将刚才的话重复了一遍,意在引起他的重视。

"既然是肝癌,恶化是迟早的事,有什么办法呢?"晓三淡然道,仍没停下手中的活儿。说实在的,对于他的那个继母——那个形象土气的个体户女人,他一直没什么感情。他迄今还没想通,文质彬彬的工程师父亲,为何在同样是知识分子的母亲去世后,竟然续弦了一位从农村进城来开杂货店的女人——莫非是受了"铜臭味"的熏染,看中了她手中的钱财?他感受到自己的颜面受到了严重损伤,并为此与父亲争吵过。

晓三一度十分讨厌那个女人,要不是在外确实无房可住,他宁愿不住在那个家里。后来,那女人的某些行为,消除了他的一些敌意,为他们和平共处提供了条件。她似乎不是一个刁钻的女人,而且好像还没抛弃农村妇女普遍的操守,既节俭又勤快,对他们父子俩的照顾很是周到。有时,她传达出的善意,竟也打动过他那冰冷的心。那次,他被一种来自事业上的强烈的欲望怂恿着,竟忍不住向父亲求援了。父亲扶扶眼镜问:"办个画展要多少钱?"

晓三说:"这要看规模了,起码要个一两万吧。"

"花这么多钱,办这么个几天就过去的画展,有什么意义?"父亲不理

解了。

"这叫向社会推销自己,眼下搞艺术的不推销、包装自己,就难以起步,更不用说成就什么事业了。"晓三解释道。

"我看这是在沽名钓誉。年纪轻轻的不从提高画技上动脑筋,画了几张画就想办画展,是否过于轻浮了?"

晓三被父亲的话激怒了:"你不给钱就算了,莫说这些挖苦人的废话!"

父子俩争吵了起来。这时,在一旁静听的继母胆怯地发话了:"我倒是有些闲钱……我眼下不急着用……我那两个女儿都嫁了人,店里生意不好做,也打算盘出去算了……"

"你也不要逞能!"父亲朝那女人吼道,"你钱多了扎手是不是?"

"放心,她的钱,我一个子儿都不会要!"晓三吵红了眼,"我自己会想办法!——不像你,为了她的几个钱,什么都不顾了!"

父亲给了他一个耳光,为争吵画上了句号。

后来,晓三便投到了"美风"装潢公司王经理门下,为王经理画一些工艺广告挣点辛苦钱。王经理是位性格开朗又好交际的人,闲时也来串串门子,继母殷勤地招待他,这一点颇得晓三好感,对她的敌意自然就消除了,不过感情却始终无法建立。

王经理的确是位豪爽之人。晓三在"美风"工作不到两年,王就答应出资为他办画展,对他很是看重。晓三觉得,有种机遇正大步向自己走来。可是不久,他的继母竟被确诊患了肝癌,父亲要求他放下手中的活儿,去照顾她。但他觉得,这次画展是他人生的一个转折点,是他事业上的一个里程碑,他必须牢牢抓住这个机遇,不能因为那个并没有什么血缘亲情的女人而丧失这个机会。他没有去医院,而是将他的卧室改成了工作室,日夜抓紧筹备……

"你不能这样,晓三。"王经理严肃地说,"你该去医院,她没有多少日子了。"

"我得赶时间。"晓三说,"我已经把包括新闻宣传等在内的一切准备工作都安排好了.我得趁热打铁,我不能因为她……"

"这话我不得不说了。"王经理激动起来,"你知道你办这个画展的钱是谁出的吗？——是她，你继母！"

晓三停下手中的活，惊愕地睁大了眼。

"是她求我这么做的，反复求我以我的名义给你钱办画展，我答应过她不说出真相的。她说如果说了你就不会办的，我……"

晓三一言不发，痴痴地往外走，而后踅上了大街。看得出，他在往医院走。

然而，待他走到医院，找到病房，继母已离世了……

2000 年

错　　失

　　下午,那位姓王的女管教干部走到云跟前,交给云一个包裹,说:"你丈夫捎给你的。"

　　"我丈夫?"云瞪大眼问,"他来了?"

　　王管教点点头,准备走。

　　"我丈夫还在吗? 他人呢? 怎不事先跟我说? ……"云涨红了脸,急切地问,眸子里闪着亮光。

　　"他走了。他不愿见你。"王管教简洁地答。

　　云那刚亮起来的眸子又黯下去:"他说……说了些什么……"

　　"没说别的,只一再恳求把这包裹交你手上,说是里面有胃药和糕点,你胃不好,到时用得上。"王管教说完,转身走了。

　　云心里却翻起了巨澜。"都已经两年了,他总算来了,总算来了,他总算还没忘了我,总算还有良心……可又不愿见我,他干吗要这样……"她自言自语,将内容差不多的话轮着说给自己听,精神似有些恍惚,不时拿衣袖揩拭眼睛……

　　晚上,她抑制不住内心的激动,与同房的女犯聊起天来,并慷慨地用糕点招待她们,博得女犯们由衷的赞叹:"你丈夫对你还不错,嘻嘻……"

　　"我丈夫应该对我好,因为我为他付出得太多、太多! 我为了他才离婚,为了他才到这种地方来……"云重复着以前曾说过多次的话。

　　"……说来听听,嘻嘻……"

"……我首次认识他就被他那高大英俊的相貌和潇洒的风度吸引了,只可惜我已经结了婚生了子……但后来我还是摆脱不了他对我的吸引,忍不住就常去他那儿,和他在一起我感到特别快乐。再后来我就开始和我原来那个又矮又瘦又黑的男人闹起离婚来了。我原先的丈夫和我算是青梅竹马,一直待我不错,我和他闹离婚,社会舆论都同情他,很多人公开指责我。说实在的,我也觉得这样做不应该,但就是控制不住自己……"

云滔滔不绝地叙述着,就像在叙述一个百听不厌的动人的故事,为听众,更是为了自己。处在这样的境地里,她心理上迫切需要找到一点依靠。

"……是的,我的确待我丈夫不错。我离婚之后很快就与他结了婚,婚后,我什么事都由着他,总是尽量满足他。他喜欢交际,用钱大手大脚,每月工资很快就花光,然后就诉苦。我只有四处想办法弄钱,可时间一长也就难了。我又怕他生气,怕失去他。是的,我真的害怕失去他,失去他我不知自己该怎么过……我只好想歪点子搞钱去。我在单位原本是个表现很好的会计员,有一年还被评为先进工作者,可我为了满足他的需要开始变坏。我利用单位资金管理上的漏洞拆东墙补西墙,挪用、贪污公款……后来事情败露了……我活该落到这地步,可这一切都是为了他……他当然应当对我好!"

"照这么说,他是应该对你好点……"

"是的、是的,是应该对你好!"女犯们都同意她的观点。

"……"

"可是,他为什么不愿见你?"有位女犯突然发问。

"是呀、是呀,这又是为什么呢?"另外几位都有点不解。

"这个……"云的脸红起来,"恐怕是担心我这囚犯模样破坏了他心目中对我的好印象吧。"她很心虚地解释道,心里惴惴不安。

"你该去和管教员说说,下次你丈夫来时,留下他。两年没见面了呀!他要真心喜欢你,就不该在乎你现在的模样,更何况你是为了他才……"又一位女犯善意地建议道。

云觉得这个提议很有道理。

夜里,云辗转反侧,一夜未眠。第二天,王管教来的时候,云壮着胆子挨

近前去,怯怯地说了自己的想法。

　　"他不愿见你,叫我们怎么留?"王管教想了想说,"好吧,我下次试试看,老实说,我是看在你丈夫分上才答应你的,那么一个矮矮瘦瘦的男人,还带着个瘦猴样的孩子,怪可怜的……你们这些人哪……"

　　"矮矮瘦瘦的男人?"云惊得目瞪口呆……

2001 年

雨，打在废墟上……

客厅里，两人一声不响地坐着。男人似乎在思索，女人好像在发怔，共同面对这套租来的房子，面对这个基础不实、不知道还能否再维系下去的家。"去外面走走?"男的问。女人点点头。

于是两人来到傍晚时分的街上，默默踱步，没有话说，也不知向何处去。柔和而斑斓的灯光映在他们略显疲惫和苍白的脸上……

儿子考上了大学，而且是全国重点，他俩着实高兴了一阵子。兴奋过后，他俩似乎都同时想到了一个现实而紧迫的问题，那就是该如何对待那一式两份已在各自抽屉里搁置已久的"离婚协议书"了。

那份协议书，还是5年前他俩在那套旧房子里生活时的"作品"。自结婚以来，在经过数年没完没了、越演越烈的吵闹甚或打闹之后，他俩都确信，他们的缘分已尽，婚姻已无可挽回地走到了尽头。得出这一结论之后，两人都自然而然地从各自的立场和观点出发，对婚姻进行了反思;最后，在一个柔和的夜晚，两人非常难得地进行了一次温和的长谈:

"我们结婚太匆忙，甚至可以说有点盲目，彼此对对方都缺乏更深入的了解。"

"还是结束了吧，以我俩的性格和秉性根本不可能将这场婚姻维持到底……"

"是呵，我俩性格都要强，而且，心胸都不开阔，特别是你!"

"……"

两人很快便达成了共识，只待对下一步做出安排。可是一个棘手的问题摆在了面前：孩子怎么办？儿子刚入初中，正值思想形成的时候，他幼小的心灵如何承受这样的打击？他俩都自然而然地联想起所认识的几对夫妻离异后，其子女或患上抑郁症或走上邪路的事例。这的确是个不得不认真对待的问题，他俩都是文化人，他们不会不顾后果地盲目地处理一个事关他们后代能否健康成长的问题。

文化人毕竟头脑好使，经过商讨终于找到一个可行的办法：先签离婚协议，等孩子考上大学长大成人再执行。而在这期间，两人形式上一起生活而且不能让孩子看出破绽，精神上、生活的实质内容上独立。尽管这样并不太好操作，但事情也只能这样。

签约之后，两人便开始努力地在基本形式不变的情况下换一种姿态生活。这确实不容易，但好在他们一旦有了新的定位，一旦解除了心理上的约束，都开始变得宽容了起来。两人似乎都抛开了一些杂念和猜忌，将主要心思放在了孩子身上；而每当遇到不和谐时，因为彼此都将对方视作了外人而有了越来越多的退却和谦让，这便导致了争吵的减少，从而使他俩能够顺利度过这段多少令人有点尴尬的过渡期……

5年的日子很快就过来了。这期间也的确发生了一些事，其中最主要的是，他们所拥有并居住多年的房子因旧城改造而成为拆迁房，他们却并没有用拆迁补偿费去购置新房，而是根据他俩的现实关系采取了租房住的临时行为。而更有意思的是，这5年，竟成了他们结婚以来的最平静的时期，也是他们配合最默契、收获最大的时期；儿子能够考上全国重点大学，与这平静、这默契不无关系……

现在，他们又走回了5年前他们曾停留的地方，他们无法回避必须面对的东西。于是，他们表面上看起来平静，实际内心都充满着波澜。他们知道必须说话，可谁都不想首先开口。

不知不觉竟走到了那条刚实施拆建的老街。男的提议去他们的老屋看看，女人便跟了去。

旧屋已开始拆了，眼前的残垣断壁、碎砖瓦砾令他们陡生出些许伤感来。

他们在那间曾经是卧室的房子里蹲下来,微弱的天光映出两张脸上复杂的神情。不知过了多久,女的发出了一声叹息,男的听见了,也跟随着叹息了一声。女的也许自尊心强些,觉得自己应当首先提出问题:

"那份协议……怎办?……"竟是一种商量的迟疑的语调。

"是呵,还有份协议,可是,该怎么说呢?"男的嗫嚅着,"那东西还是在这间老屋里签的……"

"……可这老屋眼下都拆了……"女的也红了脸。

"回头看看这几年,那协议不知道还有没有价值……"男的脸涨得通红。

"那么……你的意思是?……"

"以后再说吧,"男的咬咬牙说,"按照这种姿态,我们再走一段看看……你说呢?"

"那……那就以后再说吧……"

他们又设置了一个悬念,看来生活确实需要引领人不断寻觅的悬念。但不知这个"以后",是不是一个无限长的过程……

夜幕完全降临了。而此时竟然下起了小雨,雨丝款款地落下,缠绵而柔润,落在他俩的身上以及他俩似已干涸的心田里,落在他们的曾立足过的这片废墟上……

2001 年

你听我说

　　……你过来,拉着我的手,对,就这样。你听我说,这好像是条新辟的山道,不好走,你得小心点。你感觉到了吗?这山眼下变得秀美了,不像先前了;多了树木,多了宁静,多了诗情画意,没了硝烟、危机与喧嚣!哦,说这对你有什么厄呢?不过,我想,你也许是能感觉到的,我相信你的灵性。十多年了,你不是一直想来这儿走走吗?你不是在梦中都念着你心目中的这块圣地吗?……其实,我也早就想带你来这看看——真的!只是考虑到你,太困难、太不方便,而且有危险……

　　……搜紧我,脚落稳后再移步,对了。你看你,一来到这里话就多起来。不错,你说得对,快 20 年了,这地方发展的确很快;前天我们在 A 城,昨天我们在山脚下那个县城,都能感觉得到。毕竟是在南方的边境地带,得改革开放风气之先嘛!地方发展快,人的机遇就多,你瞧我们那班留下来的战友,一个个都有了用武之地不是?董事长、总经理、主任什么的,嘿嘿,头衔那么多!他们能吃苦,素质又不差,怎么可能不出息呢?你知道,前些天聚会的时候,他们多高兴!尽管忙,能到的都到了,有的哪怕违约失了商机。还像在部队时那样讲义气,真不容易呀!

　　你好像累了。前面山道边有块大石头,我们坐下歇会儿吧。路不多了,再走一段就上到峰顶了。多有意义的远行呵,还有今天的攀登!看来,当时你的坚持不是没有道理的。对,你说得对,最有意义的,还是见到了那么多的战友;他们的确也不容易,在灯红酒绿又人才济济的特区,居然都混得很好!

事实证明,像我们这种经历过血与火洗礼的人,在任何环境里都不会没有作为的,你说是吧?

你好像很忧伤,你的表情告诉我,你似乎有什么心思。会有什么解不开的心思呢?今天,你应该高兴才是。你不能这样,十多年来,你这种表情一直令我担惊受怕。如果这样的时刻你都不能高兴起来,那么什么样的日子能令你兴奋呢!你看你,都说了些什么呀!你怎么能这样看待我呢?你就是这样理解我吗?我不可能离开你而独自来这里创业,你再怎么劝我都没有用。不,你不要再说了,你听我说,那天战友聚会时,他们的确劝过我,要我留下来;当然,我如果真留在这儿干,有那么多战友的帮助,也一定不会逊色的。但是,这里不属于我,我有我的使命、准则和目标。我此生是不会离你而去的,也不可能把你带到这儿来然后甩手干自己的事,这不是我的人生哲学!……好了,你不要再絮叨了!我们还是不谈这个话题吧,这话题太沉重……

时候不早了,你还疲倦吗?我们是不是接着上?不然天黑前我们就回不到城里了。牵着我的手,往这边来;越往上越陡了,可得小心点……你怎么还在唠叨那些话?近年来你总是缠着这个话题,这几日你好像说得更多了。我晓得你是为了我,可你不懂我的心思!刚才我说的你听懂了吗?嗨,我们之间何必要这么用心呢!……哦,我的话也多起来了,这都是受你的影响!我们还是丢掉那些杂念,尽情地游山吧!真没想到,当年炮火纷飞的地方,今日竟成了旅游景点,我们真该静下心来好好感受一番……

哎,你怎么挣开了我的手?你跑什么?这样很危险!你疯了吗?喂,你停下,你已到峰顶了,再走就要掉下悬崖了,你听见没有?!你怎么还往前走?你给我停下,赶快停下!……

……哦,不!你不要这样——你怎能用这种方式逼迫我!我不答应你真的就不停下吗?你这是何苦呢?你这样做,将使我陷入何种境地呢!好吧,我不过去,你也别动,我求你了,再往前你就粉身碎骨了!……你不要这样浮躁,你该安静下来,说说你的想法……

好了,现在,你听我说。是的,你说得没错,这些年你确实劝过我多次,我

也知道,你为我没大出息而难过,我理解你的心情。但是你要明白,事情绝不是像你说的那样,并不是你拖累了我。我这样伴你近 20 年,虽然在客观上是为了你,但在主观上还是为了我自己,至少是为了我们……我其实一直感觉很好,我从来就没有为此而懊丧过;我有一份稳定的工作,每天在与你一起生活中得到很多的快慰和满足……

你别急,我说的都是真话!你听我说,我尽量说得明白一点。我俩是一般的关系吗?我们从小就是同学,长大了又一起入伍,又分在一个连队一个营地,这难道是一般的缘分吗?那些难得的日子怎能忘怀呢?你为我所做的一切就如同那段日子一样令我难以忘怀,你胞哥一样的胸怀至今还使我感到温暖!那时我可没说过今天你所说的话……

你别动!你听我说,多年前发生在这个山头上的那次战斗,是凑合我俩携手走完余生的一个契机!我认为这是上苍安排的,谁也无法改变!你回忆一下,那颗该死的炮弹朝我们呼啸而来时,你想了些什么?你肯定什么也没想就将我扑倒了,结果我丝毫未损,而你却落得今天的境地。面对这一切我说了什么?我说过"是我连累了你"这样的话么?我们之间,其实已没有必要再说这类话,我们只要按上苍的安排行事就行。对你来说,你的确需要我的照料,你不愿婚娶,也无双亲,谁来照料你的余生?对我来说,我也的确需要在照料你的生活中得到某种抚慰。你无须多虑,我觉得我生活得很充实!人的幸福不在于形式,而在于自己的感觉……

你听我说,我知道,你今天这样做是想我有出息,可你不明白,这恰恰是害了我,使我的余生不得安宁,因为我的心灵将不断受到来自自我的严厉拷问。也许我会在其他方面有所成就,但毫无疑问,我将在愧疚和自责中了此残生,你明白吗?

你听我说……

2003 年

恍惚（二题）

随

平一直不知道该怎么说起这事。

平记得那好像是个星期天，他很随意地出了户门，来到了街上，又不经意地走进了公园。

平以前很少一人出门散步，更很少独自来公园，他其实是那种喜欢独处的幽闭型的男人。那天，因为天气好，又因为挣脱了一段情事的缠绕，他才感受到了轻松，才有了这份闲心来公园独步。可是，正当他惬意地放下心思观赏景致的时候，偶然间却看到身边有位男士正瞅着他诡笑。他问那男士在笑什么，男士说平的身后有个女人在跟随。平回过头，果然看到身后不远处有位中年妇女跟着他。男士问平是否认得她，平说不认识；男士说每天来这锻炼都见她站在公园大门边，像是在找寻什么人，或许是神志有些不大正常吧。此后，约莫一个多小时，这种显然是故意的跟随一直在持续，而平自然也被这跟随弄得心慌意乱，使这次散心变成了一次折磨。平不断地猜测着她的用意，然后又否定自己的猜测，一次又一次，思绪在反复的忖度中越来越杂沓，难得宁静下来的心境被这突如其来的事情又给扰乱了。

平无力再往前走了，便在面对湖的一条长椅上坐下来，点燃一根烟，尽量放开自己的胸襟，尽量使自己平静一些。然而，当那个女人也来到椅边并于长椅的另一头坐下时，平的心还是收紧了。她到底要干什么？他不由得皱起

了眉头,禁不住侧目望过去。他看到的,是一张虽有几分风韵却显然已很苍老的脸,脸皮已松弛了,眼角边的皱褶清晰可见,蓬乱的头发下面的那双大眼也显得犹如两个暗洞,却贮着如她那神情一般深邃、忧郁的流光。平被眼前的这副容貌震慑了,他分明感到,那容颜那目光里所蕴含的强烈的期待成分。平急促地将目光收回,他真的害怕那种令他既熟悉又陌生、只有忧悒女人才会有的神情……

平无意隐藏自己的脆弱,从他步入成年步入情感世界之后,他似乎就一直陷在某种理不清的迷雾和纠葛之中;与初恋女友的分手,以及婚后的两次离异,使他特别害怕女性以及她们惯有的那种狡黠(他以为),因为多年来,她们给予他的,都是情感上的背叛和心理上的伤害;她们不仅背叛,而且为她们可耻的背叛寻找理由,然后将责任全都推到对方身上!为了应付这一切,平几乎耗尽了半生的精力,心力交瘁,精神疲惫!再也没有勇气和兴趣迎击来自另一性别的情感冲撞和类似于眼前的这种神情、这种目光了。好在出现在他眼前的,仅仅只是个陌生的女人,她的全部忧愁都与自己无涉,他似乎大可不必为此惊慌和烦忧。平这样想,算作是安慰了自己。

然而,事情远没有平想得那样简单。这个女人,这个跟随了他一个多小时并与他同坐一条长椅的女人,并不满足于只坐在长椅的另一端,她开始向平挪过来,靠近了他。

"你是谁?你想干什么?"平终于开口了,并警惕地盯着她。

"你不会忘记我的,你一定不会忘了我的……"女人凄然地一笑,绽开一脸的皱纹。

"我不认识你。"平冷漠地说,一脸的困惑和茫然。

"你还是在说这种气话,"她的语调更加缠绵了,"都这么久了,你还没解开心头的结!其实、其实我们之间确实有很多误会,这些年我一直在找你,就是想给你解释……"

"可我,真的不认识你!"平坚决地说,怕事态发展下去令他尴尬难堪。

"怎么可能呢?你的模样不管在什么时候不管在什么地方我都能认出!——尽管你老了些,也的确变化了许多——但无论你变到哪里去,我都能认出你来。以前,我没勇气来找你;但后来我想,我不能再这样了,我要向你解释我们的误会,我不能让你、让我们带着个死结过完一生。我也要让你知道,为了你,为了这份情,我几乎浪费了我的一生,我想在中年的时候得到补偿,不然我枉来世上一遭……"女人打开了她情感的闸门,言语如滚烫的岩浆,不可遏止地喷射而出。这情形不由得使平想起不久前离他而去的那个女人冲他大喊大叫的情景,所不同的是,那个女人的言语充满着的是愤怒、猜忌,而这个陌生女人的情感是火般的炽热和磐石般的坚贞。平有点被这个女人的故事和言语打动了,他于是没再说"不认识你"这样的话,不知是因为不忍说还是别的什么原因。他有点担心,经过浓烈情感长久而持续的摧磨,这个女人的神志是否还有正常人那样的承受力和清醒度。

"……我实在无法排解我的思念,我其实也是很晚才从我母亲那儿得知真相的,我们之间的误会,全是我母亲设计而造成的——原因是她不喜欢你、不满意你,却又无法阻止我与你接近……不过,我以我的一生不嫁回报了她对我的过分关心……"

她说着,不知不觉更靠近他了些。平有点吃惊,却并未将她推开,好像也是有些不忍。她更加激动、更加忘情了,话语如同轻风一般吹拂在平的耳边:"……可是你呢,不仅离开了我,而且后来竟好像在这座城市里蒸发了一样!你也真够狠心的……你为什么又回来了呢?为什么?是因为我吗?还是……"

平的眼睛不知为何有点发酸。半晌,他站起身,轻轻地对她说:"我真的和你要找的那位如此相像吗?"平的语气明显缓和得多了,"你的确是认错人了,很遗憾,我确实不是你要找的那个人……"

"你别这样,我不会认错人,不会……"她非常固执。

"你要学会调整自己,别总生活在幻想里。"平说过这句话后就走开了。

"你别走,你回来,我还有话要说……"女人在背后凄厉地呼他。

平回过头来,看见了女人那绝望的神情和凄然的目光。但平还是走开了。

然而,一连数日,那女人凄凉的神情和幽怨的目光一直缠绕着平,他眼前总是浮现着她泪光盈盈和忘情倾诉的样子。平强迫自己不要去想,可是办不

到,那些个情景始终是他每一缕思绪的引子。平又一次变得沉重了,因为几十年人生阅历中的一些空白好像正被某种沉甸甸的东西填充着……

没过多久,平竟神使鬼差般地又去了公园,果然看见那女人还坐在那条长椅上……

夜　鸟

夜沉静。

老鄢伏案夜读已然入兴。突然,"嘎——",一声鸟叫,划破岑寂的夜空,如利剑刺心冷风砭骨,使老鄢身心陡然为之一颤,惊出一身冷汗。他急忙抢出屋去,寻觅夜空,那鸟早已没了踪影。于是只得踅回屋内,惊魂再也不得安定。

多年没有听到这种瘆人的鸟叫了!上回听到这夜鸟的叫声,还是在他年轻时被打成"右派分子"那年。那时,他老鄢才二十来岁,然而已被作为"专政"的对象,押往农村劳动改造。与他同住一"牛棚"的,是一位姓施的中年人。此人性情怪僻,整日板着一张苦脸不着一词。白天劳动时,腰系一根草索,独来独往;夜里,油灯之下,背靠土墙发怔,不怎么动作,也少有言语。便是老鄢主动找他说话,他也只是偶尔点点头,或勉强从喉管里挤出一两个不明晰的音来敷衍。日子久了,老鄢便也不怎么搭理他了。

一天中午,他俩正吃着饭,一个中年妇女牵着一个十来岁的男孩来找老施。老施看见她,眼直了,饭碗落在地上。那妇人揩了一把泪,哽咽道:"……实在没办法,日子太难了……我真的要离开了,太难了……我走了,你可别怪我,你答应我,千万别怪我……"老施艰难地点着头,脸上的肉在抽搐,然而始终未说一字。妇人牵孩子走后,老施又愣了半晌,突然放声大哭,哭声极是凄惨。老鄢似乎明白了些什么,过去劝道:"你别这样伤心,这种女人,见丈夫落难就走人,有什么值得念的……"殊不知,老施竟怒吼起来:"你给我住口!你晓得个屁!……"吼过后,浑身仍痉挛不止。老鄢自讨没趣,心中不悦,便出去了。

傍晚时分,老鄢劳动归来,刚进门便惊叫起来:老施上吊了!尸体被入棚的风吹得微微晃动如寒风中的一面灵幡;至于脸面,更是不敢去看。老鄢吓得魂飞魄散,逃出棚外大喊……

当天夜里,老鄢不敢回棚睡觉,只得于旷野游荡,像一个幽灵。夜色不是很黯,淡灰色的夜,如置身梦中一般。老鄢被噩梦的色彩严严实实地罩住,觉得此生都难以走出。只有影子陪着他。来到打谷场上,见有一堆稻草,坟墓一般,老鄢遂决定在此过夜。他将草堆拉开、铺好,而后和衣躺下,再用稻草盖在身上。夜凉,草窠内没有热气。老鄢睡不着,眼瞪得大大的,望着青灰色的天,渐渐地酿透了一种孤寂、悲凉的感觉,身心越发变得寒冷了。他想起了中午时分的老施,觉得自己似乎劝得不够,生出些许内疚之情,磨得他难受。之后,他又想起了亲人们,冷泪便止不住溢出了眼帘……

夜沉静。老鄢在草窠里不知躺了多久。突然,"嘎——",一声鸟叫,划破沉寂的夜空,惊得老鄢触电般坐起,望着那大黑鸟飞翔而过,浑身颤抖,一身冷汗。整整一夜,他的身子都在战栗,惊魂总也不得安定……

翌日,老鄢便病了,体温逐渐升高,几日之后,腹部竟出现了玫瑰色疹……

那次,他患的是伤寒病。幸亏后来被同情他的人所救,才免于一死。至今想来,仍不寒而栗。

如今,他的境况已经好多了。他当了官,身体健康,儿女们都长大了、工作了。他闲来无事就看点书报,不再有什么忧愁了。然而今夜,他居然又听到了这怕人的鸟叫!

这夜鸟的叫声之于他是个凶兆!这一点他坚信不疑。当年,这鸟叫过后,他便患了伤寒病,差点儿丢了性命。之后的几十年,他没听到这种鸟叫,一直活得很好。今晚这鸟又叫了,肯定不是什么好兆头,或许又有灾难降临?想到这里,老鄢不禁浑身哆嗦、心惊胆战。他熄了灯,瑟瑟地在床上躺下,整夜都没睡安稳。几十年前的那些镜头放电影似的又在头脑中一一掠过……

第二天早上,他就去了县医院。他找到体检科医生,要求对身体进行一次全面检查。体检在他的絮絮叨叨中进行了整整一个上午,结果是:身体没什么大毛病,各部位都基本健康,只是血压稍微有点高,但并无大碍,医生说

可能与心理有关。但老鄢不相信。"这绝对不可能!"他说。他相信那个凶兆。他要求再检查一次,但医生说没有必要,要相信科学。他与医生争吵起来,引起不小震动……

从医院回来,他心里更加忐忑不安。有病,又查不出个究竟,莫非真是劫数难逃?他想。

之后的一天夜里,他又听到了那鸟叫,同样惊出一身冷汗。从此,他便有点心思重重了,稍有点咳嗽什么的不适便诚惶诚恐、心神不定,脑际中常有那大黑鸟振翅飞过;夜里揪紧了心,静候那夜鸟飞临。有时烦躁了就披衣出门散散步,看黛色的天和灰冷的月,恍恍惚惚隐隐约约看见前方有一破败的草棚挡着他的去路。日子一天天过去,老鄢的身体渐渐虚弱了,人也苍老了。而且,好像还有点神经质,一丁点儿的响声,都能使他惊颤一番;睡觉时,躺在松软的绸面被褥里,迷迷糊糊竟觉得自己仍躺在湿漉漉冷冰冰的草窠里,老伴的手无意间伸过来,也觉得是耗子从身上爬过……噩梦也时常袭来,常在绿黯黯的梦里看见老施自己动手将颈上的吊绳起掉,轻飘飘落下地来,伸着长舌与他握手……

终于,老鄢不堪此种煎熬,决定去省城检查身体。他怀疑这县城小医院的设备和能力。于是,他请假去了省城。经省城医生诊查,老鄢确已患病,是心脏上出了毛病,血压也比以前升高不少。具体属哪种心脏病,尚须进一步诊查。但有一点是肯定的,心脏确有毛病!

1994 年

是什么病？

10 月 14 日

是什么病？

真没想到，现在，我居然开始想这个问题了！记得一个多月前，当我从繁忙的公务之中抽身，住进这家医院的时候，我那陡然松弛下来的头脑里压根儿就没有出现过类似的问题。那会儿，作为这个地区的最高长官，我泰然地躺在这间只设有一个床位、各种设施一应俱全的高干病房里；在庆幸自己终于获得了一个休息的机会的同时，坦然地与那一班接一班追风而来的探访者谈笑风生，充分享受着摆脱繁杂事务之后的轻松和愉快。那的确是一段很放松的日子，来探访的，大都是这个县级市里手握实权的中层干部或企望跻身这一层次的副科级干部；他们一个个既通人情又明世故，在信息技术高度发达的今天，他们迅速及时地捕捉到了书记住院的信息，又相继以圆熟和练达的方式履行着他们各具特色的探望计划。这间并不太小的病房，曾经总是人满为患；尽管设施齐全，但仍还是显得硬件不足，无法满足接待要求，有的人没地方坐，干脆就站着。他们都很聪明地拉着家常、不谈工作，每一句话都很准确地传递着他们精心炮制的温情。而他们送慰问礼品的方式更是充满了智慧，那些个高价值的礼物，在他们手中和嘴上，就像是一些不值钱的、无足挂齿的东西，很随便、很自然也很恰当地就放在了桌上、床头柜或者亲属的手

上,而且叫你无法拒绝。因而,那段时日,这间小屋里,堆积着要在一般老百姓看来可能是很奢侈的物品。为了消除不良影响,老婆孩子每天都要花费精力对此进行妥善处置;我不知那些东西她是怎样处理的,她在这方面好像很有经验……更有甚者,还有的人,竟然趁探望之机巧借名目露骨地塞钱来,给我印象最深的,当是建设局的那位姚副局长了。记得那是一天晚上,他来得很晚,似乎是刻意要避开其他探望者。他看上去很机灵,也很健谈;与其他人不同的是,他谈的大都是与探望无关的话题,主要是谈他对他所在局全局工作的看法和意见,谈了约莫半小时后,他起身将我爱人艾玲喊了出去,随后,我就听到门外的一阵推推拉拉的声音。艾玲回来时,手中拿着个纸袋。我问那里面是什么,她说是刚才那位局长借给我们的,说是我们看病花销大,他手上正好有几个闲钱就拿来了。我当即说,这哪是什么"借钱",完全是为了自己的目的,找个送货的由头罢了,这种把戏我见得多了!我叫艾玲明天就把钱退还给他,她点点头答应了。在这类事情上,她答应过我很多回了,但到底落实了多少,只有她心里清楚……

是的,那的确是一段极为热闹的时段;过了那一段之后,就转到了眼下这相对冷淡的时期,不仅来看望的人少了,礼品显然也降了档次,有些东西已显得非常简单和普通了。我想,这也许有其必然原因吧,这也许很自然吧,这也许使我有时间独自思索一些事情吧……

一个人,当你有时间为你自己思考的时候,你才有机会真正找到自我,被人抬着、哄着的时候,只会渐渐地迷失自我。身处这种境地,当外部的干扰日趋减小时,我不免要为自己提出些问题。可是我问得最多的,或者说,已经开始困扰我、令人不安的问题竟是"所患何病"!而且,某种程度的寂寞感似乎也在向我走来,这的确是我走入这里时所未曾料到的。

我也许真的将无异于其他病人?我也许真将要走进无异于其他病人的"病人心理"?我也许真的就是一名不折不扣的病人?这些问题排队似的一一挤到跟前来……

不过,既然进了医院,就很难成为一个快乐的人,不管你是有地位的还是没地位的,这好像没什么可奇怪的。而我怎么到现在才认识到这一点?刚入院时的那种心态呢？——那是一种什么心态呢？

人其实是很难控制自己的，尤其是很难控制自己的心理，不管你是伟人还是凡夫俗子。

10 月 20 日

是什么病？为什么还不能出院？

又是这个问题！

但是，没人告诉我，没有！包括医生、妻子艾玲还有孩子们！他们都很忙碌——当然是为了我——表情上似乎也没什么可资参考的内容……

孤独感好像已经走进我心里，好像正在扩散——尽管我身边并不缺人，有妻子、孩子，还不时有人前来探望。我不知道我到底怎么了，我只是越来越强烈地感到，这间条件虽然不错但越来越寂静的病房里充斥着莫名的令我厌烦的气息！

没人愿意与我探讨我的病情，我疲倦地甚至有点厌恶地望着他们那一副副煞有介事的、机械的甚或表情僵化的面孔，不知他们到底在想些什么、干些什么！连日来，我总是被动地、茫然地接受着名目繁多的检查和形式多样的治疗，而一切的提问都未得到准确明晰的答复。我现在真切地感到自己似乎是一个寂寞的、无助的、无聊的、任人摆布的人，而这对于一个坐惯了主席台、做惯了报告、长期摆布他人且被人众星捧月般地对待的人来说，似乎更难以忍受！尽管我也清楚，这一切对于一名患者来说，是再普通不过的事了。

患者！我是患者吗？

为什么我很难接受患者这个称呼？穿着特制的衣服，一切听命于他人——只有作为患者时，才会处于这种境况。——而作为一个地位特殊、广受关注和尊重的人在接受这一切时为何竟显得如此的不适应？哦，地位、特权真不是个东西！当它们以庄严和堂皇的方式武装起你的同时，也一刻不停地改造着你，使你从里到外都发生着类似屏蔽的变化，对于一些常人能轻易接受的东西，在你这儿就特别难以进入，包括患病和患病后的治疗。

空气里弥漫着药味,很浓。我一直很讨厌药味,打小起就讨厌药味。

傍晚,在我正发怔的时候,文斌悄悄走了进来,他耷拉着脑袋,一幅沮丧的样子。这孩子一向挺神气的,这段日子竟也蔫了,可能也是因为我病了的原因。

"怎么啦?又有了什么不愉快?——脸拉得这么长!"我先开口问他。

"爸,农业科技大楼的工程他们没给我公司,"文斌愤怒地说,"中标的是另一家叫宏建的公司……"

"怎么可能呢,我是打过招呼的,他们答应在操作环节上主动与你们合作,确保你们能中标的!"我也感到很意外,"是不是你没把握好?或者太被动、太傲慢?"

"我这又不是第一回,"文斌说,"据我们摸底,那家公司恐怕有市长的背景!"

"不要瞎说。"我嘴上这么说,内心还是陡然掠过一股寒意。

"爸,您快好起来吧,我们那公司,没您给撑着,怕是不中啊!"

"傻小子,你这不是在咒我吗!——我只不过是暂时住了院嘛!"我安慰他道,但那股寒意却仍在心头缭绕,"不过话得说回来,你们也该增强自身的竞争能力,别老是指望有把伞护着,把宝押在别人那儿,因为那样总有靠不住的时候!"

"等您好了再说吧,"文斌压抑着自己的情绪,"有很多事,我觉得都很怪异,跟以前大不一样了……"

文斌没再说什么,毕竟他是来看我的。他没精打采地坐了会儿,我便让他走了,我知道这会儿他的心情不会好。儿子的到来非但没给我什么慰藉,反倒又给我添了几分愁烦……

艾玲还没回来,晚饭后她就出去了,一直没回。又是开药去了?不知怎么会有那么多的药需要拿;那些药很显然将全部进入我的身体——我的身体真的需要那么多的药来调整或者说是挽救吗?艾玲看上去越来越显得憔悴了,话语也明显少了。她好像疲倦了,这可是她少有的状态呀!

10 月 23 日

昨夜,我做了个梦——这段日子,梦竟然也多了起来——说来也好笑,我梦见的居然是刚入院时的那种情形:满屋子的人、满屋子的说笑声、满屋子堆放着的昂贵的礼品,我好像还笑了,笑出了声音……这着实令我惊愕,当我笑着醒来的时候,我感到脸上有些发热。难道我是一个喜欢热闹的人?或者对梦中的那些内容有过追求? 不,没有,从来没有过。可是,当我现在意识到我是一名患者的时候,我却的的确确梦见了那些。我不知自己到底怎么了,我感到好像越来越找不到自己确切的位置了。我希望能够尽早离开这儿。可是,我却不知我患的是什么病,我还得躺在这儿,接受着没完没了的治疗……

空气都好像是静止的。

寂静弥漫在屋子的每一角落。我不声不响地躺着,听着墙壁上那块石英钟发出的单调的碎声以及自己的不太均匀的呼吸声,感觉自己就像是一块石头。

不时地也有人前来。班子里的人都分别来过了,还有一些人是代表单位来的。但在我看来,他们的到来,更像是一种例行公事;他们都很忙,待的时间都有限,说点客套话后就离开了,少有先前的那种持续的笑聊。当然,笑聊说到底也不过是一种姿态,但毕竟是一种积极的姿态……

当然,也有不为应酬而是因为内心真切需要而来的。比如小吴——刚才离去的那个新光乡的党委书记吴明,他就是专程而来的。这人是我一手提起来的干部,人不错,挺能干,就是私心重点。前不久出了点经济上的问题,被人举报了,是我把这事给压下的,我不忍看着一个干部就这样给毁了。他今天来又带了贵重的礼,却哭丧着脸,说过几句慰问的话后就开始哭哭泣泣的,像个娘们。后来说的话竟和我儿子文斌前不久说得差不多。

他说:"书记,听说他们又准备开始查我了……"

我说:"不会吧,没人和我提这事呀。"

他说"您不晓得、您不晓得……您自己都这样了,您不晓得,这是一场斗争,是阴谋,他们把我看成是您的人,所以……您不晓得……"他有点语无伦次了。

我说"你在说些什么?"我的确没听懂他的话。他接着说他的,好像没听见我的发问:"书记,您得尽快好起来,我是您一手培养起来的,我这一生全靠您的爱护,不然我真的没前途,真的……"

后来,他又说了很多类似的话,那样子,真的比他亲老子病了还着急、还痛苦。这个人,搅得我一天心里都不得安宁……

很晚了吧?艾玲被医师喊去了,不知要谈些什么,这么长时间了,还没回来!这些日子,她总是这样,总像陀螺似的忙;而且,她那有点红肿的眼睛,无法掩饰地传递出一种莫名的压力。而我这儿呢?时间却整块整块地剩下。几十年了,从来不曾感到时间如今天这样超量富余;以往,连写日记的时间都难得挤出,即便写了,也是草草起头、简短叙述又匆忙收笔,而现在,我写了大段的文字却还是不想放下笔来。但愿这不要成为我今后的一种生活方式……嗨!原以为,来这里是一个难得的休整身心的机会,却不料,任何事物都是有惯性的!人的心理也是有惯性的!

10 月 25 日

我今天发火了,我对艾玲发了火;说实在的,我没法不对她发火,我的确无法忍受。我想,我的发火是有道理的,尽管她为我付出了很多,她的行为也是为了这个家。

事情发生在今天上午。我刚吊完水正和艾玲说着些闲言碎语的时候,来了一位探望者,就是建设局的那位姚副局长。姚局长堆着一脸的笑,说了不少安慰人和恭维人的话,当时我对他能再次来探望我还是很感激的。可是说过一阵之后,他便将话题转到他真正的来意上来了;他结结巴巴说着他家庭最近遇到的经济上的困难,说得挺叫人同情的,之后便切入了主题:"真不好意思,前些日子我借给你们的那两万元钱,我……我只能提前……拿……拿回去了……我确实是没办法才……才……"听了这话,我深感震惊,我转过脸来问妻子:"艾玲,这到底是怎么回事?你还没把钱还给人家?!"妻倒显得无事似的,怒视着姚副局长道:"什么钱?你什么时候借钱给我了?把借据拿来看看!"姚副局长不自在起来:"嘿嘿,你要是这么说,那可就没意思了,人人心里都有本账……"妻不依不饶:"到底是谁没意思?你是看我家老刘现在这样了就……就……我看你心里那本账也算得太精了吧!……"我没容妻子再说下去,我制止了她,并且强令她把钱还给人家。妻当时哭着跑了出去。我叫姚局长跟了她去,我说,她肯定会把钱还你的……

我不知道类似的事还有多少,我觉得妻子有很多事是瞒着我的。

妻子艾玲的哭声到现在还刺激着我的心……

10 月 28 日

妻子艾玲的哭泣声还在我心头缠绕,是受了委屈还是别的什么原因?不过,这些天真的挺难为她的。自从结婚以来,她可能还没为我受过这样的累;当了多年书记太太,早已习惯了什么事都由别人来帮忙做,哪曾遇到今天的情形?时间这么长,而且这么难办!真的,这些日子,我一看见她就自然而然地会生出内疚的情绪来……

上午,我看见她的眼睛好像又是红肿的,是没睡好还是又流泪了?而当老苏来看我的时候,我看到她眼睛里竟又有泪水溢出!女人,毕竟是要脆弱些的……

不过,脆弱的也不光只有女人;今早,文斌来的时候,我竟意外地看到了他的眼泪——我从未见到过的一个顽皮小伙子的泪!他长久地呆坐在我的面前不着一词,半晌才说了一句话:"爸,您怎么这个时候病了呢?……"我知道,他一定又遭受了某种更沉重的打击,我从他那泛红的眼里看出他内心的那种失意和悲哀……不过我想,他也许到了该受一点挫折的时候了……然而,令我难受的是,这种挫折,竟然源自我的病倒……我有点无奈地望着他,就像看一个陌生的事物。这种无言的对视,一直延续到一个乡下老头的突然

闯入。

　　坦率地说，我一时并未认出来人是谁，而文斌态度更生硬，推着搡着不让老头进来，一副少爷的做派。而当来人反复高呼他是老苏的时候，我才从记忆里找到当年的印象……

　　真没想到，老苏（叫什么名我已记不得了，反正以前我都是这么喊他）会在这个时候突然出现在我面前。我快 20 年没见着他了，他也一直没来找过我——尽管作为这一地界的父母官，我确实有能力为他解决一些实际问题。我和他认识还得追溯到 20 世纪 70 年代我在农场工作的时候。那时，我还年轻，是农场里的农技员，老苏是场里的一般干部。这个人性格耿直，有一副热肠子。我和他挺合得来，常一起喝酒。老实说，他当年给予了我很多的帮助；当年要是没他的帮助，我一个外乡人在那儿的确很难混得下去。后来，因为机遇好，我步入政界，且仕途一帆风顺，就再也没见他来找过我。听说，他们一家过得并不太顺，生活上的困难不少，可就是没见他来找过我；他的确是个好人，但也有些呆板，不太灵活，而且挺清高、挺倔。说实在的，他今天出现在这儿，我着实没料到！他带来的东西也很特别、很简单——一袋子红心山芋。不过，这玩意儿倒是我当年最喜欢吃的东西。

　　老苏的确老了，头发花了，皮肤已很粗糙，刀削一样的脸上，留着厚厚的岁月的风霜。他没怎么说话，看了我很长时间，才说上几句安慰人的话。我问他怎么想起现在这个时候来看我。他说外面的人都在说我生病的事，所以就来了。他还是那样，不善言辞，但一提起过去我们在一起的日子，言语就顺畅多了；他微笑着，但说过一阵之后，我却看到他的脸有些抽搐，眼角处像是有泪光在闪动。老苏看来是激动了，他这人挺重感情，毕竟已经有快 20 年没见面了，毕竟过去那段共处的日子，我们是相依着过来的！不过，我现在才发觉，对眼前这个人，我这些年是不是太粗心了点？就像对自己身体健康状况的认识太粗心了一样……

　　老苏说了一些回忆之类的话，言语中透着对那段我们共处日子的怀念；他并非有什么事来找我，而的确是专程来看我的——他怎么想起来要来看看我呢？已经快 20 年，他都没曾来过……我专注地望着他，没说更多的话，倒不是我对过往日子麻木了……

"好好养吧,好好养吧……"老苏说完这句话就走了。我望着他缓慢离去,心里似乎有些触动,有种热的东西在升腾。

我感到眼睛有点发热、发酸;而就在这时,我发现了身旁妻子艾玲的泪光。

我说,你这是怎么了?

10 月 30 日

……

我终于清楚,我的病情好像没那么简单,艾玲告诉我,可能要转院,转到大医院去！我不理解为什么要这样做。我反复说,这医院的条件不是很好吗?！转到大医院可就享受不了这里优厚的条件了,但我没有决定权……

是什么病?

我不愿往坏处想。

我相信我会从病里走出来。我应当还有希望,对,当然还有希望！

2002 年

女人的神情

　　小媛是怎样出现在我房门前的？我至今仍不甚清楚。我依稀记得，那好像是在一个晦暝的雨天，当我那灰暗的思维被她轻轻的敲门声打断之后，当我的身子因受到她甜润嗓音的牵引而不由自主地移动起来之后，我怀着莫名的希冀，小心翼翼地拉开了房门。倏然间，我看到了一种少有的女人的神情。这神情荡漾在一张清秀的瓜子脸上，明媚而又安详，阳光一般辐射到我冰凉的面孔上来。我被那神情熏烤得不知所措，竟忘了用言语来表达我的惊诧和疑惑。而她似乎并未察觉，依旧向我传递她那摄人心魄的光彩。未等我从惊诧中清醒过来，她便笑着开了口，语音如雀鸣般清脆，仿佛一颗石子落入一池平静的清水。阿翠笑起来总那么肆无忌惮，声音异常的高亢洪亮。每次，当她面对着我叉开两条腿大笑的时候，我总不免担心这世界总有一天会被她的笑声摧毁。她脸上从未出现过东方女子惯有的那种娇羞之色，也难以从她脸上找到红晕。她像母豹一般的勇敢，动作刚劲有力。她那两片滚烫的唇带来的风暴，常将我这文弱书生刮得头晕目眩。小媛未征得我的许可，便穿过我痴呆的神情和目光，大大方方地走进屋来，不忸怩也不作态，似一片崭新的帆沿涟漪般的笑平静地徐徐驶来。她似乎自知她那神情的威力，没有照例地探寻和说明，单纯以她的笑意做向导，压根儿不相信前方会有暗礁。阿翠的舌头如刀子一般锋利，言语与她的表情一样泼辣；举止也总是那样大大咧咧，好像我拥有的一切都是她赐予的一样。她时常拿一些尖刻的话教导我，每每使我狼狈不堪。我常调侃地说：你投胎肯定投错了性别。她非但不生气，反而以此为荣。小媛一开口,就会使我想起清明时节那缓缓吹来的和风。她向我借文学书籍,显得那样自信,好像早已探明我有大量的书而且一定会借给她似的。我极不自然地将她引进我的书房,竟不知用什么言语来与她交谈;闪闪烁烁的话语,远离自己的思想和性格,是那样言不及义,叫人惭愧极了。而她,从容地走至我书架前,随手拿下一本书来,就站在那儿静静翻阅,不着一词。这使我有机会长时间地打量她的面容和身段。她似乎是无可挑剔的,东方女子拥有的一切优点她都拥有,那春意般的容颜和诗一般的躯体定会使语言学家抑或描写大师们笔下迟钝。我恍恍惚惚不知眼前到底展现着什么。是春江秋水?是暮春紫霞抑或浓冬雪城?是李白的飘逸抑或李清照的婉约?我不禁模仿起西方某位哲人发过的问:她从哪儿来,又将到哪里去?

很长时间过去,我仍不能回答自己提出的问题——尽管小媛坚持像学生上学那样准时两天一来。但这无关紧要,生活中某些方面的朦胧含蓄或许还显得高雅一些。小媛每次来都要带来一张她自己制作的卡片,上面极工整地抄录着一首名人的小诗,且配有她自己画的小画,寓意大抵都很朦胧。那些用钢笔勾勒出的图案的含义,可能就表示着她对那首小诗的理解。她大方地将标有姓名的卡片递给我——就像商界人士呈递名片那样——依然不作任何说明。而后便坐到椅上去,缓慢谈她的读书体会,谈她对我发表的那些文章的看法,那样的娴静、从容、坦诚。她的想象力很丰富,同时也不乏真知灼见。而我,尽管与她多次交谈过,却依然局促、自卑,似乎觉得自己的一言一行(虽然是极规矩的)都在玷污她那姣好、圣洁的形象。你准备当一辈子写匠?阿翠不厌其烦地问我。这个刺耳的问题由于她问过我成百上千遍,因而已不再刺耳。我胆怯怯地答道:这是我的爱好。似乎有意躲避着什么。阿翠紧接着又不失时机地教导我:傻货!眼下搞写作没有出息了!何以见得呢?我反问道。现今的文学已被商品大潮冲击得难以立足了,甚至可以说没有市场了!眼下,除了你们这些傻乎乎的文学爱好者外,看文学报刊和文学书籍的人少得可怜!纯文学刊物大都窘迫难堪、摇摇欲坠,出版社也不愿出纯文学书籍,如此下去,你们这些搞文学的,还有什么前途?傻货,文学已是过时的东西,将来肯定会被影视所取代。你的话未必有道理,我怯怯地说。你等

着瞧吧！我劝你赶紧悬崖勒马，把精力用到其他方面去。不过，你的功夫也没白费，像你们这样的人到某个单位当个文秘什么的，倒也很不错。我谨慎地反驳：人总该有点精神追求吧，为何总离不了功利和实惠？算了吧，别自欺欺人了！阿翠咬牙切齿地嚷道。这些酸溜溜的言语常挂在文学爱好者嘴上，可是哪一个内心里不想依此成名成家？你们这些搞写作的，一个个都像在醋坛子里泡过，酸溜溜的！真没劲儿！没劲那是你的事，我还是走我的路。书呆子，我一定要把你改造过来。说着又将我搂过去，再一次刮起她的风暴。小媛说过之言，便仰起那水彩画一般的脸凝视我，静静地听我解释，像小学生听老师讲课那样专注，又似基督徒聆听《圣经》那般虔诚。偶尔诱人地笑一笑，将一丝温馨、一缕和煦淡淡地传送过来，使我于不知不觉间被一种甘甜浸润，不由想起舞剧《丝路花雨》中的那些窈窕淑女的神情，带来诸多美妙的感受和遐想。书呆子！你听听我的劝告好不好？书呆子！花岗岩头脑！不能审时度势，算不上有头脑的男人！阿翠痛快而又悲哀地骂着，脸上的肉不住地颤动。她的痛骂是有一定的道理的。连日来，她一直在为我奔忙，而我对她的努力却依旧那么淡漠，她是有理由痛心又怨人的。书呆子，当心着，别把我们两年来含苦建立的感情给埋葬了！你要知道，我是耐不住寂寞的！那张痛楚的脸在我的苦笑声中扭曲着。忧戚，似雨季里的霉菌四处滋生，一切都在发霉：肉体、欢颜、秋波、香吻……还有感情——那牵人心肠的红色飘带……

不知从什么时候开始，小媛每次来除了书本外，还带着一本笔记本儿。她把书还给我之后，便打开笔记本，正儿八经地向我提出几个文学或人生方面的问题。这些问题显然是经过她深思熟虑的。她用她的笑意引导着我的思维。虽然我的回答很笨拙，但她依然不时出声地笑起来。我真切地感到她的笑声比她的言语更悦耳，似一种难以猜度的音乐，以至于我的身心全都消融在她那甘美的笑容之中了。那天晚上，阿翠来得很晚，脸皮绷得紧紧的，与往常大不一样，好像预感到有什么事要发生似的。我无意去探寻究竟，只是耐心等待。良久她才阴郁地开了口：那件事你真的不愿意吗？我说：秘书那行当我干不来。她愤怒了：你就这样对待我吗？为这事我费了九牛二虎之力，奔忙得连放屁的工夫都没有——你莫非真想在一棵树上吊死?!人各有志,即便吊死也无怨无悔,更何况未必就会吊死呢。可我不想在一棵树上吊死! 那是你的事。你的文章格调为什么总那么阴郁? 小媛问我。我欣赏着她的神情,不知自己到底说了些什么。你的文章很有文采,语境也好,好像很有个性。我盯着她那双美丽的大眼,想从中看出点我所企盼的新颖的内容。如果明朗一点,我认为会更好一些,用稿率也会大大提高,你不觉得么? 令我欣慰的是,我从那双熟悉又陌生的眼中寻到了我所渴求的那种光芒。我不知道这是不是我眼睛的杜撰,也不知我是否真实地揭开了那层层薄纱,我只是仿佛看到远处———也许很近———一匹骏马在一片无垠的蔚蓝中驰骋,飘荡的鬃撒开一片潇洒,飞扬的蹄扬来片片云霓,向着我理想中的那个朦胧的目标,那个已在我心中伫立很久的目标! 我兴奋得瑟瑟战栗起来! 阿翠哭丧着脸,沮丧地说:我无能! 我改变不了你。你太坚强,我只得服输。我望着她乌云密布的脸,心中涌起从未有过的难受的滋味。不过,我相信,你会后悔的! 一定会! 那难耐的意绪在胸中回旋,使我的鼻子阵阵发酸,眼眸仿佛已随那热辣辣又酸楚楚的感觉射出,使我难以再明晰地看见眼前的情和景,不过,我忘不了这两年。你这混蛋,居然也使我为你掉两滴泪水,太不值了! 一股发烫的液体终于涌出我眼帘,烧灼我的脸颊。来吧、来吧,这是第一次,也是你我的最后一次。来吧! 她拥住我,用双唇吸干我脸上的液体,而后将我拥到床上去。我成了机器人,我的情绪和感觉在这一瞬间完全结成了冰块。记住这两年,记住我和我的身子。我们像两座无畏的山峰坍塌在床上,世界也倒在了床上。你会后悔的,一定会! 这声音仿佛从冥界飘来,令人毛骨悚然。

小媛在我面前越来越洒脱自如了。我仿佛觉得,她变成了一团裹着某种光亮的极美丽的迷雾,轻幔一般一次次地罩住了我。然而,那是一片广袤的区域,我至今仍未寻到那团光亮,只隐隐约约见着了那恍恍惚惚的目标,像一条如月的闪光的小小渡船。哦,我能乘上那渡船么? 我会不会被那熠熠的光刺眩? 她的提问也莫名其妙地越来越多,而语调依旧。阿翠临走时扔给我的那句话像乌云一般笼罩了我大半年。这半年,也许因了阿翠的回光返照(天晓得),我的文章竟无一篇发表;那些铅字的退稿信,像阿翠的那张洋溢着讥讽之色的脸,神气活现地躺在书桌上朝我频频发射刺心的利箭。每每这时,

255

我便会不由自主地想起阿翠的那句要命的话。而更要命的是,这半年,生活的压力也重锤一般砸了过来,乡下的老母病重住院,急需一大笔诊疗费,我作为她唯一的儿子自然要承担主要责任,拮据的我没有办法只有硬着头皮向阿翠求援,我真切地感到了自己的无能和无用,而阿翠的那些言语像雾霾一样,笼罩着我的全部思维。那天,小媛红着眼睛来到我的房间,我诧异地问她为何这个模样。我和我妈吵架了,小媛说,她为我介绍了个对象,是个高官的儿子,还把人引到家里来了。那可要恭喜你呀! 我有点酸酸地说,内心充斥复杂情绪。你不要这样挖苦人好不好?! 小媛突然愠着脸说,我和那人谈不来,不想再见面了,为这就和我妈吵起来了。为什么要吵呢? 可以好好地说,你妈也是为你好。我勉强地劝慰道,感觉自己有点言不由衷。这已是第三回了,她不了解我,真的不了解我! 小媛的语音轻缓了下来,喃喃的像是在自言自语。我们不说这件事了,我知道自己该怎么做。小媛接着说,脸上竟然露出了笑容,依旧是那种令人心悦的笑容。阿翠的帮助让我渡过了难关,我自然心存感激;但阿翠犀利的言语仍使我难以招架,而更恼人的是,我始终未能摆脱她的那些言语的缠绕,以至于有一天,当我在一个豪华的私人舞厅里见到她时,竟被她那句该死的话给打垮了。小媛并未受到那些俗事的影响,每次都依然那么明亮地、清纯地出现在我面前,一如晴好日子里的一轮满月那般,使人非常地欣慰。那个月明星稀的夜晚,在小媛那诱人的眼波的牵引下,我终于乘上了那条弯月般闪光的渡船。我顾不得晕眩,顾不得小孩学步般的趔趄,在小媛和风般的呢喃里剧烈地喘着气,不顾一切地将二十多年积下的精力,全抛洒在那急促而又不乏温柔的摸索之中。屋外的空间被月光洗濯得很是清明,而屋内却阴雨绵绵;小媛温泉般的泪润着我的心,而她的呼吸,则如温柔的羔羊,舔着我发烫的面颊。那条闪光的渡船,在泛滥的意绪里飘荡,灿灿若诗的涟漪簇拥着它。那天,阿翠打扮得极其出众,不亚于当年安娜初次在彼得堡舞会上露面的情形。她以一个厂长的夫人的身份活跃于红男绿女之中。当她发现孤寂地坐在一旁的我时,便面带笑容风姿招展地走过来,不知怀着什么用意。她将我介绍给那群时髦的男女们。大家看哪,小城里的大作家也在这,看他多节俭哪,连饮料都舍不得点一杯,还有这身装扮,嘿嘿!

结果招来了那群时髦者近乎恶作剧似的调笑。我那寒酸的形象被他们任意地歪曲、夸张,使我陡然间成了可供玩笑的小丑。这就是我们小城里的作家!——这就是今天的作家!他们大声嚷嚷,嘲笑声此起彼伏,像一道道浊浪向我涌来,冲洗去我满身的自尊和清高。我无地自容。我真没料到我竟成了这样的一个玩物,我到底怎么了?我身上到底缺了什么?自那以后,小媛便时常以她的眼波熏烤着我,那我已不觉陌生的眼波里已掺有某种更温馨、更亲近的东西,再迟钝的人也能感觉得到。是的,我已寻到了那团光亮,并已乘上了那条渡船。然而,我的眼仿佛被不知从何处飘来的灰尘蒙住,日渐地灰暗了,看不清它的色彩了。阿翠笑着一张发胖了的脸送我出门。这些地方往后你真应该常来,要不真就有点隔世了。那堆起的笑容里好像弥漫着法国香水的香气。老古董的滋味可不那么美妙,你说呢?我被她炮制的洒脱气质笼罩着。经济上如果拮据,可给我捎个信,这点小忙我还是能帮的,不要见外,上次你母亲生病能想到我就做得很好。但夜幕罩不住她,因为她华贵的躯体上仿佛附有成百上千颗各不相同的眼珠,只需轻轻一抖,便能抖落一地,颗颗落地有声,颗颗都能闪出绚丽的光。小媛的母亲是怎样发现并找到我的我不得而知,当她突然地在一天下午站到我面前并做自我介绍时,我真的感到万分的惊诧。看得出那是个养尊处优的女人,骨子里透着自负和自傲。她用俯视的眼光看着我,言语里透着股子不容争辩的强硬。我来只有一个要求,请你离开我的小媛,她说,我不允许你和她再有接触!为什么?我说,小媛乐于和我相处,不信你去问她。你以为你能给小媛幸福吗?你一个乡下来的孩子,在一家濒临倒闭的磷肥厂混口饭吃,自身都难保还能给小媛什么?你以为凭你写几篇酸文章就能得到一位如此出众的姑娘?现在的人已经越来越务实了,阿翠说,你无法生活在真空里啊。可是人,总该有片自己的天地。我嗫嚅着说,好像缺了点底气。但是,你那点可怜的精神财富,能滋润好你的那片天地吗?阿翠那晚送了我很远,像是为了安抚我那颗受侮的心?我不想多说什么,也不想让你难堪,小媛妈说,你看这样行不行,我可以凭借我的关系调你到一个更好更稳定的单位工作,但前提是你与小媛断绝来往。是交易吗?我说,这公平吗,特别是对小媛。随你怎样理解,你认真想一想,你

所在的那个厂子,不久就要改制了,你下岗的可能性极大,搞写作总要先把肚子填饱吧,这对你来说是次难得的机会,你要把握不好,我敢肯定你在这小城里定然是混不下去的。我并不是有意要出你的洋相,阿翠说,其实你在我心目中是个很优秀的人,你要是能更好地把握现实,你将是非常出众的人物。不要恭维了,我打断了阿翠的话,我只是按我的轨迹行走。你的轨迹也不能过于偏离现实的轨道……

我现在也想尝试一下文学,可我没你那样的才气和底气。小媛说,她又一次来到了我的房间,在她母亲来过之后不久,还像以前那样的专注和投入。文学大家都可以尝试,只要你对生活有自己独到的体验和感受。你是不是准备创作中长篇了? 小媛问。她仔细地询问我今后的写作计划,并且希望我的计划、志向越宏大越好。眼下没那个心劲了,我淡漠地说。为什么会没有? ——你不是说创作就是你的生活么? 那是以往。我给你打个比方,我好像一个登山者,快到山顶时抓空了一手,不慎掉了下来,再也无力爬到原来的高度了! 为什么? 眼下搞文学没出息。为什么? 为什么? 眼下不是文学的时代了,文学已被商品大潮冲击得难以立足了,甚至可以说没有市场了,文学刊物和文学作者大都窘迫、寒酸,成了别人嘲弄的对象! 我该考虑悬崖勒马了,我的确也该考虑生计问题了! 你就是这样理解文学的么? 小媛瞪大了眼。是的,我算看透了,我不想在一棵树上吊死! 那双大眼中令我心颤的光彩突然消失了。是的是的,不能审时度势,算不上有头脑的男人! ——我今天才真正领会到。是这样吗? 小媛嚷道——真的是这样吗? 她低下头去,沉默很长时间,终于抬起头来,朝我凄然一笑,而后缓缓走出了屋门。我招呼她下次再来,她大方地点点头……

然而,小媛一直没有再来,似一块云絮,不知被哪一阵来自何方的风吹走了。这原本拥挤的小屋,因缺少了她的笑容而变得异常的空漠。我在这空漠中徜徉,一颗曾被她的笑容浸润过的心实难再平静地置于桌前。纷至沓来的思绪无着地缠织、升腾,再也绕不上她那令我心瑟的神情了。我苦苦等待,等待她来填上我内心和房屋内的这一片空白——虽然我明白,这等待将会持续到永远。真的是这样吗? 小媛说。怎么会是这样呢?

　　我终于在屋子里待不安宁了。我终于频繁地用双腿载着笨重的躯体挪出那日益黯然的屋子，在夕照涂红了街面抑或薄暮笼罩了这座小城的时候。霞光每每灿烂，我迎着它走着，仿佛迎着小媛的笑容。她冲我笑着，涨着红彤彤的脸面，且将那红色的、依然灼热的笑意喷到我几乎干枯了的脸上。但那到底是怎样的一种笑？直到残阳沉入西山，小城灯火闪闪烁烁的时候，我依然不甚明了……

　　我沿街踽踽踱踱。五彩的霓虹灯编织着令我陌生的梦境，广告画上的女郎朝我莫名其妙地微笑，半露的双乳被人刻意地夸张了，猪尿泡似的膨胀着，仿佛能撑破这小城。不知怀着怎样的一种心理，我糊里糊涂地走进了女郎双乳下的那个堂皇的酒吧。令我瞠目的是，迎我而来的竟是阿翠。阿翠比以前更加时髦了，脸面笑成了一朵盛开的花，紧身的衣裤勾勒出富有性感的线条，身体上的某些引人入胜的部分不怎么含蓄地袒露着，给每位顾客送去万般风情。哟，想不到大作家也有空上我这儿来转转！——你要点什么？怎么，这店是你开的？！是的，没想到吧？你厂长夫人能放下这大架子？当不成厂长夫人了！那死鬼把厂搞垮了，被赶下了台，我和他离了婚！怎么又想起开店呢？我以前积了点钱，总想再混混日子——这日子过得也还实在。呵，是这样。你还像先前那样把自己埋在书和稿子里吗？我不着一词。书都是人写的，别太认真了，认真了就想不开！前不久，我去城郊散步时，遇到了一个对精神生活着了迷的姑娘。那姑娘极漂亮，可精神却萎靡，病恹恹的，一副痴呆的样子。她手里拿着一沓子很精致的文学卡片，有诗也有画——我后来才看到的——就那么长久地站在柳树下，痴望一河清水，不晓得她到底能望出什么名堂来。我提个问题，小媛说，如果你真遇到了你小说中描写的情形，你将怎么办？现在我还说不清，我答，待遇上再献身进去，进行一次真实的、有血有肉的创作。我注视那姑娘好长时间，令我吃惊的是，最后，她竟慢缓缓地往河里走，水越没越深，卡片纷纷飘落到水面上。你真狠心，小媛说，你那支可恶的笔让两个姑娘走上了绝路，让若干个女人的追求一无所获；如果让我写，我一定让她们都寻到有价值的东西，使她们真实地拥有。那只是一种希望，我说，而希望未必都能成为文学，希望应该经过提炼！我当然不会见死不救

260

的,阿翠接着说,等河水没到她颈脖时,我确认她想轻生,就奔过去把她拉回来,同时拾起几张卡片递给她,还说了一大堆劝慰的话。不过,那只是小说,小媛说,生活未必像你写的那样残酷。她于是又慢慢往回走,沿回城的那条道,没有一句言辞;一身的湿衣紧裹着她,也不觉得寒冷。你看看,何苦来呢?这件事该对你有所触动吧?你也得注意呀!阿翠说完便笑嘻嘻地为我拿饮料去了,肥硕的屁股大幅度地两边扭动,扭出一身的福态。我静默地望着那一对对情侣,躲避着某种情绪,企望将所有的思想都抛到九霄云外去。彩灯照着我的枯寂。店内那高功率音响里,一男子正声嘶力竭地喊着他的一无所有。到底是谁一无所有?一阕莫名的忧伤情绪在胸中火一样燃烧起来。小媛说:我欣赏你文章中的那句话——你把你自己的船推翻在你自己挖的沟里了!你是怎么想到的?我说:有一次在梦中体验的。小媛说:真的么?那么还有那句呢?——你自己制造监狱,自己充当囚徒!我说:我说不清了,因为那句话徘徊在现实和梦的边缘……阿翠将饮料端过来了,依然扭动着她性感的身躯,她紧挨我坐下,同时也送过来一股浓烈呛人的香水味,她长久地盯着我看,像是有什么话要说。我感觉你好像有所变化了,阿翠说,你好像消瘦了不少,而且有点萎靡不振。是吗?我说,我觉得自己好像是在一个旋涡中挣扎,而且越是用力越是往下沉坠。那是因为没有一双有力的手拉你,阿翠接我的话说,我不知道我这双手是否还足够有力。你对女性心理还是不够了解,你只注重女人的神情,小媛说,所以我觉得你在描写女性时总是在你的文字中游移甚至挣扎……你好像心事重重的,阿翠拍拍我的胳膊,我有句话想对你说,我们还能重新开始吗?我想我们是有条件重新开始的。我愣愣地望着她,不知该说些什么……

　　……我在阿翠的絮叨声中站起身来,有点趔趄地走出酒吧,感觉自己像在走向一河清水;而身后,阿翠还在热情地呼我……

　　屋外的街面渐渐地热闹起来。而我觉得自己仿佛置身荒漠的原野。我下意识地用干燥的手抹一抹脸面,抹下一手的液体,抹下了一手的惆怅和忧伤……

1991 年

第四辑·迷离变异

秋雨

D 太太的惊诧

早晨,躺在床上睡意蒙眬的 D 太太不知被谁推着、喊着,那动作很轻、很柔,那声音很尖、很细。D 太太以为自己是在做梦,待她睁开惺忪的眼时,才发现是她的宠物狗甜甜在身边。她很惊诧,因为早晨被宠物喊醒,这好像还是第一次,这狗似乎有了灵性了! 她坐起身,将甜甜抱在怀里,像往常那样亲昵地轻抚它,和它说话。

"甜甜,是你喊醒我的吗?"D 太太轻柔地问,准备再说第二句时,却被宠物打断了。

"是的,是我,是甜甜。"甜甜说。

这句回话使 D 太太大吃一惊,甜甜居然会说话! 狗能说人话,这怎么可能呢! 怎么可能呢! 她拍拍狗,又摇摇狗,再次问道:"甜甜,你真的会说话吗?"

"是的,甜甜会说,跟你学的。"甜甜说。

听见回话,D 太太更是惊得目瞪口呆了。她环顾四周,一切都和原来一样,没什么变化,可这狗却有了灵性。这使得她不得不重新认真地打量起这宠物来,脑子里零乱地闪现着与这宠物有关的一些经历。

哦,跟我学的! D 太太这么叹道,心中涌动着某种酸涩的东西。是的,这狗的确一直是在她如诉般的语言中生活着的;跟它说了多少话已记不清了,她只知道,与它的交流甚至是倾诉,曾经是她的寄托,也不可避免地改变了她以及她在这里的生活……

在住进这幢别墅之前，D太太是一家三星级酒店的职员，自打认识并最终嫁给了她那位因炒股而发了财的男人之后，就辞去了那份虽说薪水不薄但很劳累的工作，住进了她男人的这幢位于城郊的别墅，一心一意同时又夹带几分自豪地加入了阔太太们的行列，过起了养尊处优的悠闲的生活。

像多数阔太太们一样，她一开始感觉自然是很好的，但随着一切都习以为常，新鲜感随着日子的流逝而一点点流逝掉，尤其是当那一丝丝孤独和寂寞的情绪悄然爬上心头之后，便渐渐有了不满和难耐的意识了。这种意识的第一表征就是有了越来越强的说话和交流的欲望，而她的丈夫，恰恰在这方面无法满足她。

她丈夫早先不过是一小商贩，后来在证券交易上有了作为，渐渐感到自己在炒股这方面有着优于他人的天赋，便抛开商业专事炒股，成了这个城市里少有的纯粹职业化的股民；在交易所有专台，在家也有专门的工作室。他的全部生活就是面对电脑，看那风云一般变化着的波浪一般的彩色曲线，要么就是没完没了地在因特网上查看各方面信息。这种生活，提供给他的说话的机会并不很多。而他，也不谋求与他人的交流，他认为与人的交流是最危险的，人心叵测，稍不留神就会闯祸！他只乐于与液晶显示屏交流，而且乐此不疲。这种敬业精神，给他带来了丰厚的物质回报和稳定的生活——尽管这里也暗藏风险，但他对此感觉一直良好。

然而，D太太的感受显然就没那么好了，除了睡觉、吃饭，她和丈夫相处的时间很少，也不存在什么交流。在她的印象里，婚后的丈夫变得越来越少言，发展到今天已几乎不怎么说话了，即便为日常交往而不得不说的话，也十分简洁。丈夫的这种异乎寻常的内向性格，自然不会给她带来什么快乐，但她又没能力改变这一切。她是一个羸弱的女子，自身不独立，要依赖丈夫和这幢房子生活；她同时又是个本分的女人，无法像某些女人那样靠一些有违现行道德的越轨行为来调剂生活。况且，她感觉丈夫是爱她的，只是过于沉湎自己的事业，而他的努力，也是为了这个家的殷实和富足——这可是他们生存的基础呵……

是的，丈夫的确是爱她的，当他体察到她的孤独之后，特地为她弄来了一

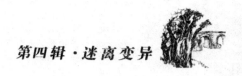

条宠物狗。那是条极其可爱的博美犬,浑身的毛细密、柔长、洁白,耳竖、眼大、嘴尖、尾粗,整个身子圆滚滚的,就像商场里的那种玩具狗。狗很机灵,智商很高,也通人性,D太太煞是欢喜,给它起了个甜润润的名字。

　　自此,D太太便离不开这小宠物了,整日抱着、带着、呵护着,一起吃饭,一起看电视、一道散步、逛街、购物;更重要的是,D太太终于有了说话的对象。经常地,她一边抚着它,一边单方面地跟它说着话,有时甚至是交心般的倾诉。而甜甜好像也很理解她似的,柔柔地回应着她,哼哼着往她身上蹭……

　　于是,D太太的生活便有了新内容,她的精神状态便有了好转。日复一日的,都很平静。到了今天这个早晨,这个不同寻常的早晨,D太太的甜甜居然用人的语言喊醒了她。她既兴奋又惶惑。她抚着这只宠物狗,百感交集,眼里好像也有了泪水。她喃喃地,不知在说些什么,像梦呓一样,她无法用语言来描述她当下的心情。

　　过了一阵,她终于想起了丈夫。她觉得有必要把这件事告诉丈夫。丈夫肯定又在他的那间封闭的工作室里,又在面对他的那台电脑。她于是穿好衣服起身,抱着甜甜出了卧室。可是,当她来到丈夫工作室门前时,突然听见了一阵急风暴雨似的捶桌子的声音。显然,丈夫在发火、在异乎寻常地激动,这到底是怎么回事?她斗胆推开了门,令她惊心的一幕展现在她眼前,她看到丈夫大瞪着眼,大张着嘴,满脸惊骇地望着电脑屏幕,两只手不住地痉挛着。她知道出事了,一定出事了。她放下狗,上前摇着丈夫,急切地询问,却听不到任何回答,她又再三地摇他,大声地问他,丈夫仍没出声。慢慢地,丈夫的眼黯然了,嘴也合上了,身体也能活动了,但还是不能说话。

　　医师告诉她,她丈夫因受强烈刺激而失语了;医师说,这些年他精神一直高度紧张,这次的刺激是一次高强度的集中导发……

　　后来,有人告诉她,一世精明的她的丈夫在股市上栽了……

2005年

迷离变异

三伢拿着钓竿来到河边的时候,突然觉得自己这一举动有点怪异。

三伢今春没有照例赴南方打工挣钱,因为近来情况特殊,他那身子单薄的老婆非常争气地为他生了个儿子,作为一个负责任的且盼子心切的男人,他理应留下来照料……

当然,若说照料,多半也只是精神上的(这虽然也很重要),由于三伢将他那还算年轻且做事麻利的娘接了过来,家里一切繁杂事务他都无须烦心了。于是,经常地,他便显得很闲,这对常年在外忙碌的他来说就有点不适应了,于是便有了一些排遣寂寥的行为,比如散步、垂钓。

今早,他在吃过早餐、亲抚过他那出生才三个月的大头儿子之后,就提着一根钓竿和一袋饵料等物件出了门。对于垂钓,打小在水边长大的三伢一直很喜欢,也很在行。那时,清澈的杨溪河从村前而过,吃河水长大的孩子们,自然不会放弃从河中取乐的机会,垂钓和游泳几乎成了水边孩子的主要娱乐了。只是后来成人了,为了生计,才有所改变……

现在,三伢站在堤坝上,看到河边空无一人,河水也显得阴暗而浑浊,心里便有了种落寞之感。再侧转身,看看眼前的景象,悲哀地发现自己置身的这个村子不知何时变得丑陋了:灰蒙蒙的天空下,村落无遮无掩,土地杂草丛生;从城里逃窜来的化工厂和镇办的小造纸厂,在联手侵占大片土地的同时,也使这里原本清纯的水面和空气变得污浊、刺鼻;那曾经令人心旷神怡的青翠,正迅速地逃离这一地域。难怪在面对这一切后,村人大多采取了逃跑的

战略;难怪那一块块荒芜的田地,就像留下来的那些面色蜡黄的女人的脸,无奈地展露在了眼前。

居住在这个村子里,三伢比先前更有了焦躁感,但是他眼下又不得不在这地方住下去,因为他还没有能力像村里某些发了财的人那样将家完全搬出去;他的双亲、他的女人和孩子,还得依赖这片土地生存下去……

尽管眼前的景致使他心情不佳、兴趣锐减,但他还是走下了堤坝,择一地点,撒了窝,摆开阵势,开始了他今天的垂钓。他要看看,从这条他熟悉又陌生的河里,他能钓到什么……

然而,很长时间过去,浮标仍像伸出水面的一根杂草一动不动,阳光经水面反射到脸上来,很难受,但良好的垂钓素养始终支撑着他优雅的钓姿。他的眼珠一动不动地盯着浮子,发涩又发酸,而头脑里的信念却在发生动摇,他开始怀疑,这条浑浊的河里还有没有生命存在。

正当他的怀疑迅速加深的时候,浮标竟然有了动静。起先是小幅的点动,最后快速起伏以至被拖入水中。三伢即时提竿,果然提上一条三四两重的鱼来。于是很兴奋,但兴奋之后很快又陷入迷惑,因为他居然认不出这是条什么鱼! 这鱼,头大得出奇,身子却又窄瘦,头两侧伸出两根细长的硬角。若单从头或身子的形状上看,像是条"黄丫鱼"(俗称),但"黄丫鱼"哪有这么大的头和如此不协调的身子? 若从整体上看又像条"娃娃鱼",可"娃娃鱼"哪来的角呢? 三伢手卡着那鱼长久地瞧,就像学生遇到了一道难解的题,手中这条鱼令他这位水边长大的人很是尴尬。而那条鱼在他手中却非常驯服,一点儿都不挣扎,眼珠不停地转动,打量着提它的人,嘴里不断发出"黄丫鱼"通常能够发出的那种声音,且音量很大,听起来就像娃娃的哭泣。望着这鱼,听着这叫声,三伢不知怎的竟联想起了他那出世不久的大头儿子。这段日子,儿子身子没见怎么长,头却长得快,身体的那种日渐发黄的颜色似乎也有别于其他婴儿,而那不断响起的哭泣声,真像这条鱼的叫声,真像……

三伢怔过一阵之后,决定将这条鱼放回河里,起钩时不小心给鱼腔拉开了一道口子。他将鱼扔到水里去,不知这条鱼还能不能存活。接下来,三伢的垂钓就显得有点心不在焉,心情莫名其妙地沉重起来。又过了一段时间,浮子又被拖走了,三伢提竿又拉起一条与刚才那条同样的鱼,起钩时三伢看到了鱼口腔内的那道伤口,吃惊地发现这鱼就是刚才他放了的那条!

"你怎么又咬钩呢? 你、你不想活了吗?!"三伢冲鱼大喊起来。

鱼眼里流出类似于泪一样的液体,叫声也开始有节奏了,就像是幼儿们的那种稚嫩的语言。

"我要离开这水,我要离开这条河!"鱼居然说话了,三伢大惊失色,"我在这水里太难受、太痛苦了……"

"离开了河你怎么活?"三伢大声问道。

"把我放到别的水里去,求你了,我就是死也不想再回到这条河里了……"鱼哀求道。

"这地方的水都差不多,哪有水适合你呢?"三伢似回答又像在自问。

"你们人会有法子的,人能把这条河搞成这样,也能寻到一块好水的……"鱼接着哀求道,"下辈子我投胎也要做人、变成人……"

三伢没兴趣再钓下去了,收拾东西起身离开,但没落下这条鱼,他打算把这条鱼投到村里那口当家塘里去,尽管那里的水好像也有异味,但水质或许要好些……

他刚把鱼放进了塘里,就看到他娘朝他奔过来,边跑还边呼喊着什么。他赶忙迎过去。

"你赶紧回去看看吧,你那娃病了,头热得烫手呢!"娘喘着气说。

他吓出了一身冷汗,急火火往回奔,因为有种潜意识在支使着他;他隐隐约约地有某种不祥的预感,他当日就将孩子送进了城里的医院……

然而,城里的医院也没能改变儿子的病情,儿子始终在发烧,皮肤日渐变黄。医师后来终于告诉他,这孩子属先天性染色体变异,已无可救药,即便救过来,未来的日子也不会长。三伢听言悲痛欲绝。一个星期之后,他的大头儿子便结束了短暂的人生之旅……

一日,无所事事的三伢来到村里那口当家塘边,发现塘的水面上漂着一

条死鱼。他捞起那条死鱼,发现就是前不久他从河里钓起的那条鱼。

于是,他深深叹口气。他庄重地将那条鱼给埋了,埋在他儿子的坟边……

2003 年

一只喜欢串门的狗

赋闲在家的老赵近日购得了一只宠物狗。这是只白底黑点洋种花斑狗，披耳吊眼，毛色精纯，性情又特别乖巧，人一逗，还会做各种动作，煞是可爱，老赵打心眼里喜欢，给它起了个孩子似的名字，叫花花，时不时地呼着、抱着，好像自己真的又添了个娃。是呵，这些年，儿女都在外地成了家，老两口没个地方可去，也没得孙子可抱，心里也确实落寞得很，膝下有只宠物围着转转，倒也给日子平添了些生气……

忽一日，老赵午睡起来，发现花花不在身边，找遍屋里各个地方，也不见它的踪影。老赵急了，责怪老伴总是不记得关房门，并拉着她外出寻找。

老赵置身的这幢七层居民楼，还是十多年前建起的商品房，临着一条拥挤肮脏的小街；单元面积不大，楼道也很狭窄，狗如果跑上了街，那是很难找的，这也是老赵着急的一个原因。老赵家住三楼，他命老伴往楼上找，自己则往楼下去，两人沿路呼喊"花花"，外人听了准以为是在找走失的孩子。

老赵一直寻到楼下，直到面对小街，也没见花花的影子，急得满头大汗，正不知所措时，老伴从四楼的一扇窗户里伸出头来喊他，说花花在那里。老赵如释重负，急忙往楼上赶……

老赵热情地握着四楼户主老 A 的手久久不放，那情形就像是见到了一位久违的恩人。其实，他与老 A 也仅仅是面熟而已。

于是，两人便交谈起来。老赵像查户口似的，逐一地询问老 A 姓名，哪里人，在哪工作等等，之后又进行了详细的自我介绍。

"搬来多长时间了？有两年了吧？"见老 A 年轻,四十不到,老赵便猜测道。

"瞧你说的！我是这楼里的第一批住户,住了十多年啦!"老 A 回道。

"啊唷,比我还早来好几年哪！看不出你年纪不大却是这儿的元老哇!"老赵叹道,"可我总觉得你是新搬来的⋯⋯"老赵有点尴尬,便转了话题,"这狗能找到,还得谢你呀!"

"哪里的话!"老 A 笑道,"我家也有只狗,整日恹恹的,提不起神来;你的这只狗来了后,就一下子变了样！看来,狗也晓得孤独,也需要交往哪,嘿嘿⋯⋯"

他们谈得很投机,自然成了朋友,之后在楼道遇上了,免不了招呼寒暄几句⋯⋯

但老赵的这只狗,性子却越发活络了。这天傍晚,老赵吃过晚饭洗过碗,欲带花花出去散步,发现花花又不见了。老赵凭经验遣老伴去老 A 家寻找,但老伴回来却乌着脸说,花花不在老 A 家。老赵立马又着了急,像上次一样又分头去找。

这回是老赵立了功,他在二楼的老 B 家找到了他的宠物,自然与老 B 又有一番交谈。老 B 虽一头白发,但精神却镬铄,也很健谈。这回是老 B 像查户口似的问及老赵的姓名、单位等问题。老赵作答之后,又回问了对方。

"在这住了十多年了吧?"见老 B 有年纪了,老赵很自信地猜测道。

"啊不不,我搬过来住才一年多时间,"老 B 说,这话令老赵大感意外。停了会儿,老 B 又接着说,"以前,是我儿子一家住在这,去年,他们在新区买了一套新房,就把这房子给了我们,我们以前住的是平房。唉,他们在这里住了多年,你们肯定认识。"

"唔,也许吧,不过⋯⋯"老赵含糊地答。其实他对此一点印象都没有。为了摆脱尴尬,老赵又将话题转到了狗上,"这狗,肯定吵了你们了!"

"哪里哪里。"老 B 说,"眼下养宠物的多！现在的人也真他妈怪,宁愿养宠物解闷也懒得找人交往,八成是与人交往太难,得时时提防着什么！我也养了只狗,可太顽皮,整日蹦这跳那的,东西都被它打了不少,真奈何它不得!

哎,你家这狗来了后,它就一下子变乖了,温驯得很,你说怪也不怪? 看来,我家这狗是孤独引起的烦躁……"

老赵没想到老 B 得出的结论竟和老 A 的观点大抵相同。同样,老赵与老 B 也成了朋友,碰面时也有了热情……

之后的某一日,老赵又通过寻狗,与五楼的老 C 认识了。这回,老赵接受前两次的教训,没有主动猜测对方在此住了多久,以免引起尴尬,而是闲聊着。

老 C 三十来岁,单身,性情好像不很开朗,细察之,神色里似乎还蕴着某种忧郁。老 C 说:他没养狗,只养了一只鹦鹉。可是,一见到这只擅自闯入的狗,他一下子就喜欢上了,因为它太乖巧玲珑了,还能领会人的心思,能以肢体语言与人交流……

老赵听言心里特别高兴:"你要是想买一只,我可以帮你联系。"

"好的,到时我跟你联系。"老 C 说过,不再言语了,而是长久地望着老赵,那神态似乎是忆起了什么。看了半晌,才慢吞吞地说,"我好像在哪里和你一起吃过饭……"

"是吗? 有这回事?"老赵被老 C 的话搞怔了,他也仔细看老 C,却一点与之交往的印象都寻不到。这个问题使他们的交谈陷在一个问号里。

然而老 C 仍在回忆,嘴里喃喃地发出些声音,闲聊因此失去了兴味。这次,老赵是带着问号和遗憾离开的。但这并不妨碍他和老 C 成为朋友……

这以后,老赵便与三位新结识的老邻居时常有些走动。渐渐地,老赵便有了个心愿,想借某一个日子做东,请三位邻居聚一聚。恰好不久,老赵的爱犬花花二周岁生日到了(卖主提供的),老赵灵机一动,将三位请到家中作客。老两口忙忙碌碌弄出了一桌酒菜,虽然累,但心里挺高兴,毕竟已经多年没有为谁做过生日了。气氛自然很是热闹,而话题大抵都是围绕宠物展开。

酒过数巡,老 C 忽然一拍大腿,像是想起了什么重要的事情。"我想起来了,"老 C 对老赵说,"我想起来我和你在哪吃过饭了——是在你家;不是在这,而是你原先住的那个平房里!"

"有这回事?"老赵还是忆不起来。其余两位也痴痴地望着老 C。

"对对,我是陪我老婆去的! 我老婆跟你大女儿认识,具体是为了什么吃

饭这已经记不起来了……"

　　"是吗？那你老婆……"

　　"她前年去世了……"

　　老赵还在拼命地想。也许他这辈子也想不起来了，但这并不妨碍他和他的邻居们把一只宠物狗的生日弄得很热闹……

2004 年

一只侥幸逃脱的鸡

1

一辆从某养鸡场出发,满载一车肉鸡的大卡车在公路上行驶。在路过一处破损路面时一阵颠簸,有只鸡侥幸地从所在笼子的一处不显眼的破口处被掼出,掉在了路面上。

这是一只毛色纯白、个头可观的食用肉鸡。这只鸡掉在地面上时,由于被掼昏而一动不动;稍事恢复后,终于缓慢睁开了眼睛。然而,它所见到的景致却与它先前所见大不相同了! 它起先以为这是幻觉,便用力摇了摇头,再定睛看时,才相信它看到的确实是真实的图景。

这只鸡看到的,是深邃湛蓝的天空和悠然飘浮的云彩,这是它从未见过的美妙而又壮阔的景象。于是它立刻惊讶和兴奋起来,急促地站起,继而它又看见了公路两边青翠的山峦以及绿树野草、田畴青苗等等令它眼花心怡的物象。这便是自己置身的、真实的世界吗? ……

可是这之前是怎样的境遇呢? 自有生以来,它就一直生活在充斥着同类粪便及身体气味的环境里;一排排的笼子,一条条的食槽,四周皆是同类无聊的身影以及它们为摆脱空虚而无端发出的鸣叫。世界对它来说,就是阴暗与狭窄,阻隔与拥挤;生活对它而言就是盼食与争食的交替、睡去与醒来的轮换,此外别无其他内容。不过它和它的同类都一直以为,世间本就是这样,因而也就心安理得、没有怨气……

　　然而今天,它却做梦似的突然间获得了这样的解放,有幸看到了世界真实的景象,这无法不令它激动。于是,它急切地迈开那双从未奔跑过的腿,扑打着从未振奋过的翅,以欢快的姿态奔走起来,间或还有带有节奏感的声音从嘴里发出,不知是欢呼还是歌唱。窜上了田坝,穿过了阡陌,继而又奔向一绿油油的土坡。时时都有新发现,处处都有新感觉,每一棵绿草、每一枝野花、每一片青苗都无不令它惊奇和兴奋,每一次惊奇和兴奋又都刷新着它头脑里贫瘠、单调的记忆……

　　一阵狂奔之后,不善运动的这只鸡终于有点累了,于是停止了奔跑,移着踌躇的碎步,伸长了颈项,依然不失兴奋地静察眼前的一切。它看到涓涓细流悄然流淌,彩蝶和蜜蜂在身边翻飞;成群的蚂蚁和多样的昆虫为生存忙碌;野雀的身影不时从身边掠过,那飞翔的姿态、艳丽的羽毛和动听的啁啾令它惊羡不已。偶然间,它看到有只鸟衔着一条青虫从眼前飞过,这似乎给了它某种启示。它尝试着也啄食了一条在青叶上爬行的虫,令它惊讶的是,这野食竟格外鲜美,比养鸡场里始终一种味道的饲料要好吃得多! 接着,它又尝试着啄食一些花草的果粒和寄生的野虫,这些鲜美的野味立刻使它胃口大开。于是,它一边寻找着自然的美食,一边欣赏着大自然迷离之景,陶醉在这令它心旷神怡的天堂之域。

2

　　时间悄然流逝,不知不觉太阳就依山了。这只鸡见到了夕阳和晚霞。它从未见过如此绚烂浓烈的色彩;凝重的色彩撞击着它的视觉,它兴奋的同时又莫名其妙地有点胆怯了。它隐约感受到了来自大自然的那种巨大而神秘的力量,那力量似乎是无可抗拒的! 这色彩像某种激烈的情绪,深深地感染了它、袭击了它。

　　暮色降临之后,它不得不考虑过夜问题了。它有点心慌,恐惧感也悄悄爬上了心头。因为此刻,它毕竟是在荒野里的一个孤独的土坡上,离开了群体,孤立无援,没有任何的遮挡和保护。而长期以来养成的依赖性,使它丧失

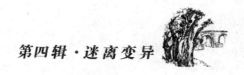

了面对孤独和黑暗所应具有的勇气。它找到了一处灌木丛,小心翼翼地扑下身子,静悄悄望着西天浓重的暮霭,等待黑暗降临……

然而,一天的兴奋却难得沉静下来,一些杂乱的思想争先恐后地钻进它那小脑袋里来。首先是庆幸,庆幸自己有这么好的命运,能够穿破人为它们设置的生存骗局,从此与自然融为了一体。继而是同情,同情它的那些同类们;同车的那些鸡,不知要被人拉到什么可怕的地方去;或许,它们在丝毫不知世间真情、被人愚弄一生之后即糊里糊涂了结了一生。之后便是憎恨,憎恨人们为了自身目的,不仅驳夺它们的自由,而且让它们在假象里盲目生存!若不是有今日之侥幸,它不是也将和那车鸡一样,糊里糊涂地生来死去吗?!……

夜幕终于降临了,整个夜晚它都一动未动,也未敢入眠,警惕着凶险突然来临。不过,它却一直未遇到什么凶险,只有一些令它恐惧的怪异声响在周边或远处响起。待黑幕收去,太阳重新升起时,它才从灌木丛里跳出,面对朝阳,它以歌唱的方式迎接新的一天的到来……

3

一连数日,这只鸡都是以这种游荡的方式度过。在充分享受自由的同时,也经历着惊恐与孤独。虽然,它还一直存留着那份庆幸感,但是当最初的兴奋过去之后,那种悄然生长并越长越大的孤独寂寞感已达到使它难耐的程度。因而,它又开始了新的寻找……

不知走了多少路,这只鸡来到一个村庄的附近,在一农户的土坦上,它意外地看到了一群它的同类,这自然令它兴奋不已。那是一群个头虽比它小,却拥有各色羽毛的艳丽的土鸡,它们在一只大红公鸡的带领下,自由自在地觅食、嬉戏,完全是一种幸福的样子。它禁不住这种诱惑,怯怯地、小心翼翼地靠近了那个群体。那些鸡只是好奇地或许也夹带几分警惕与惊慌地看它,却没有表现出明显的带攻击性的敌意。这使得它终于壮大了胆子,来到了它们中间。

　　一开始的交流是艰难的，但过了些时候，由于它的乖巧和谦逊，这个群体终于接纳了它。它像找到了归宿似的，愉快地与它们融为了一体，一起觅食，一道嬉戏，达成了难得的默契。

　　因为愉悦，所以时间过得快。幸福的白天转眼就要过去，夜幕又开始降临了。这时候，令它恐慌的情形出现了，它重又看见了令它畏惧的人——这群鸡的主人来了，而且嘴里发出怪异的持续的呼号，那声音好像是对鸡群的一种命令。鸡群听话地朝一个地方走。它惊恐地同时又是无可奈何地随着鸡群一道走，不知前面等着它的又是怎样的命运。当它走进一间矮屋的时候，猛然发现了那个不久以前它非常熟悉的笼子！前面的鸡正一个挨一个地往里走。呵，笼子！它看见了笼子，它又将被关进笼子！它不愿再回到先前的生活中去！它脸面充血，惊叫起来，并奋勇地掉头朝外奔。主人显然不愿到手的东西溜掉，极力地阻拦。但这只鸡显然已经愤怒了，不顾一切地、脚翅并用地冲过了人的阻拦。

　　它疯狂地奔跑着，上了田坝，穿过阡陌，又一次奔向了荒野……

尾　声

　　据当地晚报报道，一位居住在市郊别墅的富户，最近收养了一只宠物鸡。据该户男主人说，这是一只大个头的雌性肉鸡，于一天傍晚擅自闯进他家的花园，他见该鸡毛色纯白无一丝杂色，且体态雍容、姿态优雅，煞是可爱，便心生一念，收作宠物；之后不仅为之提供一流的吃食、考究的卧床，还时常带着或抱着它散步、浇花、进城购物等。收养一只食用肉鸡作宠物，实不多见，因而常引来好奇者围观。

2004 年

一幅引人注目的画

今天,他俩来到了湖边……

他俩是来自省城那个大都市的画家,一个姓牛,一个姓马。他们非常要好,常在一起交流创作体会,而且,每每都有共同的语言和感受。近来,他俩似乎都感觉到,他们的创作处于停滞状态,无法突破自己,无法再有创新;画一百幅画与画一幅画没什么区别,仅仅只是重复。他们经过分析认为:之所以造成这种状态,可能是囿于一地,对生活、对自然的体验和感受趋于贫乏的缘故。于是都觉得,有必要走到生活和大自然中去,寻找些灵感——寻找些鲜活的体验。于是,他们相约着走出画室,走出都市,来到了山边、水边,吮吸着大自然提供的养料……

这是个有十几万亩水面的大湖,烟波浩渺的壮阔景象立刻唤起了他们久违了的兴致。漫步在湖岸边的草滩上,俩人都有种精神焕发、灵气逸动的感觉,自然免不了有一番大呼小叫、长感短慨。蓦地,画家老牛发现远处有一个支起的画架。老马拉着老牛快步走过去,但四周并无人迹。两人驻足于画架边,同时都被画夹上的一幅水彩画作吸引住了目光,脸上不约而同地都显现出一种惊奇的神色来。

谁的作品呵,这么别致富有新意! 老牛惊叹道。

看上去不是一般的手笔,单就画面而言,就极具视觉冲击力! 构图及走线均不落俗套,虽是水彩画,却好像有油画的味道,真是别具一格呀。老马也自言自语般地赞扬道。

构图大胆活泼，色彩的运用也狂放而不拘章法，甚至可以说是别具匠心，于不经意间就营造出某种梦幻般的深邃意境。老牛继续夸赞道。

看来，作者不仅刻意追求创新，而且还有意向融合不同风格的创作于一体。从画面看，我似乎就能感受到西方印象画派以及现代画派画家的影响。老马越说越激动了，一时止不住话语。当然，要说具体受什么画派影响还很难说，说了也很牵强，但我想，作者可能是有意在进行一种探索性的尝试。这种不受约束、勇往直前的精神真是令人钦佩。

你说得很对。老牛又接上说，我从此画中似乎也能感受到法国印象派画家所孜孜以求的"闪烁的阳光和流动的大气"那种意境！——特别是谁？对，是高更，是高更所追求的那种无忧无虑、天真单纯的"原始之美"。但这还不是全部，我似乎也看到了毕加索的变形手法的运用……嗨，说不清，真的很难说清，反正很奇妙。老牛显得很激动。

是啊，面对这样的令人心旷神怡的自然景色，怎不令人产生创作上的冲动呢？不过，这位画家的确具有非同一般的手法和多种门类艺术涵养。他（她）好像有意要将一些在旁人看来很难糅和的东西糅和在一起，执着地要进行一番探索。目前看来，这番探索已经收到了效果，至少比我们的单纯的创作显得丰富许多，其视觉冲击也强得多。你说，我们学了那么多东西，看过那么多画作，可我们的创作又有多少这样的勇气呢？老马也激动起来了。老牛呵，不虚此行哪！

的确不虚此行，不出来哪能见到这样有创意的东西？老牛说，这样的草图，在画室乃至在画展上也难以见到的。

可是，作者到底是谁呢？他（她）到底上哪去了？怎么四周都见不到人影？老马疑惑地问。是不是到那边那个小村子里休息去了？

别急，总会回来的，我们就在这儿等，一定要等到作者回来，一定要与作者交流交流、切磋切磋，我想一定会受益匪浅的。老牛说。

甚至可以说是讨教讨教，老马，你说这位画家到底是怎样的人？

猜不准。老牛说，反正不一般，肯定有一定的阅历和较丰富的创作经验、创作成果，同时又兼具某种探索和反叛精神……

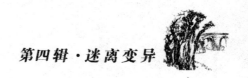

　　两画家交谈之时，老马发现有两个黑点从东边的那个小村落里出来了，并向湖这边走过来。他们来了，老马说。

　　是吗？老牛也踮起脚朝东边张望。良久，终于看清，一男人领着个小男孩缓步而来。哦！还很年轻，看上去还不到四十岁！老牛叹道。

　　这么年轻就有这样的成就和这种精神，的确了不起！老马也叹道。

　　还未及他们靠近，老牛和老马就迫不及待地迎上前去，争着表达他们的敬佩之情。年轻男子愣了，满脸受宠若惊的表情。接下去，老牛和老马都分别介绍了自己，并要求年轻男人谈谈他以及他的创作，特别是创作眼前这幅画的体会。

　　年轻男人这才弄清他们的意思。正准备说什么时，身边的小男孩说话了：这幅画是我画的！一副得意的样子。

　　老牛和老马听言，惊得张大了嘴。

　　是的，这画是我儿子画的；我是个商人，不会画画，我这孩子今年6岁，在幼儿园里学了画画，他特别喜欢画，我就常带他出来看风景、画风景。刚才口渴，到前面那个村子里讨口水喝。不想遇上你们两位画家，真是有幸！怎么，这画真的画得很好吗？

　　老牛和老马都还愣在那里，不知该说什么好⋯⋯

2004 年

一群诡计多端的蚊子

站在自家简陋的平房门前,望着杂草丛生、污水淤积的院子,李四内心有种说不出的悲凉。好端端的一块地皮呀,就因为没钱收拾整理,眼睁睁地就变成了眼前这副乱糟糟的样子!要是落在别的有钱人家,早将它整理成赏心悦目的花园了!——这世道!没钱就是窝囊,就他妈狗熊一个!

可是,对于挣钱发财,李四多年来却一直没得门道。这也正是他内心里最为悲凉之处。于是,他便只能常常地面对满院子的杂草和污水发呆了……

在李四发呆的时候,在一丛茂密的水草间,蚊子们正聚在一起,召开一个高规格的大会。蚊子首领以雄辩的口才分析着当前面临的生存处境和必须采取的对策。蚊首说:"目前形势对我们的确很不利,人对我们越来越狠毒了,他们采用的杀蚊药,一代比一代厉害!过去他们主要用蚊烟来驱赶我们,我们通过设法增强自身抵抗力和加快蚊种改良等方法,还能够对付得过去。可现在,他们竟用剧毒的药品来灭杀我们;那种雾剂,一喷就是一大片,连他们人都受不了,我们又怎么受得了?再怎么改良自己也是无用的了!所以,近来我反复考虑,我们不能再走原来的被动适应的老路,要有新的对付他们的思路和办法……"

会场上开始骚动,被杀蚊灵弄得焦头烂额的蚊虫们不清楚它们的头儿会有什么新招;它们是既期望又怀疑,因而不断有疑问提出。但蚊首显得很自信、很得意,胸有成竹似的。"我们要找准人的弱点采取手段!"蚊首继续说道,"过去,人之所以痛恨我们,主要是因为我们的叮咬所留下的唾液使他们痒得难受。我们不妨设想一下,假如我们叮咬之后,留给他们的是快感,我想他们就不会讨厌我们的叮咬了,甚至还会喜欢我们的叮咬呢!"

"那也未必!"有蚊虫提出异议,"我们毕竟是吸他们的血呀,对他们有害呀!"

"这你就对人不太了解了,"蚊首自信地说,"举个例子,比如人的吸毒吧,他们明明知道毒品对身体的摧残是致命的,但是吸毒的人还不是越来越多!为什么?因为他们抵御不了毒品给他们带来的快乐……"

蚊虫们被说服了,但仍有疑问:"那么,我们有什么办法使他们快乐呢?"

蚊首说:"这就是我们今天召开这个会议的目的。我们前不久已成功研究出一种药物,吃了这药,我们嘴管里就会分泌出一种能使人产生快感的液体。而且这种药剂对我们蚊子的健康并无害处!现在的问题是,我们必须马上投入试验,组织一支试验队伍。现在就请大家自愿报名……"

蚊首没想到,报名十分踊跃……

一日,李四又坐在门前正想入非非的时候,蓦地感到右腿上的某一处有种令人心醉的快感产生,并向周边蔓延。李四惊诧地朝右腿上那一处望过去,发现有只蚊虫正专心致志地在那里吸他的血。他愤怒地、习惯性地抬起手来,准备狠狠地拍下去。但那种难以言传的快感越发地令他心醉了——这是一种他此生从未体验过的快感,这感觉真的令他心醉,使他的手不自觉地就停留在了空中——他实在舍不得这种快感突然间消失。于是,他就眼睁睁地看着那蚊子的肚皮鼓起来,直到它笨拙地缓慢地飞离。过后,他仍然陶醉在那种感觉里,甚至怀念起那只蚊子来了……

没过多久,他的左腿某处同样产生了类似的快感。他看到有只比刚才更大的蚊子在那儿"工作"呢!接着,他的胳膊和脖颈等处也同样产生了这种快感。他干脆闭上眼睛,认真地体味起这种感觉来;渐渐的,就如同神仙一般,仿佛被某种力量轻巧地托进了云里雾里,托进了天堂……

李四怀疑是不是自己的身体出了问题:怎么对蚊虫的叮咬感到快乐呢?

于是,他从屋里喊来他的儿子小虎,让他坐在自己身边。小虎起先不知父亲是何意,但很快他也有了和他父亲同样的感受和惊讶。

"真舒服呵!"父子俩都禁不住发出了这样的感叹。

草丛里的蚊子们又聚在一起开会了,介绍这两天试验的体会和效果。参会的蚊子志愿者都显得精神头十足。主持会议的蚊虫首领语气中带着激动和骄傲,它听了各位的发言后说:"通过两天的试验,已经证明我们研究出的这个药剂效果奇好,我们已经找到一条满足食欲的最好的路子,下一步就可以在这一片全面采用了……"蚊虫们高兴得飞舞起来、歌唱起来,会场气氛已然沸腾了。狂欢一阵之后,蚊虫领导层头脑终于冷静下来,反复告诫大家,特别是研制小组的成员们:"一定要对外保守秘密,药剂只能提供本部落蚊子使用,不可外传。否则一旦广为传开就控制不了了。而聪明狡猾的人类一旦明白这对他们的生存够成整体性威胁,就会像打击贩毒一样打击我们,就会断然研究出对付我们的办法来,那样一来可就麻烦了!另一方面,在做好保密工作的同时,还要采取措施,将这种技术,准确无误地一代一代传下去,使后代从此饮食无忧!"众蚊虫齐声响应……

头脑灵敏的李四在一连几日享受过这种蚊子叮咬的快感之后,开始思索起一个问题来:这种现象、这种蚊子是否仅仅他这一处所特有?如果仅仅是他家院子里所独有,这便是老天赐予他李四的一个绝佳的发财机会!想想吧,毒品因为能给人带来快感所以身价倍增、贵于黄金;而蚊子叮咬相对于吸食毒品来说,危害要小得多,而它带来的快感目前看来也绝不亚于吸毒!他完全可以轻而易举地对其实施开发!而且神不知鬼不觉,比贩毒品要安全得多……

他越想越兴奋。立马便开始行动了。他首先在本市的多个地点感受了蚊子叮咬,均感到与先前并无二致的难受。于是兴奋不已,决定拉客。他和儿子分头行动,先是去了市里的几家夜总会招揽那些吸食"摇头丸"的年轻人。一开始是免费,等他们上了瘾再收钱,而且开始收费很低,渐渐的"生意"

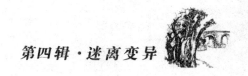

便红火起来了,接受"蚊浴"者越来越多。人们相互传信告知,而且盛赞这种"蚊浴"是极为难得的享受……

于是,李四的口袋一天天地鼓了起来,心里成天儿美滋滋的。没想到他李四还会有今日！照此下去,他李四笃定是要成为财主的……

可是,就在李四一天比一天得意的时候,一个噩耗却从天而降:他的儿子小虎,因为成天儿沉湎于"蚊浴"不能自控,终致倒下了,经医院检查,确诊患了败血症,难以救治。

李四被这一噩耗震呆了……

2004 年

饿　　鼠

　　余老汉今日心情不佳,拿锄于地里松土都没劲儿,半晌扒拉一下,像孕妇似的无力、慵懒。

　　儿媳妇又生了个丫头——这已是第三胎了,还是躲到外地去生的,可仍是个丫头——这没起色的货!为这第三胎,他得承受一万元的罚款!一万元买个丫头,而且还上不了册子,什么都没,真他娘的晦气透了。这家世还怎么延?这香火还怎么续?让儿子打去,那倒灶的贱货!

　　锄自然挥得无力了。他一边懒洋洋地松土,一边想着与土地没什么关联的心思。蓦地,一只精瘦毛长的田鼠从一个被松动的洞中爬出来,呆望着他,好久都不离开,要与他谈心似的。

　　"嗨,老头。"老汉听到有个尖锐的声音在喊,他四处望望,并没有发现什么,他以为是自己这些日子没睡好,脑子里有了幻觉,于是摇摇头。可不一会儿那声音又响起了,好像是从下面传来的。

　　"嗨,老头,在这儿哪……"

　　顺着音路,老汉才吃惊地发现是面前这只鼠发出的声音。

　　"是你在喊吗?"老汉好奇地答话。

　　"是的,我想跟你说几句……"

　　"耗子怎么也会说人话?"老汉很是惊奇。

　　"林子大了,什么样的鸟都有;鼠多了,什么样能耐的鼠都会有,呵呵……"

288

"你还很贫!"

"我说老头,你老这么大年纪了,还下地做事,可见养儿子也没多大用处!"那鼠又连续说出一串话来,音调尖得刺耳,"干吗非要个儿子呢?看来,你们人也不比我们鼠活得舒坦!"

"你这畜生在胡说些什么?"老汉感到自己恍若梦中,怕是自己头脑出了问题,但好奇心还是驱使他与鼠搭话,"哼,瞧你都瘦成啥样了!"

"哎,别提了!都是生娃生的,娃生了一大堆,又没得吃的补身子,还能不瘦?"那鼠竟然能做出姿态来,它摇摇头道,"这些年我们鼠类发得太厉害,生崽又快又多,没个节制。这田里、地里到处是我们这一类,连打洞的地方也难找了哇,吃的东西就更难找了。没得住也没得吃,这日子过得多寒酸,还不如死了好……"

是呵,这村子再没空处做屋了。先前这村子多空敞哟。这些年……他咬咬牙,又忆起去年为占地做屋一事和村主任、镇长吵架的情形来。

"唉——,这世上就是做娘的倒霉!瞧我这下场,真寒心……"

儿媳妇若是生了男孩,我不会骂她,儿子也不会打她。可那不争气的尽做不争气的事。当婆娘要看怎么个当法,有的婆娘活该像这鼠……

"听说你儿媳又生了一胎?"饿鼠又道,"哦,又有一个女娃要来这世上受罪了!"

"么意思?"

"将来又要做母亲呗,生不好娃就又要挨骂遭打!真可怜哪!"

"你个耗子懂个卵!"

"这人哪,就是糊涂!就是狠毒!真不该,真不该……"

余老汉听这话火冒三丈,举锄将那饿鼠砸进泥里去。但饿鼠的话依然在他耳边萦绕。

这时,村主任疯也似的奔了过来,大声喊:"老哥、老哥,快去看看你儿媳吧,上吊了、上吊了!"

"啊!"余老汉疯狂地往家奔,待他赶到,儿媳已断了气,被人卸下放到门

板上去了。老汉望着静静躺着的儿媳,悲哀猝然袭来,哭诉道:"是我把她砸进泥里去的,是我用锄……"

众人皆茫然。

1989 年

两 只 猫

　　黄猫和麻猫分别为互为邻居的两户人家所豢养,两家离得近,因而两猫走动、交流也就频繁。

　　一天下午,养尊处优的胖乎乎的黄猫闲得无聊,便来到麻猫窝边,想找麻猫聊聊天消消闲,见麻猫正在酣睡,便恶作剧般地硬是将麻猫捣醒。

　　"干吗干吗! ——真讨厌!"麻猫很不高兴地爬起身,"我夜里要工作,白天不睡不行的;不像你,整日没啥事,到处游荡!"

　　"干吗那么认真负责? 那老鼠你就是不捉又能怎样?"黄猫玩世不恭地说。

　　"那怎么行,不捉老鼠,主人养我干吗?"麻猫不解地问,"弄不好,连那总也填不饱肚子的猫食都没了。"

　　"死脑筋,笨脑壳!"黄猫鄙夷地瞥了麻猫一眼,"干吗非得主人养? 干吗非得吃那总也吃不饱的猫食? 你瞧我,主人已有一年多没怎么给我食了,可我不照样养得头肥肚圆的?! ——不比你,辛辛苦苦地天天熬夜捉老鼠,活出这么一副瘦熊样儿!"

　　"那你说说,你是怎么弄的?"麻猫疑惑地问,它的确挺羡慕黄猫,但又百思不得其解黄猫何以活得如此滋润。

　　黄猫得意地说:"其实,你不必太认真了;那些老鼠,你如果放它们一马,它们自会感激你的,它们会给你提供充足的吃食的,特别是你喜欢吃的鱼。你到我窝里去看看,好东西吃都吃不完……"

　　麻猫愤然打断了黄猫的话:"那种肮脏的交易怎么能做呢! 那样一来,老鼠不就为所欲为地危害这个家了吗?"

　　"说你脑筋死一点都不错!"黄猫不以为然,"现在什么年代了,你还那么死心眼。这怎么能叫肮脏交易呢? 你换个角度想想,老鼠也怪可怜的,它们也是生命,也是和主人养的那些宠物一样的生命;为什么那些宠物狗、宠物鸟什么的就能不劳而获,成天吃香的喝辣的,尽享宠爱,而老鼠连偷一点下脚料都不行呢? 那些所谓的宠物,虽然吃得好、用得好、玩得好,但也没给主人什么回报嘛! ……你放老鼠一条生路,它们会给你回报的……"

　　"那怎么行,猫不捉老鼠,那还能叫猫? 主人养我们何用?"麻猫仍然无法接受黄猫的观点。

　　黄猫摇摇头道:"我说你呀,思想太陈旧! 现在都二十一世纪了,你也该解放解放思想、转变转变观念了。我来问你几个问题:为什么老鼠就该猫来捉而别的动物比如狗就不能捉? 为什么狗捉老鼠就是多管闲事而猫捉老鼠就是天经地义? 是谁规定的? 还有,凭什么那些怪模怪样装腔作势的狮毛狗和那些只知学舌的鹦鹉什么的就该成为主人的宠物,光享受不干事,而猫却要天天熬夜捉老鼠干苦活,稍有差错还要挨打受罚? ——这太不公平! 完全就是对我们猫的歧视! 而更可悲的是,猫们却全然不觉、麻木不仁,心甘情愿被人哄着骗着压迫着,甚至为自己有那么点捉鼠的本事而沾沾自喜,玩命似的捉呀、捉呀,累坏了自己、得罪了鼠辈不说,还什么好处也得不到,真是愚蠢之极! 何苦来呢? ……"黄猫滔滔不绝地大发议论,终于将麻猫说得哑口无言。

　　半晌,麻猫才说道:"可是,按你说的那样,岂不是对不起主人,在这个家里我还有什么地位?"

　　"嗨,你呀,真是老实得可笑,"黄猫又提高了嗓门,"你就不会反过来想想,你的主人对你怎样? 你这样卖力地干,可你的主人呢,为了让你捉老鼠,故意克扣你,不给你吃饱,这简直就是剥削! 比一比你家那宠物狗吧,看看谁的贡献大,日子又是谁过得好,这样就知道谁傻谁可怜了! 还是学学我吧,让自己过得滋润些,别枉来这世上走一遭……"

"别说了、别说了,"麻猫被黄猫说得心烦了,"说什么我都不会跟你学的,主人饶不了我……"

"主人慢慢就会习惯的,如今这世道是你越能干,他们越指望你干,你不能干,他们也就不指望你了;我的主人现在已不怎么管我了,嘿……"

"你走吧,别来烦我……"

麻猫的心思全被黄猫给说乱了,而且一直乱到夜里都没清静下来,加之白天没休息好,夜里工作便显得无精打采,后半夜竟昏睡过去。这便给老鼠提供了一个难得的机会。鼠们大胆地将主人准备过节的食品搅得一团糟。第二天,主人盛怒之下,将麻猫痛打一顿,并剥夺了它一天的食物。麻猫感到很委屈,又联想起黄猫的那些话,更有些愤愤不平了……

又过去数日,黄猫突然来向它道别。黄猫得意扬扬地告诉麻猫,它的主人打算将它作为宠物送给一个富足人家,说是那个富人看中了它圆滚滚、胖乎乎的样子,想收养它,而主人因为它懒也想尽快打发它。"我终于也成了宠物了! 我终于也成了只享受不干事的宠物了! 哈哈……"黄猫最后对麻猫说,"老兄,好好想想吧,你该怎么做!"

黄猫的话对麻猫刺激很大,它从此开始有了心思,并渐渐地开始向黄猫学习起来。

可是,麻猫的命运却没有黄猫那样好。它的主人最终愤怒地将它轰出了这个家。于是它成了一只无家可归、靠偷食混日子的野猫……

2002 年

秋雨

附录·作品评论

读《女人的神情》

〇杨大卫

　　作家冯骥才有段精妙的论述,"文章三忌,强说愁,单说愁,不说愁",《短篇小说》1991 年第 3 期头题小说《女人的神情》,以愁立言(愁因情生),通过"我"与两个女子的感情经历,形象地揭示了青年一代精神追求与物质利益相碰撞而生发的忧愁与困惑,较好地处理了"三忌",是一篇从内容到形式都独特的小说。

　　小说的情节很简单,美丽娴静的小媛走进了"我"的创作领地,自然而然地步入了"我"和阿翠两年来苦心经营的感情世界。于是,旧的世界坍塌了,新的世界还没有立稳脚跟也夭折了。表面看,这是一场三角恋爱,通篇贯穿两个女人无形的较量,而实际上,则是两种不同的审美理想、生活情趣、价值观念在"我"头脑中激烈地搏斗!最讲实际利益的阿翠是"我"的专横上帝,追求精神生活的小媛则是"我"的忠实信徒,阿翠每每使"我"狼狈不堪,小媛时时叫"我"局促、自卑;阿翠以她的勇猛、泼辣左右"我",小媛则用她的娴淑、静美征服了"我";阿翠让"我"压抑难平,小媛使"我"激情勃发……阿翠最终没有改变"我","我"摆脱了实惠利益的引诱,却没能走出商品经济的大潮的善意嘲弄("现今的文学已被商品大潮冲击得难以立足了,甚至可以说没有市场了","大气候"尚且如此,"我"这个文学爱好者更不例外),渐渐失去了创作的"心劲"——小媛心中的圣像倒塌了,她毅然离"我"而去。

　　故事是平常的,没有一个情节超出我们的阅读范围;故事是诱人的,题目

本身就是一出美妙的戏曲;故事是精彩的,它传达出比故事本身更幽远的意蕴! 女人的一颦一笑,一嗔一怒,一举手一投足,无不传达她们丰富多变的情感,构成一个多彩纷呈的世界! 阿翠、小媛多种神情在"我"脑中折射、交织、激荡。"我"生出种种忧愁、困惑、悲哀直至无助。如果我们把这篇小说仅仅理解成一则三角恋爱故事,就会陷入阅读的误区,因为作者把两种价值观念的冲突巧妙地寓于这个发人警醒的故事。

小说的成功,还在于它独特的艺术手法。精巧的结构,对比的叙述,典型化的细节以及流畅抒情的语言无不增添了故事的魅力,带给读者阅读的美感。

作品以第一人称展开叙述,忽而小媛,忽而阿翠,并排铺叙,穿梭进行,贯穿首尾,两个人物在同一底色(与"我"的共同活动)对比亮相,不仅深化了作品的主题,而且使小说结构紧凑,重点突出。作者在段落起句中嵌入"很长时间过去""不知从什么时候开始""一直""终于""依然"等时间语词,勾出了故事的发展轮廓。文章结尾,"我"和阿翠在酒吧不期而遇,阿翠道出了小媛离"我"后的遭际,小媛引用"我"文章中的两句话"你把你自己的船推翻在你自己挖的沟里了""你自己制造监狱,自己充当囚犯"点明故事发展的决定因素,振聋发聩。起笔于"我""灰暗的思维",落墨于"我""惆怅和忧伤"的心境,前后呼应,浑然一体。

短篇小说贵"短",应从细节上下功夫。何立杰同志的这篇小说,就成功地运用了细节描写,通过选择富有表现力的对话,侧面、瞬间,来表现人物的主导性特征,细枝末节见真情,于单纯中求丰富。仅举两例,阿翠教导"我""悬崖勒马",把精力转到其他方面时,接连骂了"我"两个"傻货!"、四个"书呆子!",既写出了她的痛快、泼辣,又把她对"我"的爱揭示得活灵活现,极富生活情趣。小媛递给"我"她的自制卡片时,动作"就像商界人士呈递名片那样"一句描写,就把一个活泼、浪漫、天真、坦诚的年轻女孩的性格写活了。

好小说离不开成熟的语言。《女人的神情》这篇小说用语贴切、自然、流畅、抒情,把人物的心理活动当作一个流程来加以表现,语言明快而不失凝重,这与作者小说创作之外兼写诗歌、散文是分不开的。

艺术的真谛在于真,艺术的生命在于新。《女人的神情》这篇小说在求真

与创新上取得了可喜的成绩,我们应该感谢作者和编者为我们提供这样上乘的精神食粮。

(原载《短篇小说》月刊 1991 年 9 月号)

谁在对弈？

○苏 雨

　　读完何立杰的《对弈》想起一个问题：谁在对弈？这问题有些荒谬：小说中交代得清清楚楚，是老孙头和退休的尤局长两人对弈嘛！但我觉得并非如此，而是无数个老孙头和无数个尤局长在对弈。或者说，是两种心态在棋盘上交锋。

　　这两种心态都极堪玩味，何立杰也将它写得淋漓尽致，妙不可言。

　　但这真的是两种心态吗？未必，它们在本质上仍是一种。何以见得？不妨设想一下，儿子们做生意发了，眼珠子就移到头顶上去了的老孙头，倘若和退休下来的尤局长换个位置，老孙头就绝对是尤局长；而貌似鄙视实则嫉妒、羡慕发了财的老孙头的尤局长，他那挑战固然与想维护"自尊"有关，但一考虑到他意识深处的那份酸溜溜的滋味儿，他的挑战就实际上出于自尊——落势的官在得势的金钱面前的自卑。所以，咱们的尤局长与老孙头并无两样，倘若不是老尤而是伙夫老孙头，他也照样会把唾沫喷到老尤脸上。现在之所以是如小说中所写的这个样子，只是因为老孙头做不了老尤，老尤也变不成老孙头，各自做定了"老孙头"和"老尤"而已。

　　在对弈的，实际是同一个人的两只手而已。

　　人们都说小说是虚构的，可我们可能都认识或见过老孙头和老尤，至多只是他们姓别的什么姓罢了。

（原载 1994 年 4 月 1 日《安庆日报》副刊）

浓郁的乡土气息

——读何立杰的乡村系列小说

○乔　风

进入 21 世纪,城镇化建设方兴未艾。文学作为社会生活的艺术再现,伴随城镇化浪潮,都市题材也随之成了文学创作的宠儿。但也有一些活跃在基层的作家,坚守农村阵地,始终在乡村题材里默默耕耘。何立杰就是其中一个。这位以创作短篇小说见长的作家,长期在基层工作,以一支犀利的笔,刻画了一群乡村小人物栩栩如生的形象。

一

改革开放以来,农村发生了翻天覆地的变化。我们可以直观地看到,房子的鳞次栉比、道路的宽敞顺畅、各种生活设施的日臻完善,当然也有一些不能直入眼帘的,如精神世界的嬗变、对新生事物的认知与接受,以及文学的审美的观念变化。何立杰创作的乡村题材系列小说,如《乡村逸事》(含《老影》《抗旱》两篇)、《乡村情结》(含《归来》《离走》《逗留》三篇)、《乡村人物》(含《老甘》《麻五》《钱四》三篇),就是这一社会变革时期的真实描摹,是反映农村社会转型阶段的生活画卷。

这一组乡村短小说,讲述了发生在 20 世纪末和 21 世纪初农村里的故事。那个时期,大包干的热潮已逐渐褪去,种粮不赚钱,农活不愿干,富余的劳动

力纷纷外出，打工赚钱，养家糊口，成了农村里的一道风景线。世界很大，农村变小。那个广阔天地、大有作为的农村，逐渐成了老人、妇女、儿童的世界，除了少数坚守的农人以及游手好闲之徒，你在农村里再也看不到青壮年成群结队的景象了。

　　小说反映了农村发生的深刻变化。由于改革开放，乡镇企业异军突起，农民开始有了选择，不再只是面朝黄土背朝天一条路了。改革不仅解放了生产力，也解放了土地上的农民。富余出来的青壮年有的经商，有的办企业，有的进城打工，眼界逐步开阔了。由于农业和农村基础设施落后，生产率不高，农业比较效益低，因而导致农业地位发生动摇。新一代农民对农业失去了信心，甚至不愿从事。不知不觉，农事成了老年人的专利。如《老影》里的老莫一家子，父子观念明显不同。他儿子不喜欢种庄稼，把麦地改成了橘园。但老莫并不擅长也不喜欢种橘，又寻思把橘园改回来。年老的那一代人，只有种庄稼才感到踏实。《抗旱》里另一个老农民根发老，不愿意待在家里享清福，不惜冒着炎热，给棉花浇水抗旱。但他的辛勤劳作不仅无人喝彩，反遭到村里几个懒汉的嘲弄，让人啼笑皆非。根发老的儿子外出打工，已经习惯了城里生活，觉得"当一个地地道道的农民真没意思"，庆幸自己走了出去，并计划等条件成熟了，"出来开自己的公司"，完全没有了回去务农的打算。社会在转型，两代人之间形成的代沟，已然无法逾越。小说结尾写县长要来看他，算是给这个勤劳的老农民一点点安慰。小说通过新老两代农民对农村和农业的态度，反映了社会转型时期，时代的变迁带来的观念上的冲撞，不管种田还是打工，种庄稼还是种橘子，新老两代人都发生了严重的分歧，甚至是对立。虽然种田打工无所谓对错，只是观念不同，作者没有直接褒贬，应该说对生活的把握十分准确。

　　作者很关注农村女性的命运。《归来》里的秀英，年轻时嫁了个铁匠，因为连续生了三个女伢，未能为男人续上"香火"，频繁遭受家庭暴力，不堪忍受而离家出走。但她人走心未离，在应招报名劳务输出三年之后，又踏上了回乡的路。只是物是人非，男人已经再娶，村里人也因为铁匠故意泼脏水，对她背井离乡产生了误解和歧视，甚至连大女儿翠翠，开口就骂她"不要脸"。在乡亲们的嘲笑与女儿的责骂声中,秀英的心里产生了动摇。然而,当"花子——她从小养大的那条狗"向她表示友好时,她又坚定了主意,重新走进了村子。小说《逗留》中另一个可爱的女性秀,留守农村,孝敬婆婆,称得上是个好媳妇,可是被一个叫大赖的无赖纠缠,陷入烦恼之中。大赖图谋不轨,却因养蜂后生的及时出现没有得逞。他恼羞成怒,不仅打伤了养蜂后生,还恶人告恶状,反咬一口,污蔑秀偷汉子,弄得女主人公"心如刀绞"。在这两个小故事里,女性都处于弱势地位,尽管她们很正派很坚强,但也不能摆脱陈腐观念和世俗的羁绊,不能避免男性的野蛮欺凌,仍没有能够改变弱者地位。

　　小说也触及了农村落后的一面。如《麻五》里的麻五等几个青年农民,窝在家里,不思进取,整天以打牌、喝酒为乐。他们对农活没兴趣,平常靠捉蛤蟆卖钱,生活穷困,空闲时间多,打牌和喝酒几乎成了他们生活的全部。穷极无聊,乐极生悲。这几个嗜酒如命的懒汉,在一次醉酒之后的玩笑中,不经意间断送了一条生命。这些人生得浑浑噩噩,死得糊里糊涂。这样的生命也就毫无价值。还有《归来》《逗留》里的铁匠和大赖,这两个愚昧无耻的男人,尽管作者用墨不多,但铁匠的家庭暴力和造谣中伤,大赖的恶行与无耻,不仅涉嫌触犯法律,更将人性的丑陋暴露得一览无遗。现实的乡村社会中,这样的愚昧、地痞小人物,仍然没有绝迹。这也是小说吸引读者的地方。

<h1 style="text-align:center">二</h1>

　　一般而言,短篇小说限于篇幅,不可能有宏大的叙事结构,也没有波澜壮阔史诗般的画面,人物形象塑造也很少浓墨重彩,但人物在短小说中也是不可缺少的一环。作者在小说人物塑造上别具匠心,往往通过一个小故事,或一个场景的刻画,勾勒人物形象的轮廓,有的还具有典型性。

　　在这一组反映乡村生活的小说里,作者为我们刻画了一群农民形象,这些人物活跃于乡村,不论勤劳或懒惰,憨实或泼皮,本分或风流,都是我们身边熟悉的陌生人。虽然我们不认识秀英、根应、老甘,也不认识麻五、铁匠、大赖,但我们的身边到处都充斥着这些人的影子,似乎他们就在我们身边工作

着、生活着。这些作品中的人物,分明鲜活地站在我们面前,让你低头不见抬头见,这也是作品的魅力所在。

小说着力塑造了老一辈农民群体形象。不论是《老影》里的老莫、《抗旱》里的根发老,还是《老甘》里的老甘,这三个老一辈农民有一个共同点,就是一辈子不愿离开土地,对农村对土地对农事有一种强烈的感情。这是几千年农耕社会的传承,也是一种难以言说的信仰。比如老莫,种了一辈子庄稼,老了拗不过到南方打工的儿子,将麦地改成了橘园,但他感觉"自己就像一根被人拔出土来的禾苗",心里很不踏实,始终缺少安全感,最后还是决定把橘园改回来。对他而言,地里只有种上庄稼,心里才能安稳。不难看出,农耕传统在老莫身上打下了很深的烙印。另一个闲不住的老农民是《抗旱》里的根发老,有个在外打工当领班的儿子,吃穿已经不愁,儿子让他安享天年,但他住在钢筋混凝土的楼房里,"心还是泥巴做的",一直惦记着那块发生旱情的棉花地,不顾年老力衰,带头抗旱浇水。这里,没有宣传发动,没有指令催逼,完全是一种自发的劳动,一种对农业的情感,让一个上了年纪的老农民,冒着炎热酷暑,下地浇水抗旱。这很容易让读者想起艾青的那句经典的诗句:"为什么我的眼里常含泪水?因为我对这土地爱得深沉……"根发老对棉花地的热爱,已然超出了普通人的想象,成了乡村人物中的一个典型。还有《老甘》里的老甘,小说里的他是个"憨砣子",尽管生活不宽裕,但对别人的求助"总有办法谋得急需的米",从未抵过面子。这种憨厚性格,正是老一辈农民心地善良的表现。不仅如此,在防汛的关键时刻,他又主动脱衣下水,摸清涵闸渗点,为抗洪抢险立下头功。在潜水过程中,老甘的脚被破玻璃瓶割破了"两寸长的血口子",但他宁愿在家养伤,也不去医院,怕"兴师动众"。而他不愿去城里养伤其实还有隐情,就是他没钱治伤,他手头的那点钱都拿去买米了。作者笔下的老甘,是一个为公事受伤,却不想花公家的钱;宁用自己的钱买米,也要为驻点参加防汛工作的干部解决燃眉之急;心里装着大伙,装着别人需求的老人。作者用简洁的语言,将人物的形象塑造得高大丰满,跃然纸上,达到了一个普通人很难超越的境界。

丰富多彩的生活,为文学创作提供了源泉。乡村人物也是五颜六色的,除了刻画老一辈农民，作者还淡墨简笔，塑造了农村里芸芸众生的形象。如《离走》中憨厚老实的根应，这是一个诚心实意兢兢业业的庄稼汉子，牢记父亲教导，熟稔全部的农村技艺，一心只想过上殷实的日子，但是命运似乎跟他开了个玩笑，让这个顶尖的庄稼把式，一年的辛勤劳作竟抵不上在村企业做事的老婆一个月的工资。因为挣钱少，他被老婆奚落、看不起，活得十分窝囊。外面的流言蜚语，让他感到屈辱难堪。尽管他一度想报复那个给他带来耻辱的男人，但憨厚的本性促使他临时改变了主意，选择在一个"黑得可怕"的夜晚悄悄离开。古往今来，多少人背井离乡，抒写了无数可歌可泣的传奇与故事。对根应来说，这既是无奈之举，却也是改变命运的开始。虽然小说到此收笔，但读者的心里早已替根应作了打算。《逗留》中乡村流氓无赖人物典型大赖，长着"一张粗糙的马脸"，油腔滑调，是村子里有名的泼皮光棍，垂涎年轻的有夫之妇秀。为了得到秀，他故意在她跟前说她的丈夫在外搞女人。秀喝他出去，他竟然笑哈哈地说，"下回我再来安慰你"。明明是下作惹人生气，却说成安慰别人，活脱脱一副流氓无赖嘴脸。一次没有得逞，这个无赖并不罢手，趁秀十分疲惫之际，他竟然强行施暴，无法无天。危难时刻，养蜂后生及时出现，将正在非礼的大赖赶走。大赖没占到便宜，就将怒气撒在养蜂后生身上。虽然小说没有直接写大赖打人砸蜂箱，但读者心知肚明。秀到大赖家质问他为何如此缺德，大赖不仅否认打人，还恶人先告状，诬蔑她偷汉子，并把这话托人带信给了她的老公。至此，大赖的泼皮无赖流氓嘴脸被描摹得淋漓尽致。

此外，作者还刻画了一个财迷形象。20 世纪 90 年代，彩票走进了我们的日常生活。尽管生活中靠摸奖一夜暴富的人很少，但彩票的诱惑力不小，彩民的队伍也日益壮大。《钱四》里一心想发大财的钱四，找瞎子算命求财运。当瞎子说他有财运时，他立即"心花怒放"。秋收了，钱四家的棉花卖了三千多块钱，本来可以翻修房屋、贴补家用，但他财迷心窍，早被正在热卖的彩票勾了魂，期盼中头奖的他挤进了摸奖者的行列。一个回合下来，花了近千元却只得到一点零头。不甘心的他一次次钻了进去，直到将口袋里的钱摸光，"像烂泥似的瘫坐在街边的水泥地上"，也没有看到头奖的影子。现实中，像

钱四这样期盼中头奖的彩民不计其数,但中大奖的小概率哪能满足亿万彩民的欲望? 求财心切的人只能是竹篮打水一场空。

<h1 style="text-align:center">三</h1>

何立杰的这一组乡村小说,讲述了一连串的故事和人物,生活原汁原味,情节引人入胜,体现了作者巧妙的构思和写作技巧。

就构思而言,《乡村逸事》由"离走""归来""逗留"三个独立章节构成,虽然故事不同,人物也不同,但离走、归来、逗留这三个词连在一起,本身就构成了一个内在的循环系统。在这组小说中,有人离开家乡,有人从外归来,有人来来往往,而"逗留"的结局还是离开,反映了生活的复杂性与多样性。从根应到秀英,再到养蜂后生,如果不是人物的不同,其实就像一个相对完整的故事。小说如此,现实生活也是如此。我们见惯了悲欢离合,只不过小说是艺术再现,比生活更精巧更有吸引力。

作者叙述故事,善于使用伏笔,使情节前后呼应,增添了小说的艺术魅力。如《麻五》篇开头部分,麻五、四应几个"难兄难弟"聚在一起喝酒,醉意蒙眬之际,麻五告诉四应一件事,说四应的后娘想买他的房屋,但他坚决不同意。之后"又喝了几个回合",舌头已经不听使唤了,几个人轮流讲笑话。轮到麻五,讲她老婆上吊,由于方式诡异,没有吊死。四应不相信,马上如法炮制,却吊死了。四应意外死亡这件事,麻五是始作俑者,负有主要责任,这就让四应的后娘有了机会,买屋一事峰回路转。四应的后娘抓住麻五的软肋,以不答应就告他去坐牢相要挟,顺利拿到了麻五的房子。故事前后呼应,结构合理,十分精巧。

短小说大多讲究结尾,欧·亨利就是这方面的大师,对后人影响很大。显然,作者在小说的结尾上也是狠下了一番功夫的。如老实憨厚的根应,跟不上时代的节拍,收入只有老婆的零头,在家里老婆拿他不当回事,外面的风言风语又让他难堪。于是他从采石场熟人那里弄来了雷管,准备报复泼皮出身的村企业老板皮子,并在夜里将"装好引线的雷管"贴在了皮子房屋的一侧。眼看一幕悲剧就要上演，但在最后关头，根应突然放弃了自己的报复计划，选择了远走他乡。故事戛然而止，让人回味。作者没有交代根应放弃报复的原因，也给读者留下了充分想象的空间。还有那个借米给干部的老农民老甘，谁也不会想到他借出来的米竟然不是自己的口粮，而是花钱买的。他天天念叨的儿子，在结尾时出现了，可是儿子却不肯认他，"几乎不承认他是父亲"。在读者心里，老甘是个好人，早已被他的朴实厚道感动，却不承想到有如此扭曲的父子关系。这样的结尾出人意料，耐人寻味，体现了作者精巧的艺术构思。

作者也很注意对小说细节的描摹与掌控。如《归来》里那个不堪忍受家暴出走三年之久的村妇秀英，返乡时却遭到村民的冷嘲热讽。在伤心失望、去留两难之际，她几乎陷入了一种迷信的想法，希望一枚硬币帮她做出决定。在她掏出那枚硬币，将它高高抛起之后，作者这样写道："她的视线紧随着那枚硬币，随着它跳起、在空中停留又落下，就像她命运的跳起与落下一样。终于，硬币落地了，落地了，却直立在了潮湿的河滩上。她无奈地望着那枚趾高气扬地直立着的硬币，感到将前途寄托在一枚抛起的硬币上毕竟是不可靠的……"作者对硬币的落地过程进行了详细描述，同时结合人物心理活动，将两者有机融合在一起，让读者与人物同呼吸共命运，增强了作品的艺术感染力。

在"抗旱"篇里，作者善于把握气候特点，对旱情的描写丝丝入扣，十分精彩。如"热浪从头顶压下、从脚底升起，熏烤着他的每一个毛孔。虫鸟似乎也不敢出没，只有野草和棉棵于静默中争夺着可怜的水分"。这几句描写动静结合，如一幅幅流动的画面，生动并富有意蕴，容易引起读者的阅读兴趣。紧接着，作者写根发老给棉花地浇水的场景："干裂的泥土焦急地等待他手中那甘霖的到来，吱吱的吸纳声就是它们欢快的叫喊。"类似的这些描述性语言，运用了多种修辞手法，无疑使小说语言更丰富，更能吸引读者，更富有艺术魅力。

（原载《谷雨》文学季刊 2015 年冬季号）